현대소설 맥락 읽기

맥락 읽기

《소설 맥락의 틈읽기와 더읽기》

한 학기 한 권 읽기

현대소설 맥락 읽기

채명식 지음

지성사

이 책을 활용하는 방법

:

『현대소설 맥락 읽기』는 중·고등학생들의 '한 학기 한 권 읽기'를 위해 기획한 책입니다.

2015개정 국어 교육과정은 학생들의 독서 생활화가 학교에서 이루어지도록 국어 교과서에다 한 학기 동안 이루어지는 '한 학기 한 권 읽기'에 대해 자세히 서술해 놓았습니다. 2018년에는 초등학생 3·4학년, 중학생 1학년, 고등학생 1학년만 해당되지만, 2020년부터는 초등학생 3학년에서 고등학생 3학년까지 10개 학년 학생들 모두가 하게 됩니다.

'한 학기 한 권 읽기'는 그동안의 독서 교육과 국어 교육(1~3)에 대한 반성입니다.

1) 부분 독서, 줄거리 독서, 요약 독서

2) 결과 중심의 국어 교육

3) 교사 중심의 국어 교육

그동안 독서 교육과 국어 교육의 가장 큰 문제점은 1)입니다. 글 전체를 읽지 못하여 줄거리 독서가 필수였습니다. 글 전체를 읽은 경우에도 누군가가 해놓은 요약을 정리·암기해야 했으므로 2)와 3)을 피하기 어려웠습니다.

그러므로 '한 학기 한 권 읽기'의 독서법(4~6)은 독서 혁명입니다.

4) 학생 중심의 독서 활동

5) 과정 중심의 독서 활동

6) 전체 독서 활동

4)는, 읽고 싶은 책을 학생 스스로 선택하는 일을 중요하게 여깁니다. 선택은 독서에 대한 흥미와 필요성을 느끼게 합니다. 선택은 또한 경쟁 대상이 된 책들에 대한 판단 능력을 키워줍니다. 선택이란 제목·표지·저자·출판사·문장·추천글 등과 미리읽기를 통해 이루어집니다. 좋은 선택은 정보화 시대의 필수 능력입니다.

6)은, '한 학기 한 권 읽기'가 국어 교과서에 실린 부분 글과 관련되어 있음을 의미합니다. 국어 교과서에 실린 부분 글로는 소설이 다수입니다. 『현대소설 맥락 읽기』가 교과서에 실린 소설들로 이루어진 까닭은 이 때문입니다.

『현대소설 맥락 읽기』는 학생들이 2)를 할 수 있는 능력을 키워주기 위해 기획되었습니다. 단편소설 전체를 읽을 수 있는 책들은 이미 많이 나왔지만, '한 학기 한 권 읽기'에서 추구하는 독서 혁명을 달성하기는 어렵습니다. 2018년 이전에 나온 책들은 과정 중심의 독서 활동을 하는 책이 아니라 결과 중심에 맞춘 옛 교육과정이 반영된 책이기 때문입니다.

『현대소설 맥락 읽기』는 5)를 중요하게 여깁니다. 독서 과정에서 학생들이 어떻게 질문할 수 있는지를 보여줍니다. 아울러 질문에 답하는 방식도 중요하게 여깁니다. 작품 속(내재적 맥락)에서 해결 가능한 답인지, 해결 불가능한 답인지를 구별합니다. 작품 속에서 답을 구하는 일이 불가능할 때, 문화사회적 맥락에서 어떻게 답을 구할 수 있는지를 보여줍니다.

· **내재적 맥락 : 작품 속에서 이해 가능한 의미**

· **문화사회적 맥락 : 문화·사회·역사 등 작품 밖의 정보나 지식을 동원하여 획득한 의미**

'한 학기 한 권 읽기'는 즐거운 독서 혁명입니다. 모든 혁명이 그러하듯 혁명 앞에서 옛것들은 무력해집니다. 학생들은 물론, 국어 선생님들 모두가 독서 혁명이 가져올 만족감을 만끽하기 위해서는 '한 학기 한 권 읽기' 취지를 잘 담아낸 책이 무엇보다 절실하게 필요합니다.

'한 학기 한 권 읽기' 시간에 『현대소설 맥락 읽기』가 매우 만족스러운 이유는 이 때문입니다.

감사합니다.

채명식

일러두기_

1. 이 책은 다음 원본을 본문에 사용하였습니다.
   01 「태형」: 『감자』(한성도서주식회사, 1935)
   02 「고향」: 『조선의 얼굴』(글벗집, 1926)
   03 「패강랭」: 〈삼천리문학〉(1938. 1.)
   04 「치숙」: 〈동아일보〉(1938. 3. 7~14)
   05 「오발탄」: 『오발탄』(신흥출판사, 1959)
   06 「서울, 1964년 겨울」: 〈사상계〉(1965. 6.)

2. 기호는 다음과 같이 통일하였습니다.
   『 』책명, 「 」작품명과 법률, 〈 〉신문·잡지명

3. 원문은 다음 기준에 따라 표기하였습니다.
   · 대화 : 오타가 아닌 한 원문의 표기를 최대한 살린다.
   · 지문 : 현재의 맞춤법에 따른다.

차례 /

01 태형(笞刑)

김동인

— 옥중기(獄中記)의 일절(一節)

김동인은
어떤 작가인가?

김동인(1900~1951)의 호는 금동이다. 평안남도 평양에서 출생했다. 1914년 일본 도쿄 학원 중학부에 입학했으나 학교가 폐쇄되어 1915년 메이지 학원 중학부에 편입했다. 1919년 일본 도쿄에서 한국 최초의 순문예지 〈창조〉를 자기 돈을 들여 출간하여 창간호에 「약한 자의 슬픔」을 발표했다. 3·1운동 직후에 귀국하여 동생 김동평의 부탁으로 사람들에게 알리는 글을 썼다가 일본 경찰에 구속되어 6월 16일에 풀려났다. 「태형」은 이때의 감옥 체험을 쓴 작품으로, 3·1운동 이후의 평양 감옥의 모습을 생생하게 보여준다. 대표 단편으로 「배따라기」, 「감자」, 「광염소나타」, 「발가락이 닮았다」, 「붉은 산」, 「김연실전」 등이 있다.

01

태형

- **옥중기(獄中記)**의 일절(一節)

"기쇼오(**기상起床**)!"

잠은 깊이 들었지만 조급하게 설렁거리는 마음에, 이 소리가 조그맣게 들린다. 나는 한순간 화닥닥 놀래어 깨었다가 또다시 잠이 들었다.

"여보, 기쇼야, 일어나오."

곁엣사람이 나를 흔든다. 나는 돌아누웠다. 이리하여 한 초, 두 초, 꿀보다도 **달은** 잠을 즐길 적에 그 사람은 또 나를 흔든다.

"잠 깨구 일어나소."

"누굴 찾소?"

이렇게 나는 물었다. 머리는 또다시 나락의 밑으로 미끄러져 들어간다.

"그러디 말고 일어나요. 지금 5방 뎅깽(**점검點檢**)합넨다."

"여보, 십 분 동안만 제발 더 자게 해주우."

"그거야 내가 알갔소? 간수한테 들키믄 당신 혼나갔게 말이디."

"에이! 누가 남을 잠두 못 자게 해! 난 잠들은 데 두 시간두 못 됐구레. 제발 조금만 더……."

이 말이 맺기 전에 나의 넓은 침실과 그 머리맡의 담배를 **곁핏** 보면서, 나는 또다시 **혼혼히** 잠이 들었다. 그때에 문득 내게 담배를 한 개비 주는 사람이 있으므로 그 담배를 먹으려 할 때에, 아까 그 사람(나를 흔들던 사람)은 또다시 나를 흔든다.

"기쇼— 불렀소. 뎅깽꺼정 해요. 일어나래두……."

"여보, 이제 남 겨우 또 잠들었는데 깨우긴 왜……."

"뎅껭해요."

나는 벌컥 역정을 내었다.

"뎅껭이면 어떠란 말이오! 그래 **노형** 상관있소?"

"그만둡시다. 그러나 일어나 나오."

"남 이제 국수 먹구 담배 먹는 꿈 꾸랬는데……."

이 말을 하려던 나는 생각만 할 뿐 또다시 잠이 들었다. 또 한 초, 두 초, 단꿈에 빠지려던 나는, ❶결방에서 들리는 제걱거리는 칼 소리와 문을 덜컥덜컥 여는 소리에 펄떡 놀라서 일어나 앉았다. 그러나 온몸을 취케 하던 졸음은 또다시 머리를 덮는다. 나는 무릎을 안고 머리를 묻은 뒤에 또다시 잠이 들었다. 또 한 초, 두 초, 시간은 흐른다. 덜컥! 마침내 우리 방문을 여는 소리가 났다. 나는 갑자기 굴복을 하고 머리를 들었다. 이미 잘 아는 바이어니와 한 초 전에 무거운 잠에 취하였던 사람이라고는 생각 안 되도록 긴장된다.

- 옥중기 : 감옥 체험 기록
- 기상 : 잠자리에서 일어남
- 달은 : 단(=달다)
- 점검 : 낱낱이 검사함
- 결핏 : 무엇이 갑자기 언뜻 나타나는 모양
- 혼혼히 : 정신이 가물가물하고 희미한 모양으로
- 노형 : 처음 만났거나 그다지 가깝지 않은 남자 어른들 사이에서, 상대편을 높여 부르는 이인칭 대명사

맥락 읽기!

❶은 어떻게 읽어야 하지?

➔ 두 가지로 읽을 수 있다.

1) 내재적 맥락 : 간수의 접근을 청각적으로 나타낸 것이다.

2) 문화사회적 맥락 : 1911년 5월 총독부는 제국의 직원들로 하여금 제복에다 칼을 차게 했다. ❶은 그 청각 효과다. 일제 강점기의 순사는 조선인에게 공포를 불러일으켰다. 시각적 공포는 제복 입은 순사의 허리에 찬 긴 칼 때문이었고, 청각적 공포는 칼과 구두에서 나는 요란한 소리 때문이었다.

덜컥 하는 소리와 함께 문이 열리며, 간수가 서넛 들어섰다.

"뎅껭!"

다섯 평이 좀 못 되는 방에는 너무 크지 않나 생각되는 우렁찬 소리가 울리우며, 경험으로 말미암아 숙련된 흐르는 듯한 (우리의 대명사인) 번호가 불리운다. 몇 호 몇 호, 이렇게 흐르는 듯이 불러오던 **간수** 부장은 한 번호에 머물렀다.

"나나햐꾸 나나쥬 욘고(칠백칠십사호)!"

아무 대답이 없다.

"나나햐꾸 나나쥬 욘고!"

자기의 **대명사** ―더구나 ❶일본말로 부르는 것을 알아듣지 못한 칠백칠십사호의 영감(곧 내 뒤에 앉은)은 역시 대답이 없었다. 나는 참다 못하여 그를 꾹 찔렀다. 놀래서 덤비는 대답이 그때야 겨우 들렸다.

"예, 하이!"

"나제 하야쿠 헨지오 시나이(왜 빨리 대답 안 하나)? 이리 와!"

이렇게 부장은 고함쳤다. 그러나 영감은 가만 있었다. 고요한 가운데 소리 하나 없다.

"이리 오노라!"

두 번째의 소리가 날 때에 영감은 허리를 구부리고 그의 앞에 갔다. 한순간 공기를 헤치는 날카로운 소리와 함께, 이것 역시 ❷경험 때문에 손익게 된 솜씨인, 드는 손 보이지 않는 채찍은 영감의 등에 **나려맞었다**.

영감은 가만 있었다. 그러나 눈에는 눈물이 있었다.

칠백칠십사호 뒤의 번호들이 불리운 뒤에 정신 차리라는 책망과 함께 영감은 자기 자리에 돌아오고 감방문은 다시 닫혔다.

❸이상한 일이거니와 한 사람이 벌을 받으면 방 안의 전체가 떨린다. (**공분**이라거나 동정이라든가는 결코 아니다.) 몸만 떨릴 뿐 아니라, 염통까지 떨린다. 이 떨림을 처음 경험한 것은 경찰서에서 세 시간을 **연하여** 맞은 뒤에 **구류실**에 들어가서 두 시간 동안을

사시나무 떨듯 떨던 때였다. 죽지나 않나까지 생각되었다.(지금은 매일 두세 번씩 당하는 현상이거니와…….)

- 간수 : 감옥의 교도관
- 대명사 : 이름 대신 부르는 호칭
- 나려맞었다 : 내리맞았다
- 공분 : 대중의 분노
- 연하여 : 계속하여
- 구류실 : 죄인을 가두는 유치장

맥락 읽기!

간수는 ❶처럼 일본말만 할까?

➔ 문화사회적 맥락 : 일제 강점기 경찰서에는 조선인이 50퍼센트 이상 근무했는데 이들도 일본어를 사용했다.

❷가 알려주는 것은 뭐지?

➔ 두 가지 읽기가 있다.

1) 내재적 맥락 : ❷는 ❶에 대한 처벌이다.

2) 문화사회적 맥락 : 일본어를 알아듣지 못하는 조선인은 불이익을 받았다. '드는 손 보이지 않는 채찍'은 순사들이 자주 채찍을 휘둘렀음을 가리킨다. 조선인의 사소한 잘못조차 큰 분노로 대응하면서 잔인한 처벌로 보복하는 순사는 일제 강점기 경찰의 전형적인 모습이다.

❸의 이유는 무엇일까?

➔ '공분'이나 '동정' 때문은 아니라고 했다. 공분과 동정의 공통점은 타인의 아픔에 대한 반응이다. 그러므로 ❸은 수감자 때문에 생긴 반응이 아니다. '경찰서에서 세 시간은 연하여 맞은 뒤에 구류실에 들어가서 두 시간을 사시나무 떨듯 떨던' 경험과 기억 때문이다. 그러므로 ❸은 공포 경험의 내면화 효과다. 관련 속담으로 "자라 보고 놀란 가슴 솥뚜껑 보고 놀란다"가 있다.

방은 죽음의 방같이 소리 하나 없다. 숨도 크게 못 쉰다. 누구나 곁을 보면 거기는 악마라도 있는 것처럼 보려고도 안 한다. 그들에게 과연 목숨이 남아 있는지?

좀 있다가 점검이 끝났는지 간수들의 발소리가 도로 우리 방 앞을 지나갔다. 그때에 아까 그 영감의 조그만 소리가 겨우 침묵을 깨뜨렸다.

"❶집엔, 그 녀석(간수)보담 나이 많은 아들이 두 녀석이나 있쉐다가레……."

* * *

덥다.

몇 도인지, 백십 도 혹은 그 이상인지도 모르겠다.

매일 아침 경험하는 바와 같이 동쪽 하늘에 떠오르는 해를 '저 해가 이제 곧 무르녹일 테지' 생각하면 그 예상을 맞히려는 듯이 해는 어느덧 방 안을 무르녹인다.

다섯 평이 좀 못 되는 이 방에 처음에는 스무 사람이 있었지만, 몇 방을 합칠 때에 스물여덟 사람이 되었다. 그때에 이를 어찌하노 하였다. ❷**진남포** 감옥에서 **공소**로 넘어온 사람까지 서른네 사람이 되었을 때에 우리는 한숨을 쉬었다. 그러나 **신의주**와 **해주** 감옥에서 넘어온 사람까지 하여 ❸마흔한 사람이 된 때에 우리는 한숨도 못 쉬었다. 혀를 채었다.

곧 **추녀** 끝에 걸린 듯한 뜨거운 해는 그침 없이 더위를 보낸다. 몸속에 어디 그리 물이 많았던지, 아침부터 그침 없이 흘린 땀은 그냥 멎지 않고 흐른다. 한참 동안 땀에 힘없이 앉아 있던 나는 마지막 힘을 내어 담벽을 기대이고 흐늘흐늘 일어섰다. ❹지옥이었다. 빽빽이 앉은 사람들은 모두들 힘없이 머리를 **느리우고** 입을 **송장**같이 벌리고, 흐르는 침과 땀을 씻을 생각도 안 하고 **먹먹히** 앉아 있다. 둥그렇게 구부러진 허리, 맥없이 무릎 위에 놓인 팔, 뚱뚱 부은 시퍼런 얼굴에 힘없이 벌어진 입, **정기** 없는 눈, 흩어진 머리와 수염, 모든 것이 죽은 사람이었다. 이것이 과연 아침에 **세면소**까지 뛰어갔으며 두 시간 전에 점심 먹느라고 움직인 사람들인가. 나의 **곤하여** 둔하게 된 감각에도 눈이 쓰린 **역한** 냄새가 쏜다.

- 진남포 : 남포. 평안남도 서남부에 있는 항구 도시
- 공소 : 검사가 법원에 형사 사건의 재판을 청구함
- 신의주 : 평안북도 서북부에 있는 시
- 해주 : 황해도 서남쪽에 있는 시
- 추녀 : 네모지고 끝이 번쩍 들린, 처마의 네 귀에 있는 큰 서까래
- 느리우고 : 늘어뜨리고
- 송장 : 죽은 사람의 몸을 이르는 말
- 먹먹히 : 멍하니
- 정기 : 생기 있고 빛이 나는 기운
- 세면소 : 세수하는 곳(세면=세수)
- 곤하여 : 피곤하여
- 역한 : 토할 듯 속이 메슥메슥한

맥락 읽기!

❶에서 영감이 말하려는 것은 뭐지?

➔ 영감의 내면심리다. 영감은 채찍 맞은 고통보다 모욕감을 더 크게 느끼고 있다. 간수가 자식뻘 나이라는 것이 모욕감의 이유로 제시되었지만, 말없음표에 숨은 이유인 '간수=조선인'을 독자가 추가하여 읽을 수 있다. 친일 행위에 대한 반감이다.

❷의 '진남포 감옥'은 어디에 있어?

➔ 두 가지로 읽을 수 있다.

1) 내재적 맥락 : '진남포=남포'이므로, 진남포 감옥은 평안남도 대동강 근처에 있다.
2) 문화사회적 맥락 : 김동인은 1919년 3월 26일부터 90일 동안 미결수로 평양 경찰서에 수감되어 있었다. 판결은 '6개월 징역, 2년 집행유예'였다. 그러므로 진남포 감옥은 평양 경찰서를 말한다. 이태준은 「패강랭」에서 주인공 현의 눈을 통해 본 평양 경찰서를 무덤같이 생긴 '시뻘건 벽돌'이라 했다.

❸의 '마흔한 사람'은 어떤 의미일까?

➔ 두 가지다.

1) 수감자 수의 급증(20→28→34→41명)이 짧은 시간에 이루어졌다.
2) 수감자 중 상당수가 3·1운동 관련자다.

❹의 '지옥'은 어디야?

➔ 감옥이다. "감옥은 지옥이다"이므로 비유다. ❹ 이후의 문장은 다섯 평 감옥에 마흔한 명의 수감자가 있는 6월 감옥에 대한 매우 사실적인 묘사다.

그들은 무얼 하여 여기 왔나. 바람 불고 잘 자리 있고 담배 있는 저 세상에서 무얼 하러 여기 왔나. 사랑스러운 손주가 있는 사람도 있겠지. 이쁜 아내가 있는 사람도 있겠지. 제가 벌어먹이지 않으면 굶어죽을 어머니가 있는 사람도 있겠지. 그리고 그들은 자유로 먹고 마시고 자유로 바람을 쏘이고 자유로 자고 있었을 테다. ❶그러던 그들이 어떤 요구로 여기를 왔나.

그러나 지금의 그들의 머리에는, 독립도 없고 **자결**도 없고 자유도 없고 사랑스러운 아내나 아들이며 부모도 없고 또는 더위를 깨달을 만한 새로운 신경도 없다. 무거운 공기와 더위에게 괴로움 받고 학대받아서 조그맣게 **두개골** 속에 웅크리고 있는 그들의 피곤한 뇌에 다만 한 가지의 바람이 있다 하면, 그것은 냉수 한 모금이었다. ❷나라를 팔고 고향을 팔고 친척을 팔고 또는 뒤에 이를 모든 행복을 희생하여서라도 바꿀 값이 있는 것은 냉수 한 모금밖에는 없었다.

즉 그때에 눈에 걸핏 떠오른 것은 (때때로 당하는 현상이거니와) 쫄쫄쫄쫄 흐르는 샘물과 **표주박**이었다.

"한 잔만 먹여다고, 제발……."

나는 누구에게 비는지 모르게 빌었다. 그리고 힘없는 눈을 또다시, 몸과 몸이 서로 닿아 썩어서 몸에는 종기투성이요 전 인원의 십분의 칠은 **옴쟁이**인 무리로 향하였다. 침묵의 끝없는 시간은 그냥 흐른다.

나는 도로 힘없이 앉았다.

"에, 더워 죽겠다!"

마지막 '죽겠다'는 말은 똑똑히 들리지 않도록 누가 토하는 듯이 말하였다. 그러나 아무도 거게 대꾸할 용기가 없는지 또 끝없는 침묵이 연속된다.

머리나 몸 가운데 어느 것이든 노동하지 않고는 사람은 못 사는 것이다. 그 사람들이 몇 달 동안을 머리를 쓸 재료가 없이 몸을 움직일 틈이 없이 지내왔으니 어찌 견딜 수가 있을까. 그것도 이 더위에…….

- 자결 : 누구의 도움이나 간섭을 받지 않고 스스로 결정하고 해결함
- 두개골 : 머리뼈
- 표주박 : 둥근 박을 반으로 쪼개어 만든 작은 바가지
- 옴쟁이 : 옴이 오른 사람을 낮잡아 이르는 말
  (옴=옴진드기가 일으키는 전염 피부병)

맥락 읽기!

❶에 대한 답은 어디 있지?

➔ 없다. 그러나 독자가 추리할 수는 있다. ❶과 이어지는 문장인 '그러나 지금의 그들의 머리에는 독립도 없고, 자결도 없고, 자유도 없고' 사이에 생략이 있기 때문이다. 생략된 문장은, "독립을 요구했기 때문에, 민족 자결을 요구했기 때문에, 자유를 요구했기 때문에 수감되었다"일 것이다. 수감자 상당수가 3·1운동 관련자였기 때문이다.

❷는 과장법인가?

➔ '냉수 한 모금' 때문에 '나라를 팔고, 고향을 팔고, 친척을 팔고 또는 뒤에 이를 모든 행복을 희생' 한다는 것이니, 분명 과장법이다.

❷는 과장법이 아닐 수도 있지?

➔ 이 소설의 후반부에 수감자 40명이 영감에게 집단 압력을 행사하는 사건이 발생한다. 영감이 태형 90대를 수용하면 3일 후 영감은 출옥하게 되고, 출옥하면 수감자 40명에게 8분의 1평이 넓어지는 효과가 있기 때문이다. 이 미미한 이익 때문에 40명 수감자들은 '동포를 파는(=영감으로 하여금 태형 90대를 맞게 하는=영감이 곤장 맞다가 죽을 수도 있는 결과를 무시하는)' 노골적인 의견 일치가 벌어지고 있으므로 사실적으로 읽을 수도 있다. 최소한의 인간다움도 유지하지 못하게 하는 감옥 현실에 대한 고발이다. 따라서 '감옥=극한 상황'이라 할 수 있다.

❷에서 작가 김동인의 세계관을 알 수 있을까?

➔ ❷는, "감옥이라는 나쁜 환경이 원인으로 작용했고 '동포를 파는' 나쁜 결과를 낳았다"라고 설명할 수 있으므로, 김동인이 주장하는 환경결정론에 해당한다.

더위는 저녁이 되어 가며 차차 더하여진다. 모든 세포는 개개의 목숨을 가진 것 같지, 더위에 팽창한 몸의 한 부분이라고는 생각할 수가 없었다. 무겁고 뜨거운 공기가 허파에 들어갔다가 나올 때마다 더위는 더하여진다. 이러고야 어찌 열병 환자가 안 날까?

닷새 전에 한 사람 병감으로 나가고, 그저께 또 한 사람 나가고, 오늘 또 두 사람이 앓고 있다.

우리는 간수가 와서 **병인**을 **병감**으로 데리고 나갈 때마다, 부러운 눈으로 그들을 보았다. 거기는 한 방에 **여남은** 사람밖에는 두지 않았다. 그리고 그들에게는 '물'약을 주었다. 뿐만 아니라 그들은 맑은 공기를 마실 기회가 있었다.

* * *

"오늘이 일요일이지요?"

나는 변기 위에 올라앉아서 어두운 전등 빛에 이를 잡으면서 곁에 서 있는 사람에게 물었다. (❶ 우리는 하룻밤을 **삼분**하고, 사람을 삼분하여, 번갈아 잠을 자고, 남은 사람은 서서 기다리기로 하였다.)

"내니 압네까? 종은 텝네다만, 삼일 날인디 주일 날인디……."

그러나 종소리는 그냥 땡— 땡— 고요한 밤하늘에 울리어온다. 그것은 마치 '여기는 자유로 냉수를 마시고 넓은 자리에서 잘 수 있는 사람이 있다'는 것처럼…….

"사람의 얼굴이 좀 보구 싶어서……."

"그래요. 정 사람의 얼굴이 보구파요."

"종소리 나는 저 세상엔 물두 있을 테지. 넓은 자리두 있을 테지. 바람두, 바람두 불테지……."

이렇게 나는 중얼거렸다.

"물? 물? 여보 말 마오. 나두 밖에 있을 땐 목마르면 물두 먹구, 넓은 자리에서 잔 사람이외다."

그는 성가신 듯이 외면을 한다.

그 말을 듣고 보니, 나도 밖에 있을 때는 자유로 물을 먹었다. 자유로 **버드렁거리며** 잤다. 그러나 그것은 지나간 옛적의 꿈과 같이 머리에 남아 있을 뿐이다.

"아이스크림도 있구."

이번은 이편의 젊은 사람이 나를 꾹 찔렀다.

"아이스크림? 그것만? 여보 그것만? 내겐 마누라도 있소. 뜰의 **유월도**두 **거반** 익어갈 때요!"

나는 이렇게 말하였다. 즉 아까의 영감이 성가신 듯이 도로 나를 보며 말한다.

- 병인 : 병자, 환자
- 병감 : 교도소에서 병든 죄수를 따로 두는 감방
- 여남은 : 열 명이 좀 넘는
- 삼분 : 셋으로 나눔
- 버드렁거리며 : 바드락거리며
  (바드락거리다=몸을 움직이며 팔다리를 가볍게 내젓다)
- 유월도 : 6월에 익는 복숭아
- 거반 : 거지반, 거의 절반 가까이

맥락 읽기!

❶ 이 사실이야? 이럴 수 있는 거야?

➔ 문화사회적 맥락 : 1910년 자료에 따르면 조선의 감방 수감 인원이 1평당 평균 7.9명이었음을 알 수 있는데, 이때 수감자를 교대로 취침시킨 사실이 기록으로 남아 있다.

"❶마누라? 여보 젊은 사람이 왜 그리 철없는 소리만 하오? 난 아들이 둘씩이나 있었소. 삼월 **야드렛날 멧골짜기**에서 만세 부를 때 **집안이 통 떨테나서** 불렀소구레. 그르누래는데 툭탁툭탁 총소리가 나더니 **데켄** 앞에 있든 **마디**가 꼬꾸러딥데다가레. 그래서 그리루 가볼래는데 이번은 옆에 있던 둘째두 또 꼬꾸러디디요. ❷한꺼번에 아들 둘을 잡아먹구……. 그래서 정신없이 덤비누래니낀……. 음! 그런데 노형은 마누라? 마누라가 대체 무어이요."

"그래서 어찌됐소?"

❸나는 그냥 이를 잡으면서 물었다.

"내가 알갔소? 난 곧 잽혀 왔으니낀. 밥두 차입 안 하구 **우티**두 안 보내는 걸 보느낀 죽었나붸다."

"난 어디카구."

이번은 한 서너 사람 **격하여** 있는 **마흔아믄** 난 사람이 말을 시작하였다.

"그날 자꾸 부르구 있누래니낀, 그 헌병놈들이 따라옵데다. 그래서 도망들 해서 멧기슭꺼정 갔는데 뒤를 보아야 더 뛸 데가 없습데다가레. **궁한 쥐, 괭이게 달려든다구** 할 수 있습데까? 맞받아 나갔디요. 그르닝낀 ❹**총을 놓기 시작하는데** 그러구 여게서 하나 더게서 하나 푹푹 된장독 넘어지듯 꼬꾸라디는데……."

그는 여기서 잠깐 말을 멈추고 그때 일을 생각하는 듯하더니 다시 말을 시작한다.

"그르누래는데 우리 아우가 맞아 넘어딥데다가레. 그래서 뒤집어 업구 도망할래는데 엎틴 데 덮틴다구 그만 나꺼정 맞아 넘어뎄디요. 정신을 차리니낀 **발세** 밤인데 **드러**춥기만 해요. **음쪽**을 못 하갔는 걸 **게와** 벌벌 기어서 좀 가누라니낀 웅성웅성하는 사람의 소리가 나요. 아, 사람의 소릴 들으니낀 푹 맥이 풀리는데 고만 쓰러데서 음쪽을 못하가시요. 그래서 헐덕거리구 가만있누래는데 발자국 소리가 가까와 오더니 '여게두 죽은 놈 하나 있다' 하더니 발루 툭 찹데다가레. 그래서 앓는 소릴 하니낀 죽디 않았다구 **것**에다가 담는데, 그때 보느낀 헌병들이야요. 사람이 막다른 골에 들믄 죽디 않게 낫습데다. 약질두 안 하구 그대루 내버레둔 거이 이진 다 나아시요."

하며 그가 피투성이의 저고리 자락을 들추니까 거기는 다 나은 흐무러진 총알자리가 있다.

- 야드렛날 : 여드렛날, 8일
- 멧골짜기 : 산골짜기
- 집안이 통 털테나서 : 가족 모두가 다 떨쳐 일어나서
- 데켄 : '저쪽'의 평안도 사투리
- 마디 : 맏이
- 우티 : '옷'의 평안도 사투리
- 격하여 : 사이를 두어
- 마흔아믄 : '마흔-남은', 마흔이 조금 넘은
- 궁한 쥐, 괭이게 달려든다 : '궁지에 빠진 쥐가 고양이를 문다'는 북한 속담
- 총을 놓기 시작하는데 : 총을 쏘기 시작하는데
- 발세 : 벌써
- 드러 : 몹시, 아주
- 음쪽 : 옴짝
- 게와 : 겨우
- 것 : '들것'의 평안도 사투리

맥락 읽기!

❶의 '철 없는 소리'가 뜻하는 것이 뭘까?

➔ 영감은 두 아들이 자기 눈앞에서 총에 맞아 쓰러지는 광경을 보고도 생사 확인조차 못한 채 잡혀와 있으므로 '나'의 마누라 못 보는 타령이란 사소한 걱정거리라는 뜻이다.

'영감'은 어떤 인물로 이해해야 하지?

➔ 환경에 굴복하여 이기심을 드러내는 '나'와는 대조되는 인물이다.

❷의 '한꺼번에 아들 둘을 잡아먹구'에서 영감은 어떤 심정일까?

➔ 두 아들이 죽었을 거라는 최악의 상황을 염두에 두며 영감은 자책하고 있다.

❸을 어떻게 이해해야 하지?

➔ 영감은 고통스러운 기억을 떠올리며 말하는데, 그 사연을 '나'는 방관자적 태도로 듣는다.

일본은 3·1운동 참가자들을 정말 ❹처럼 진압했나?

➔ 조선총독부는 서울과 평양에 주둔하던 군부대에 기관총을 휴대하라고 지시를 내렸으며, 진압 과정에서 병기 사용을 허가했다. 군부대는 '총검 → 공포 → 발포 → 대포 발사' 순으로 시위대를 무력 진압했다.

"난 우리 아바진 (난 **맹산**서 와시요) 우리 아바진 헌병대 구류당에서 총 맞아 없어시요. 오십인이나를 구류당에 몰아넣구 기관총으루……. 도적놈들!"

그러나 우리들 (자지 않고 서서 기다리기로 한) 가운데도 벌써 잠이 든 사람이 꽤 많았다. 서서 자는 사람도 있다. 변기 위 내 곁에 앉았던 사람도 끄덕끄덕 졸다가 툭 변기에서 떨어졌다. 그리고 떨어진 그대로 잔다. 아래 깔린 사람도 송장이 아닌 증거로는 한두 번 다리를 버둥거릴 뿐 그냥 잔다.

나도 어느덧 잠이 들었는지 모르겠다. 가슴이 답답하여 깨니까 (매일 밤 여러 번씩 겪는 현상이거니와) 내 가슴과 머리는 온통 남의 다리(수십 개의) 아래 깔려 있다. 그것들을 우무적우무적 겨우 뚫고 일어나서, 그냥 어깨에 걸려 있는 몇 개의 남의 다리를 치워 버리고 무거운 김을 뱉었다.

다리 진열장이었다. 머리와 몸집은 어디 갔는지 방 안에 하나도 안 보이고, 다리만 몇 겹씩 포개이고 포개이고 하여 있다. 저편 끝에서 다리가 하나 버드렁거리는가 하면, 이편 끝에서는 두 다리가 움질움질하고……. 그것도 송장의 것과 같은 시퍼런 다리를. 이, 사람의 세계를 멀리 떠난 그들에게도 사람과 같이 꿈이 꾸어지는지 (냉수 마시는 꿈이라도 꾸는지 모르겠다) 때때로 다리들 틈에서 꿈 소리가 나온다.

아아, 그들도 집에 돌아만 가면 빈약하나마 제가 잘 자리는 넉넉할 것을…….

저편 끝에서 다리가 일여덟 개 들썩들썩하더니 그 틈으로 머리가 하나 쑥 나오다가 긴 숨을 내어쉬고 도로 다리 속으로 스러진다.

이것을 어렴풋이 본 뒤에 나도 자려고 **맥난** 몸을 남의 다리에 기대었다.

* * *

아침 세수를 할 때마다 깨닫는 것은, 나는 결코 **파래지** 않았다는 것이었다. 부었는지 살쪘는지는 모르지만, 하루 종일 더위에 녹고 밤새도록 졸음과 땀에게 괴로움 받은 얼굴을 상쾌한 찬물로 씻을 때마다 깨닫는 바가 이것이다. 거울이 없으니 내 얼굴은 알 수 없고 남의 얼굴은 점진적이니 모르지만 미끄러운 땀을 씻고 보동보동한 뺨을 만져볼 때마다 나는 결코 파래지 않았다는 사실을 깨닫는다. 그리고 이 세수 뒤의 두세 시간이 우리의 살림 가운데는 그중 값이 있는 살림이며 그중 사람 비슷한 살림이었다. 이때뿐이 눈에는 빛이 있고 얼굴에는 산 사람의 기운이 있었다. 심지어는 머리도 얼마간 동작하며 혹은 농담을 하는 사람까지 생기게 된다. 좀 (단 몇 시간만) 지나면 모든 신경은 마비되고, 머리를 느리우고 떠도 보지를 못하는 눈을 **지리감고** 곯는 기름과 같이 숨을 헐떡거릴 사람과 이 사람들 사이에는 너무 간격이 있었다.

"이따는 또 더워질 테지요?"

나는 곁엣사람에게 이렇게 말하였다.

"더워요? 덥긴 왜 더워? 이것 보구려. 오히려 추운 편인데……."

그는 엄청스럽게 몸을 떨어본 뒤에 웃는다.

아직 아침은 서늘한 유월 중순이었다. 캘린더가 없으니 날짜는 똑똑히 모르되 음력 단오를 좀 지난 때였다. 하루 **진일** 받은 더위를 모두 **방산한** 아침은 얼마간 서늘하였다.

"노형, 어제 **공판** 갔댔디요?"

이렇게 나는 그 사람에게 물었다.

"예."

"바깥 형편이 어떻습디까?"

- 맹산 : 평안남도 맹산군에 있는 면
- 맥난 : 맥없는, 힘없는
- 파래지 : '파리하지(파리하다=몸이 마르고 낯빛이나 살색이 핏기가 전혀 없다)'의 평안도 사투리
- 지리감고 : '지르감고(=눈을 찡그려 감다)'의 북한말
- 진일 : 온종일
- 방산한 : 제각각 흩어진
- 공판 : 기소된 형사 사건을 법원이 심리하는 일. 재판

“형편꺼정이야 알겠소? 그저 **퍼플리**두 새파랗구, 구름도 세차게 날아다니구, 말하자면 다 살은 것 같습디다. 땅바닥꺼정 움직이는 것 같구. 사람들두 모두 **상판**이 시커먼 것이 우리 보기에는 도둑놈 관상입디다.”

“그것을 한번 봤으면…….”

나는 한숨을 쉬었다. ❶삼월 그믐 아직 두꺼운 솜옷을 입고야 지낼 때에 여기를 들어온 나는, 포플러가 푸른빛이었는지 녹빛이었는지 똑똑히 모른다.

“노형두 수일 공판 가겠디요?”

“글쎄, 언제 한 번은 갈 테지요—. 그런데 좋은 소식은 못 들었소?”

“글쎄, 어제 이야기한 거같이 쉬 독립된답디다.”

“쉬?”

“한 열흘 있으면 된답디다.”

나는 거게 대꾸를 하려 할 때에 곁방에서 담벽을 두드리는 소리가 들렸다. 그것은 ㄱㄴㄷ과 ㅏㅑㅓㅕ를 수로 한 우리의 암호 **신보**였다.

“무, 엇, 이, 오?”

나는 이렇게 두드렸다.

“좋, 은, 소, 식, 있, 소, 독, 립, 은, 다, 되, 었, 다, 오.”

“어, 디, 서, 들, 었, 소.”

“오, 늘, 아, 침, 차, 입, 밥, 에, 편, ㅈ.”

여기까지 오던 신호는 뚝 끊어졌다.

“보구려. 내 말이 옳지 않나…….”

아까의 사람이 자랑스러운 듯이 수군거렸다.

“곁방에서 공판 갈 사람을 불러낸다. 오늘은…….”

“노형, 꼭, 가디.”

“글쎄, 꼭 가야겠는데. 사람두 보구, 시퍼런 나무들두 보구, 넓은 데를…….”

그러나 우리 방에서는 어제 간수 부장에게 매맞은 그 영감과 그 밖에 **영원**, 맹산 **등지**의 사람 두셋이 불리어 나간 뿐, 나는 역시 그 **축**에서 빠졌다.

"언제든 한 번 간다."

- 퍼플라 : 포플러. 미루나무
- 상판 : 얼굴을 속되게 이르는 말
- 신보 : 고(告)하여 알림
- 영원 : 평안남도 영원군에 있는 면
- 등지 : 그 밖의 곳들을 줄임을 나타내는 말. 등등
- 축 : 일정한 특성에 따라 나누어지는 부류. 무리

맥락 읽기!

❶의 '삼월 그믐'이 언제야?

➔ '그믐'이란 29일 또는 30일을 가리킨다. ❶은 '나'가 수감된 시간이다. '나'가 3·1운동 관련 수감자임을 알려주는 정보다.

나는 **맛없고** 골이 나서 속으로 중얼거렸다. 그러나 그 '언제든'이 과연 언제일까. 오늘은 꼭, 오늘은 꼭, 이리하여 석 달을 밀려온 나였다. '영구'와 같이 생각되는 석 달을 매일 아침마다 공판 가기를 기다리면서 지내온 나였다. '언제 한때'란 과연 언제일까? 이런 석 달이 열 번 거듭하면 서른 달일 것이다.

"노형은 또 빠뎄구려."

"싫으면 그만두라지, 도둑놈들!"

"이제 한 번 안 가리까?"

"이제? 이제가 대체 언제란 말이오? 십 년을 기다려두 그뿐, 이십 년을 기다려두 그뿐……."

"그래도 한 번이야 안 가리까?"

"나 죽은 뒤에 말이오?"

나는 그에게까지 성을 내었다.

좀 뒤에 아침밥을 먹을 때까지도 나의 마음은 자못 편치 못하였다. ❶그것은 바깥을 구경할 기회를 빨리 지어 주지 않는 관리에게 대함이람보다, 오히려 공판에 불리어 나가게 된 행복한 사람들에게 대한 무거운 **시기**에 가까운 것이었다.

* * *

점심을 먹고, 비린내 나는 냉수를 한 대접 다 마신 뒤에 매일 간수의 눈을 **기어 가면서** 장난하는 바와 같이, 밥그릇을 당겨서 거게 아직 붙어 있는 밥알을 모두 뜯어서 이기기 시작하였다. 갑갑하고 답답하고, 서로 이야기하는 것을 허락지 않고, 공상을 하자 하여도 **인전** 벌써 재료가 없어진 우리가 가질 수 있는, 다만 하나의 오락이 이것이었다. 때가 묻어서 새까맣게 될 때는 그 밥알은 한 덩어리의 떡으로 변한다. 그 떡은, 혹은 개, 혹은 돼지, 때때로는 간수의 모양으로 빚어져서 마지막에는 변기 속으로 들어간다…….

한참 내 손 속에서 움직이던 떡덩이는— 뿔은 좀 크게 되었지만 한 마리의 얌전한 소가 되어 내 무릎 위에 섰다. 나는 머리를 들었다.

- 맛없고 : 재미나 흥미가 없고
- 시기 : 남이 잘되는 것을 샘하여 미워함
- 기어 가면서 : 피해 가면서
- 인전 : 이제(=바로 이때, 이제에 이르러)

맥락 읽기!

❶의 '바깥을 구경할 기회를 빨리 지어주지 않는'이 무슨 뜻이지?

➔ 두 가지로 읽을 수 있다.

1) 내재적 맥락 : '나'는 미결수다. 미결수란 법적 판결이 나지 않은 상태에서 구금되어 있는 피의자를 말한다. '나'와 함께 구금된 40명도 미결수다. 관료들이 재판 날짜를 빨리 잡아주지 않아 석방이 지연되고 있다는 뜻이다.
2) 문화사회적 맥락 : 당시 미결 구금 일수는 평균 90일이었다. 일제 강점기 당시 경찰은 판결에 반영해야 하는 '미결 구금 일수 공제'를 해 주지 않았으므로 수감자들은 재판을 빨리 받고 싶어 했다.

  * 미결 구금 기간 : 판결 전에 이미 감옥에 있었던 기간
  * 형기 공제 : 전체 형기에서 이미 감옥에 있었던 기간을 빼는 것

❶과 같은 반응을 어떻게 이해해야 할까?

➔ 두 가지로 읽을 수 있다.

1) 내재적 맥락 : 재판이 지연된 일수만큼 구금일이 늘어난 것이므로, 수감자들은 고의적으로 재판을 늦추고 있는 일제의 '관리'에게 분노해야 한다. 그런데 분노가 안 나타나고 있다.
2) 문화사회적 맥락 : 1)과 같은 수감자들의 반응은 푸코가 말하는 '훈육 효과'다. 감옥 체험 고통이 큰 수감자일수록 가해자인 '관리'에 대해 부정적인 태도나 마음을 갖지 않을 뿐만 아니라 온순해지는데, 이를 훈육 효과 또는 내면화된 공포라 한다. 수감자들끼리 갈등하는 것도 훈육 효과다. 갈등해도 크게 복수당하지 않으므로, 수감자의 분노나 시기는 동료인 수감자를 향하게 된다.

   ❶ =일제에 대한 조선인의 내면화된 공포=조선인끼리의 갈등=처벌에 따른 훈육 효과

❶의 '무거운 시기'를 어떻게 이해해야 하나?

➔ '무거운 시기'란 시기심의 정도가 큼을 말한다. 추상적인 감정을 구체적으로 형상화한 표현이다.

아직 장난에 취하여 몰랐지만 해는 어느덧 또 무르녹이기 시작하였다. 빈대 죽인 피가 여기저기 묻은 **양회** 담벽에는 철창 그림자가 똑똑히 그려져 있다. **사르는** 듯한 더위는 등지고 있는 창 밖에서 등을 **타치고**, 안고 있는 담벽에서 반사하여 가슴을 타치고, 곁에 빽빽이 사람의 열기로 온몸을 썩인다. 게다가 똥오줌 무르녹은 냄새와 살 썩은 냄새와 옴약 내에 매일 수없이 흐르는 땀 썩은 냄새를 합하여, 일종의 독가스를 이룬 무거운 기체는 방에 가라앉아서 환기까지 되지 않는다. 우리의 피곤하여 둔하게 된 감각으로도 넉넉히 깨달을 수 있는 역한 냄새였다. 간수가 가까이 와서 들여다보지 않는 것도 당연한 일이었다.

그러고 보니 생각나거니와 나뿐 아니라 온 사람의 몸에는 종기투성이였다. 가득 차고 일변 증발하는 변기 위에 올라앉아서 뒤를 볼 때마다 역정 나는 독한 습기가 엉덩이에 묻어서, 거기서 생긴 종기를 이와 빈대가 온몸에 **퍼쳐서** 종기투성이 아닌 사람이 없었다.

땀은 온몸에서 뚝뚝—이라는 것보다, 좔좔 흐른다.

"에— 땀."

나는 힘없이 중얼거렸다. 이상한 수수께끼와 같은 일이었다. 밥 먹은 뒤에 냉수를 벌컥벌컥 마시면 이삼십 분 뒤에는 그 물이 모두 땀으로 되어 땀구멍으로 솟는다. 폭포와 같다 하여도 좋을 땀이 목과 가슴에서 흘러서, 온몸에 벌레 기어 다니는 것같이 그 불쾌함은 말할 수 없다.

그러나 땀을 씻는 사람은 하나도 없다. 손가락 하나라도 움직이면 **소열지옥**에라도 떨어질 것같이, 흐르는 땀을 씻으려는 사람도 없다.

'얼핏 진찰감에 보내어 다고.'

나의 피곤한 머리는 이렇게 빌었다. 아침에 종기를 핑계삼아 겨우 빌어서 진찰하러 갈 사람 축에 든 나는, 지금 그것밖에는 바랄 것이 없었다. 시원한 공기와 넓은 자리를 (다만 일이십 분 동안이라도) 맛보는 것은 여간한 돈이나 명예와는 바꿀 수 없는 귀중한 것이었다. 그것뿐 아니라, **입감 이래로** 안부는커녕 어느 감방에 있는지도 모르는 아우의 소식을 알는지도 모르겠다.

즉 뜻하지 않게 눈에 떠오른 것은 집안의 일이었다. 희다 못하여 노랗게까지 보이는 햇빛에 반사하는 양회 담벽에 먼저 담배와 냉수가 떠오르고 나의 넓은 자리가 (처음 순간에는 어렴풋하였지만) 똑똑히 나타났다. (어찌하여 그런 조그만 일까지 똑똑히 보였던지 ❶아직껏 이상하게 생각하거니와) 파리만 한 마리 성냥갑에서 담뱃갑으로 도로 성냥갑으로 왔다갔다 한다.

"쌍!"

나는 뜨거운 기운을 뱉었다.

"파리까지 자유로 날아다닌다."

성내려야 성낼 용기까지 없어진 머리로 억지로 성을 내고, 눈에서 그 그림자를 지워 버리려 하였다. 그러나 담배와 냉수는 곧 없어졌지만, 성가신 파리는 끝끝내 떨어지지를 않았다.

나는 손을 들어서 (마치 그 파리를 날리려는 것같이) 두어 번 얼굴을 부친 뒤에 맥없이 아까 만든 소를 쥐었다.

- 양회 : 토목이나 건축의 재료로 쓰는 접합제
- 사르는 : 어떤 것을 남김없이 없애 버리는, 불에 태워 없애 버리는
- 타치고 : 태우고
- 퍼쳐서 : 퍼뜨려서
- 소열지옥 : 초열지옥(=팔열 지옥의 하나로, 아주 덥거나 뜨거운 상태를 비유적으로 이르는 말)
- 입감 이래로 : 감옥에 들어온 후

맥락 읽기!

❶이 알려주는 것은 뭘까?

➔ '아직껏'은 1인칭 화자의 회고 표지이므로, '나'는 '인물로서의 나'가 아니라 '서술자로서의 나'다. ❶은 회고하는 서술자의 목소리다.

* * *

공기의 맛이 달다고는, 참으로 경험해 보지 못한 사람은 뜻도 못할 일일 것이다. 역한 냄새 나는 뜨거운 기운을 뱉고, 달고 맑은 새 공기를 들이마시는 처음 순간에는, 기절할 듯이 기뻤다.

서늘한 좋은 일기였다. 아까는 참말로 더웠는지 더웠으면 그 더위는 어디로 갔는지, **진찰감**으로 가는 동안 오히려 춥다 하여도 좋을 만치 서늘하였다.

그러나 그보다도 더 기쁜 것은 거기서 아우를 만난 일이었다.

"어느 방에 있니?"

나는 머리는 간수에게 향한 대로 조그만 소리로 물었다.

"4감 2방에……."

나는 좀 있다가 또 물었다.

"몇 사람씩이나 있니? 덥지?"

"모두들 살이 뚱뚱 부었어……."

"도둑놈들. 우리 방엔 사십여 인이 있다. 몸뚱이가 모두 썩는다. 집에 오히려 넓어서 걱정인 자리가 있건만. 너, 그새 앓지나 않었니?"

"감옥에선 앓을래야 병이 안 나. 더워서 골치만 쏘디……."

"어떻게 여기(진찰감) 나왔니?"

"배 아프다구 **거즛부리** 하구……."

"난 **종처**투성이다. 이것 봐라."

하면서 나는 바지를 걷고 푸릿푸릿한 종기를 내어 놓았다.

"그런데 너의 방에 옴쟁이는 없니?"

"왜 없어……."

그는, 누구도 옴쟁이고 누구도 옴쟁이고, 알 이름 모를 이름하여 한 일여덟 사람 부른다.

"그런데 집에선 면회는 왜 안 오는디……."

"글쎄 말이다. 모두들 죽었는지."

문득 아직껏 생각도 하여 보지 않은 일이 머리에 떠오른다. 석 달 동안을 바깥 사람이라고는 간수들밖에는 보지 못한 우리에게는 바깥이 어떤 형편인지는 모를 지경이었다. 간혹 재판소에 갔다 오는 사람도 있기는 하지만, 거기 다니는 길은 야외라, 성안은 아직 우리가 여기 들어올 때와 같이 **음음**한 기운이 시가를 두르고, 상점은 모두 **철전**을 하고 있는지, 혹은 전과 같이 거리에는 홍정이 있고 집안에는 웃음소리가 터지며 예배당에는 결혼하는 **패**도 있으며, 사람들은 석 달 전에 일어난 그 사건을 거반 잊고 있는지 보기는커녕 알지도 못할 일이었다. 일가나 친척의 **소소한** 일은 더구나 모를 일이었다.

"다 무슨 **변**이 생겼나 보다."

"그래두 어제 공판 갔던 사람이 재판소 앞에서 만형을 봤대는데……."

아우는 근심스러운 얼굴로 이렇게 말하였다. 그러나 그 아우의 '봤대는데'라는 말과 함께,

"천십칠호!"

하고 고함치는 소리가 귀에 울리었다. 그것은 내 번호였다.

"네!"

"**딘찰**."

나는 빨리 일어서서 의사의 앞으로 갔다.

"오데가 아파?"

"여기요."

하고 나는 바지를 벗었다. 의사는 내가 내어놓은 엉덩이와 넓적다리를 걸핏 들여다보고 요만한 것을…… 하는 듯한 얼굴로 말없이 간호수에게 내어 맡긴다. 거기서 **껍진껍진한** 고약을 받아서 되는대로 **쥐어바르고** 이번엔 진찰 끝난 사람 축에 앉았다.

- 진찰감 : 감옥에서 병자를 진찰하는 곳
- 거즛부리 : '거짓말'의 사투리
- 종처 : 부스럼이 난 자리
- 음음한 : 분위기 따위가 어두운
- 철전 : 가게 따위가 문을 닫고 영업을 하지 아니함
- 패 : 무리
- 소소한 : 작고 대수롭지 아니함
- 변 : 갑자기 생긴 재앙이나 괴이한 일
- 딘찰 : '진찰'의 사투리 발음
- 껍진껍진한 : 끈적끈적한
- 쥐어바르고 : 펴 바르고

이때에 아우는 자기 곁에 앉은 사람과 (나 앉은 데서까지 들리도록) 무슨 이야기를 둥둥 하고 있었다. 나는 깜짝 놀라서 간수를 보았다. 간수는 아우를 주목하는 모양이었다.

나는 기지개를 하는 듯이 손을 들었다. 아우는 못 보았다. 이번은 크게 기침을 하였다. 그러나 그는 못 들은 모양이었다. 가슴이 떨리기 시작하였다.

'**알귀야** 할 터인데…….'

몸을 움직움직하여 보았지만, 그는 이야기에 정신이 팔려서 그냥 그치지 않고 하다가 간수가 두어 걸음 자기에게 가까이 올 때야 처음으로 정신을 차리고 시치미를 떼었다. 그러나 간수는 용서하지 않았다. 채찍의 날카로운 소리가 한 번 나는 순간 아우는 어깨에 손을 대고 쓰러졌다.

피와 열이 한꺼번에 솟아올라 나는 눈이 아득하여졌다.

좀 있다가 감방으로 돌아올 때에 빨리 곁눈으로 아우를 보니, 나를 보내는 그의 눈에는 눈물이 가득하여 있었다. 무엇이 어리고 순결한 그의 눈에 눈물이 고이게 하였나?

나는 바라고 또 바라던 달고 맑은 공기를 맛보기는 맛보았지만, 이를 맛보기 전보다 더 어둡고 무거운 머리를 가지고 감방으로 돌아오게 되었다.

* * *

저녁을 먹은 뒤에 더위에 쓰러져 있던 나는 아직 내어가지 않은 밥그릇에서 젓가락을 꺼내어 손수건 좌우편 끝을 조금씩 감아서 부채와 같이 만들어 부쳐 보았다. 훈훈하고 냄새나는 바람이 땀 위를 살짝 스쳐서, 그래도 조금의 서늘함을 맛볼 수가 있었다. 이만 지혜가 어찌하여 아직 안 났던고. 나는 정신 잃은 사람같이 팔을 들었다. 이 감방 안에서는 처음의, 냄새는 나지만 약간의 바람이 벌레 기어 다니는 것같이 흐르던 가슴의 땀을 증발시키노라고 꿈 같은 **냉미**를 준다. 천장에 딱 붙은 전등이 켜졌다. 그러나 더위는 줄지 않았다. 손수건의 부채는 온 방 안이 흉내 내어 나의 뒤엣사람으로 **말미여** 등도 부쳐졌다. 썩어진 공기가 움직인다.

그러나 우리들의 부채질은 재판소에서 돌아오는 사람들 때문에 중지되지 않을 수 없었다. 우리 방에서 나갔던 서너 사람도 돌아왔다. 영원 영감도 송장 같은 얼굴로 돌아왔다.

나는 간수가 돌아간 뒤에 머리는 앞으로 향한 대로 손으로 영감을 찾았다.

"형편 어떻습디까?"

"모르갔소."

"판결은 어찌되었소?"

영감은 대답이 없었다. 그의 입은 바늘로 **호라매우지나** 않았나? 그러나 한참 뒤에 그는 겨우 대답하였다. 그의 목소리는 대단히 떨렸다.

"❶태형 구십 도랍디다."

"거 잘됐구려! 이제 ❷사흘 뒤에는, 담배두 먹구 바람두 쏘이구……. 난 언제나……."

"여보! 잘됐시요? 무어이 잘되었단 말이오? 나이 칠십 줄에 들어서 **태** 맞으면—. 말하기두 싫소. 난 아직 죽긴 싫어! **공소**했쉐다."

- 알귀야 : 알려야(='알리다'의 평안도, 함경도 사투리)
- 냉미 : 차가운 느낌
- 말미여 : 말미암아(=말미다, 말미암다)
- 호라매우지나 : (헝겊을 겹쳐 바늘땀을 성기게) 꿰매지나(=호다+매우다)
- 태 : 곤장
- 공소 : '항소'의 옛말

맥락 읽기!

❶의 판결을 받은 영감의 죄목은 뭐야?

➔ 문화사회적 맥락 : 총독부는 3·1운동 단순 관련자 또는 관련자 가족에게 보안법 위반을 적용했다. 형량은 징역 3월이었다. 징역 3월은 태형 90대로 집행되었다. 영감의 형량은 태형 90도(대)이므로, 영감의 죄목은 3·1운동 단순 관련자 또는 관련자 가족이다.

❷가 알려주는 것이 뭐지?

➔ 1일 집행 곤장 수는 최대 30대다. 그러므로 '사흘 뒤=태형 집행 완료'는 출소를 의미한다.

그는 벌컥 성을 내어 내게 달려들었다. 그러나 그의 말을 들은 뒤의 내 성도 그에게 지지를 않았다.

"여보! 시끄럽소. **노망**했소? 당신은 당신이 죽겠다구 걱정하지만, 그래 당신만 사람이란 말이요? 이 방 사십여 인이 당신 하나 나가면 그만큼 자리가 넓어지는 건 생각지 않소? 아들 둘다 총에 맞아 죽은 다음에 **뒤상** 하나 살아 있으면 무얼 해? 여보!"

나는 곁에 있는 다른 사람에게로 향하였다.

"여기 태형 언도에 공소한 사람이 있답니다."

나는 이상한 소리로 껄껄 웃었다.

❶다른 사람들도 영감을 용서치 않았다. 노망하였다, 바보로다, 제 몸만 생각한다, 내어쫓아라, 여러 가지의 **폄**이 일어났다.

영감은 대답이 없었다. 길게 쉬는 한숨만 우리의 귀에 들렸다. 우리들도 한참 비웃은 뒤에는 **기진하여** 잠잠하였다. ❷무겁고 괴로운 침묵만 흘렀다.

바깥은 어느덧 어두워졌다. 대동강 빛과 같은 하늘은 온 세상을 뒤덮었다. 그 밑에서 더위와 목마름에 미칠 듯한 우리들은 아무 말 없이 앉아 있었다. 우리들의 입은 모두 바늘로 호라매우지나 않았나.

그러나 한참 뒤에 마침내 영감이 나를 찾는 소리가 겨우 침묵을 깨뜨렸다.

"여보."

"왜 그러오?"

"그럼 어떡허란 말이오?"

"이제라두 공소를 취하해야지!"

영감은 또 먹먹하였다. 그러나 좀 뒤에 그는 다시 나를 찾았다.

"노형 말이 옳소. ❸내 아들 두 놈은 **덩넝쿠** 다 죽었쉐다. 난 나 혼자 이제 살아서 무얼하갔소? **취하**하게 해주소."

"진작 그럴 게지. 그럼 간수 부릅니다."

"그래 주소."

영감은 떨리는 목소리로 말했다.

- 노망 : 늙어서 망령이 듦
- 뒤상 : '늙은이'의 사투리
- 폄 : 남을 나쁘게 말함
- 기진하여 : 기운이 다하여 힘이 없어져
- 덩녕쿠 : '정녕코'('정녕'의 강조 표현)
- 취하 : 신청하였던 일을 취소함

맥락 읽기!

❶에서 읽어야 하는 게 뭐지?

➔ 다수를 위한 소수의 희생인 희생양 만들기다. 1인의 희생이 40명 모두에게 이익이 되기 때문에 영감의 공소(항소)를 '용서치 않는' 합의가 순식간에 이루어지고 있다. 군중심리다.

❶과 같은 사태가 왜 일어나는 걸까?

➔ 다수 모두가 극한 상황에 있기 때문이다.

❷는 누가 느끼는 감정이지?

➔ 영감이다.

❷의 '침묵'은 뭐야?

➔ 무언의 집단 압력이다. * 무언=말이 없음

왜 갑자기 ❸처럼 말하는 거지?

➔ ❸은 확인된 사실이 아니다. 절망을 느끼고 있는 영감의 내면 심리다.

나는 **패통**을 쳤다. 간수는 왔다. 내가 통역을 서서 그의 뜻(이라는 것보다 우리의 뜻)을 말하매 간수는 시끄러운 듯이 영감을 끌어 내갔다.

❶자리에 돌아올 때에 방 안 사람들의 얼굴을 보니, 그들의 얼굴에는 자리가 좀 넓어졌다는 기쁨이 빛나고 있었다.

* * *

모깡. 이것은 십여 일 만에 한 번씩 가질 수 있는 우리의 가장 큰 행복이다.

"모깡!"

간수의 호령이 들릴 때에 우리들은 줄을 지어서 뛰어나갔다.

뜨거운 해에 쪼인 시멘트 길은 석 달 동안을 쉰 우리의 발에는 무섭게 뜨거웠다. 그러나 그것은 우리의 즐거움의 하나였다. 우리는 그 길을 건너서 목욕통 있는 데로 가서 옷을 벗어던지고, **반고형**이라 하여도 좋을 **꺼룩한** 목욕물에 뛰어 들어갔다.

무엇이라고 형용할 수 없는 즐거움이었다. 곧 곁에는 수도가 있다. 거기서는 언제든 맑은 물이 나온다. 그것은 우리들의 머리에서 한때도 떠나 보지 못한 '달콤한 냉수'였다. 잠깐 목욕통 속에서 덤빈 나는 수도로 나와서 코끼리와 같이 물을 먹었다.

바깥에는 여러 **복역수**들이 일을 하고 있었다. 그것도 (갑갑함에 겨운) 우리들에게는 부러움의 푯대였다. 그들은 마음대로 바람을 쏘일 수가 있었다. 목마르면 간수의 허락을 듣고 물을 먹을 수가 있었다. 뿐만 아니라, 그들에게는 갑갑함이 없었다.

즉, 어느덧 그치라는 간수의 호령이 울리었다. 우리의 이십 초 동안의 목욕은 이에 끝났다. 우리는 (매를 맞지 않으려고) 시간을 **유예**치 않고 빨리 옷을 입은 뒤에 간수를 따라서 감방으로 돌아왔다.

꼭 가장 더울 시각이었다. 문을 닫는 다음 순간, 우리는 벌써 더위 속에 파묻혔다. 더위는 즐거움 뒤의 복수라는 듯이 용서없이 우리를 **나려쪼인다**.

"벌써 덥다!"

나는 혼잣말로 중얼거렸다.

"매를 맞구라도 좀 더 있을걸……."

누가 이렇게 말한다. 서너 사람의 웃음 비슷한 소리가 들렸다. 그러나 그 뒤에는 먹먹하였다. 몇 시간 동안의 침묵이 연속되었다.

- 패통 : 교도소에서 수감자가 교도관을 부를 때 쓰는 장치
- 모깡 : 목욕
- 반고형 : 半固形, 반쯤 굳은 형태(고형= 어떤 물체 따위가 단단하고 굳은 형태)
- 꺼룩한 : 액체 따위가 조금 걸쭉한
- 복역수 : 복역 중인 죄수(복역=징역형을 선고받고 감옥에 있음)
- 유예 : 일을 결행하는 데 날짜나 시간을 미룸
- 나려쪼인다 : 내리쪼인다

맥락 읽기!

❶의 '자리가 좀 넓어졌다'가 갖는 의미는 뭐지?

➔ 두 가지다.

1) 영감이 태형 90대를 맞아야 한다.

2) 감옥 고통은 넓어진 자리 크기(8분의 1평)만큼 감소한다.

❶의 '기쁨'은 어떤 거지?

➔ 기쁨은 넓어진 자리 크기(8분의 1평)로 느끼는 감정이므로 비정상적이다.

영감은 70대 나이이므로 태형 집행 중 사망할 수도 있는데, 동료 수감자 40명은 이 사실을 외면한다. 이 외면에 기초한 40명의 기쁨은 일종의 집단 광기다. 일제 강점기의 감옥은 수감자들을 단시간에 비이성적 집단 광기 상태로 이끌 만큼 위력적이었다.

우리는 무서운 소리에 화닥닥 놀랐다. 그것은 **단말마**의 부르짖음이었다.

"히도오쓰(하나), 후다아쓰(둘)."

간수의 **헤어 나가는** 소리와 함께,

"아이구 죽겠다. 아이구, 아이구!"

❶부르짖는 소리가 우리의 더위에 마비된 귀를 찔렀다. 우리는 더위를 잊고 모두들 머리를 들었다. 우리의 몸은 한결같이 떨렸다. 그것은 태 맞는 사람의 부르짖음이었다.

서른까지 헤인 뒤에 간수의 소리는 없어지고 태 맞은 사람의 앓는 소리만 처량히 우리의 귀에 들렸다.

둘째 사람이 태형대에 올라간 모양이다.

"히도오쓰."

하는 간수의 소리에 연한 것은,

"아유!"

하는 기운 없는 외마디의 부르짖음이었다.

"후다아쓰."

"아유!"

"미이쓰(셋)."

"아유!"

우리는 그 소리의 주인을 알았다. 그것은 어젯밤 우리가 내어쫓은 그 영원 영감이었다. 쓰린 매를 맞으면서도 우렁찬 신음을 할 기운도 없이 '아유!' 외마디의 소리로 부르짖는 것은 우리가 억지로 매를 맞게 한 그 영감이었다.

"요오쓰(넷)."

"아유!"

"이쓰으쓰(다섯)."

"후—."

나는 저절로 목이 늘어지는 것을 깨달았다. 나의 머리에는 어젯밤 그가 이 방에서 끌려 나갈 때의 꼴이 떠올랐다.

"칠십 줄에 든 늙은이가 태 맞구 살길 바라갔소? 난 아무케 되든 노형들이나……."

그는 이 말을 채 맺지 못하고 **초연히** 간수에게 끌려 나갔다. 그리고 그를 내어쫓은 장본인은 나였다.

나의 머리는 더욱 숙여졌다. 멀거니 뜬 눈에서는 ❷눈물이 나오려 하였다. 나는 그것을 막으려고 눈을 힘껏 감았다. 힘있게 닫힌 눈은 떨렸다.

_1923년 1월 <동명>에 발표, 단편소설집 『감자』(1935년)에 수록

- 단말마 : 숨이 끊어질 때의 모진 고통
- 혜어 나가는 : 헤아려 나가는
- 초연히 : 기운이 없이

맥락 읽기!

❶의 '마비된 귀'가 뭐야?

➔ '마비된 귀=타인의 고통에 대한 방관'이다.

❷를 어떻게 이해해야 해?

➔ 영감의 고통에 대한 '우리'의 태도 변화다. 이기심 때문에 잊고 있었던 동정심·측은지심을 회복하고 있다.

❷를 어떻게 읽을까?

➔ ❷는 '나'의 내면심리다. '눈물'은 후회다. 영감에 대한 연민으로 생긴 반응이다. '떨렸다'는 분노다. 분노는 식민지 국민의 고통에서 비롯된 반응이다.

깊이 이해하기

「태형」에 나타난 시대의 모습은 무엇일까?

「태형」에서 만날 수 있는 시대의 모습은 세 가지다. 1) 3·1운동 2) 범죄 즉결령 3) 조선 태형령이다.

1) 3·1운동

1919년 당시 조선 전체 인구는 약 1,680만 명이며, 3·1운동에 참여한 인구는 200만 명이다. 조선총독부 자료에 따르면, 전국 218군 가운데 단 7군만 소요 사태가 없었다 할 정도로 전국 규모의 만세 운동이었다. 3월 1일부터 4월 30일까지, 3·1운동은 760곳에서 일어났으며 대한민국임시정부에서 파악한 3·1운동 사망자 수는 7,449명, 부상자 수는 14,989명으로 집계되었다.

당시 일제의 통계에 따르면, 3·1운동 이후 3개월 동안 시위 진압 과정에서 사망자는 7,509명, 부상자는 15,961명, 수감자는 46,948명이었다. 교회 47개소, 학교 2개교, 민가 715채가 불에 탔다.

2) 범죄 즉결령

1910년 12월 총독부는 '범죄 즉결령'을 실시했다. 경범죄는 정식 재판을 거치지 않고 경찰이 즉시 처리할 수 있게 해준 것이다. 범죄 즉결령은 경찰에게 검사·판사의 역할을 준 것이므로, 경찰은 막강한 권력을 누리게 된다. 조선인이 일제 강점기 순사를 무서워한 이유는 이 때문이다. 이 시기의 경찰은 검사·판사가 갖고 있는 법률 지식이 부족했으므로 거리낌 없이 초법적인 권력을 행사했다. 1911년부터 1919년까지 9년간 경찰이 즉결처분한 인원은 53만 3,381명이었다. 경찰이 범죄자라고 잡아들인 인원이 너무 많은데다가, 수감자는 '즉결=재판'까지 3개월을 대기해야 했으므로 감옥은 늘 정원 초과였다.

3) 조선 태형령

조선총독부는 일본에는 없는 태형을 조선인에게 집행했다. 1일 최대치 곤장 수는 30대였는데, 연소자나 고령자에게도 예외가 없었으므로 "경찰서에서 곤장 맞다가 죽었다더라"와 같은 소문이 이 시기에 많았다. 아울러 이 소문은 경찰과 경찰서에 대한 공포가 조선인에게 빠르게 각인되었다. 경찰에 의해 범죄자로 지목되면 바로 체포되었으며, 수감되면 범죄 사실 유무와 범죄의 경중에 관계없이 가혹한 취급을 당했다.

◆ 관련 자료 살펴보기

▶ '무오독립선언서' 석판 인쇄본

기미독립선언에 앞서 발표된, 최초의 독립 선언인 무오독립선언서(戊午獨立宣言書)는 의병활동을 지원하고 항일독립운동의 서막을 연 연해주 지역의 인사들을 중심으로 한 해외의 모든 독립운동가들이 뜻을 모은 독립선언으로, 1919년 2월 1일에 발표되었다. 일명 대한독립선언이라고도 불리며 3·1운동의 전초가 되었다.

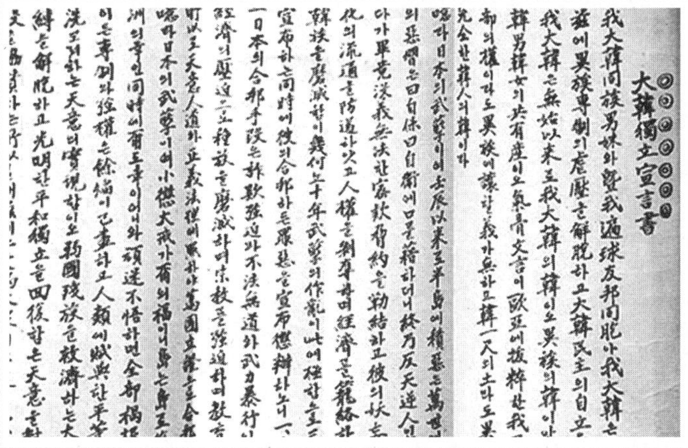

大韓獨立宣言書

我大韓同族男妹와曁我遍球友邦同胞아我大韓은

玆에異族專制의虐壓을解脫하고大韓民主의自立을

我大韓은無始以來로我大韓의韓이오異族의韓이아

韓男韓女의共有產이오氣骨文言이歐亞에拔粹한我

都의權이라도異族에讓할義가無하고韓一尺의土라도異

完全한韓人의韓이라

嗚呼라日本의武孽이여壬辰以來로半島에積惡은萬世

의惡嘈은日自保自衛에口實을籍하더니終乃反天逆人

◀ 3·1운동 당시, 수천 명의 열렬한 조선인들이 서울 성 밖에서 손을 들고 만세를 외치고 있다.(출처 : USC Digital Library)

▼ 독립운동에서 일본군에 학살당한 사람들을 위한 장례식(출처 : USC Digital Library)

◀ 평양 경찰서
평양의 3·1운동 서울과 같은 날짜인 3월 1일에 일어났다. 기독교인과 천도교인이 서울에서의 시위 계획에 맞추어 각각의 조직을 총동원하여 일으킨 연합 시위였다. 여기에 상인들은 물론, 보통학교 학생들도 합류하여 오후 7시경에는 군중이 평양 경찰서 앞에 모여 만세 시위를 벌였다.

경성 헌병대 본부 함경북도 경무부의 단체 사진 ▶

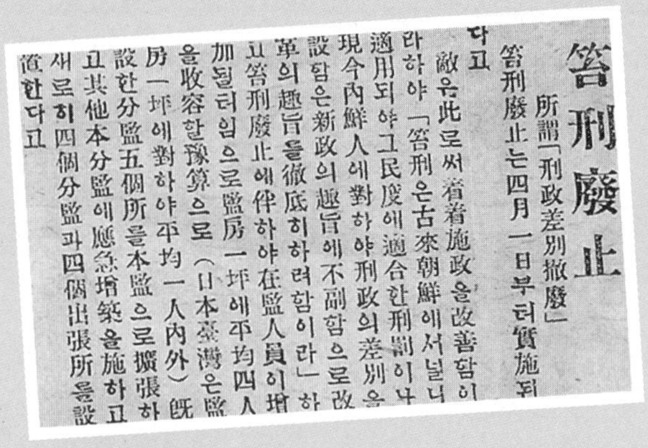

笞刑廢止
所謂「刑政差別撤廢」
笞刑廢止는四月一日부터實施되
다고
敵은此로써着着施政을改善함이
라하야「笞刑은古來朝鮮에서널니
適用되야그民度에適合한刑罰이나
現今內鮮人에對하야刑政의差別을
設함은新政의趣旨에不副함으로改
革의趣旨를徹底히하려함이라」하
고笞刑廢止에伴하야在監人員이增
加될터임으로監房一坪에平均四人
을收容할豫算으로(日本臺灣은監
房一坪에對하야平均一人內外)既
設한分監五個所를本監으로擴張하
고其他本分監에應急增築을施하고
새로히四個分監과四個出張所를設
置한다고

▲ 일제는 3월 31일 태형제를 폐지하고 감옥 증설하기로 결정했다.(「태형 폐지」 기사, 〈독립신문〉, 1920년 4월 13일자)(출처 : 대한민국역사박물관)

◀ 독립운동 가담으로 체포된 남성이 태형으로 엉덩이를 90대 구타당했다.

OX

사실 확인하기

1 「태형」의 시간적 배경은 1919년의 3·1운동 직후이며, 공간적 배경은 평안도다.

2 '나'는 작가 김동인의 허구적 대리인이라 할 수 있다.

3 '나'가 수감된 감방은 5평 규모인데 수감자 수가 최대일 때는 41명이었다.

4 '나'가 수감된 감방의 수감자는 모두 기결수다.

5 '나'는 수감된 지 3개월째다.

6 감옥의 간수들은 모두 일본어를 사용하는데, 수감된 조선인들이 일본어를 못 알아듣는 경우에는 무자비한 채찍 폭력을 사용한다.

7 태형을 맞게 된 영감은 70대 나이다.

8 '태형 90도'란 죄인에게 곤장 90대를 집행하는 형벌을 말한다.

9 '태형 90도'가 확정되자 영감은 항소하지만, 곧 취하한다.

10 '나'가 수감된 감방의 수감자는 대개 1919년에 있었던 3·1운동 관련자였다.

답> ○○○×○○○○○○

02

고향(故鄕)

현진건

현진건은
어떤 작가인가?

현진건(1900~1943)의 호는 빙허로 대구 출생이다. 1918년 상하이의 호강대학에서 공부했다. 1920년 잡지 〈개벽〉에 「희생화」를 발표하면서 등단하는데, 그때 그의 나이 20세였다. 이 해 11월에 〈조선일보〉에 입사, 1년 뒤 〈동아일보〉로 자리를 옮겼다. 1936년 일장기 말소사건으로 투옥되어 해직될 때까지 기자 생활을 했다. 일장기 말소사건이란 베를린 올림픽 마라톤 경기에서 세계신기록으로 우승한 손기정 선수가 시상대에서 유니폼의 일장기를 없애 버린 사건을 가리킨다.

현진건은 작품에서 일제 강점기의 조선인이 겪는 고통을 주로 다룬다. 「고향」, 「운수 좋은 날」 등이 대표적인 예로, 고통을 겪는 하층민에 대한 연민이 담겨 있다. 「술 권하는 사회」, 「빈처」 등은 작가의 자전적 소설이다. 1920년대를 대표하는 사실주의 소설 작가다.

02 고향

대구에서 서울로 올라오는 차중에서 생긴 일이다. ❶나는 나와 마주앉은 그를 매우 흥미있게 바라보고 또 바라보았다. 두루마기 격으로 **기모노**를 둘렀고, 그 안에선 **옥양목** 저고리가 내어 보이며, 아랫도리엔 중국식 바지를 입었다. 그것은 그네들이 흔히 입는, **유지** 모양으로 번질번질한 **암갈색 피륙**으로 지은 것이었다. 그리고 발은 **감발**을 하였는데 짚신을 신었고, **고부가리**로 깎은 머리엔 모자도 쓰지 않았다. 우연히 이따금 **기묘한** 모임을 꾸미는 것이다. 우리가 자리를 잡은 찻간에는 공교롭게 세 나라 사람이 다 모이었으니, 내 옆에는 중국 사람이 기대었다. 그의 옆에는 일본 사람이 앉아 있었다. 그는 동양 삼국 옷을 한 몸에 감은 보람이 있어 일본 말로 곧잘 철철 대이거니와 중국 말에도 그리 서툴지 않은 모양이었다.

"**도고마데 오이데 데수가?**" 하고 첫마디를 걸더니만 동경이 어떠니, **대판**이 어떠니, 조선 사람은 고추를 끔찍이 많이 먹는다는 둥, 일본 음식은 너무 싱거워서 처음에는 속이 뒤엿거린다는 둥 횡설수설 지껄이다가, 일본 사람이 엄지와 **곤지** 손가락으로 짧게 끊은 꼿꼿한 윗수염을 비비면서 마지못해 까땍까땍하는 고개와 함께, "**소데수가**"란 한마디로 **코대답**을 할 따름이요 잘 받아 주지 않으매, 그는 또 중국인을 붙들고 실랑이를 한다. "**네쌍 나을취**" "**을 씽 섬마?**" 하고 덤벼 보았으나 중국인 또한 그 기름 낀 **뚜우한** 얼굴에 수수께끼 같은 웃음을 띨 뿐이요 별로 대꾸를 하지 않았건만, 그래도 무에라고 **연해** 웅얼거리면서 나를 보고 웃어 보이었다.

❷그것은 마치 짐승을 놀리는 요술쟁이가 구경꾼을 바라볼 때처럼 훌륭한 제 재주를 **갈채**해 달라는 웃음이었다. 나는 쌀쌀하게 그의 시선을 피해 버렸다. ❸그 **주적대는**

꼴이 **어줍지 않고** 밉살스러웠음이다.

- 기모노 : 일본의 전통 의상을 통털어 이르는 말
- 옥양목 : 고운 무명
- 유지 : 기름 먹인 종이
- 암갈색 : 어두운 갈색
- 피륙 : 아직 끊지 아니한 베·무명·비단 따위의 천을 통틀어 이르는 말
- 감발 : 버선이나 양말 대신 발에 감는 좁고 긴 무명천. 발감개
- 고부가리 : 아주 바싹 깎은 머리
- 기묘한 : 이상하고 묘한
- 도고마데 오이데 데수가 : 어디까지 가십니까?
- 대판 : 오사카. 일본 오사카 만에 접해 있는 시(市)
- 곤지 : 두 번째 손가락, 집게손가락
- 소데수가 : 그렇습니까?
- 코대답 : 탐탁하지 아니하거나 대수롭지 아니하게 여겨 건성으로 하는 대답
- 네쌍 나을취 : 어디 가십니까?
- 을 씽 섬마 : 이름이 무엇입니까?
- 뚜우한 : 말이나 동작이 자유롭지 못하고 둔한
- 연해 : 계속해
- 갈채 : 외침이나 박수 따위로 찬양이나 환영의 뜻을 나타냄
- 주적대는 : 주책없이 잘난 체하며 자꾸 떠드는
- 어줍지 않고 : 어설프거나 부자연스럽지 않고

맥락 읽기!

❶에서 '나'는 '그'를 바라보는데, 시선이 왜 그렇게 집요하지?

➔ '동양 삼국 옷을 한 몸에 감은' 그의 '기묘한' 모습이 시선을 끌기 때문이다. '흥미있게'라고 말하고 있지만, 긍정적 시선은 아니다. 그가 입은 옷은 그가 살아온 삶을 요약하고 있다.

❷에서 '짐승', '요술쟁이', '구경꾼'에 해당하는 인물은 누굴까?

➔ 짐승, 요술쟁이, 구경꾼은 모두 비유다. '짐승=일본인·중국인', '요술쟁이=그', '구경꾼=나'이다.

❸의 심리는 무엇일까?

➔ '밉살스러웠다'에 '나'의 심리가 직접적으로 나타나 있다. 그가 미운 이유는 두 가지다.

1) 횡설수설한다. 혼자 이 얘기 저 얘기를 하고 있다.

2) 비굴한 말걸기다. 일본인과 중국인은 그와의 대화를 피하고 있다.

그는 잠깐 입을 닥치고 **무료한** 듯이 머리를 더억더억 긁기도 하며 손톱을 이로 물어뜯기도 하고 멀거니 창 밖을 내다보기도 하다가 암만해도 **지절대지** 않고는 못 참겠든지 문득 나에게로 향하며 "어데꺼정 가는기요"라고 경상도 사투리로 말을 붙인다.

"❶서울까지 가오."

"그런기요. 참 반갑구마. 나도 서울꺼정 가는데. 그러면 우리 동행이 되겠구마."

나는 ❷이 지나치게 반가워하는 말씨에 대하여 무에라고 대답할 말도 없고 또 굳이 대답하기도 싫기에 **덤덤히** 입을 닥쳐 버렸다.

"서울에 오래 살았는기요?" 그는 또 물었다.

"육칠 년이나 됩니다."

조금 성가시다 싶었으되 대꾸 않을 수도 없었다.

"에이구, 오래 살았구마. 나는 처음 길인데 우리 같은 막벌이꾼이 차를 내려서 어데로 찾아가야 되겠는기요? 일본으로 말하면 '**기진야도**' 같은 것이 있는기요?"
하고 그는 답답한 제 신세를 생각했던지 찡그려 보이었다.

그때 나는 그의 얼굴이 웃기보다 찡그리기에 가장 적당한 얼굴임을 발견하였다. 군데군데 찢어진 **경성드뭇한** 눈썹이 올올이 일어서며 아래로 축 처지는 서슬에 **양미간**에는 여러 가닥 주름이 잡히고 광대뼈 위로 뺨살이 실룩실룩 보이자 두 볼은 쪽 **빨아 든다**. 입은 **소태**나 먹은 것처럼 왼편으로 삐뚤어지게 찢어 올라가고 조여든 눈엔 눈물이 괸 듯, 삼십 세밖에 안 되어 보이는 그 얼굴이 십 년가량은 늙어진 듯하였다. 나는 그 **신산스러운** 표정에 얼마쯤 ❸감동이 되어서 ❹그에게 대한 **반감**이 풀려지는 듯하였다.

- 무료한 : 심심하고 지루한
- 지절대지 : 낮은 목소리로 자꾸 지껄이지
- 덤덤히 : 특별한 감정의 동요 없이 그저 예사롭게
- 기진야도 : '노동자 숙소'를 뜻하는 일본어
- 경성드뭇한 : 띄엄띄엄 성기고 드문드문 돋아난 듯한
- 양미간 : 두 눈썹의 사이
- 빨아 든다 : 끝이 차차 가늘어져 뾰족하다
- 소태 : 아주 짠 음식을 가리키는 경상도 사투리
- 신산스러운 : 세상살이가 힘들고 고달픈
- 반감 : 반대하거나 반항하는 감정

맥락 읽기!

❶에서 '나'는 왜 서울말을 쓸까?

➔ 그는 '나'가 경상도 출신인 것을 짐작하여 사투리를 쓴다. 이는 친근감의 표현이다. 그런데 나는 서울말을 쓴다. 서울말로 대답함으로써 상대와 거리를 두고자 하는 의사를 전달하고 있다.

* 서울말 사용=거리감 표시

❷에 대해 '나'는 왜 반감을 가질까?

➔ '나'와 '그'는 아는 사이가 아니다. 기차에서 처음 만났을 뿐이다. 게다가 '나'는 이미 그의 횡설수설과 비굴함을 목격한 직후다. 나에게도 그는 비호감 대상이다. 그래서 나는 서울말을 사용함으로써 그와 대화를 나누고 싶지 않다는 뜻을 우회적으로 전한 것인데, 그는 이러한 의사 표시를 무시하고 '참 반갑구마'나 '우리 동행이 되겠구마'라고 친분을 강요하여 나에게 부담을 주었기 때문이다.

❸의 '감동'은 무엇일까?

➔ '얼마쯤 감동이 되어서'의 '감동'이란 연민을 말한다.

❹와 같은 변화가 왜 일어났을까?

➔ '삼십 세밖에 안 되어 보이는 그 얼굴이 십 년가량은 늙어진 듯' 보였기 때문이다. 타인의 고통에 대한 연민이 태도 변화를 가져온 것이다.

"글쎄요, 아마 **노동 숙박소**란 것이 있지요."

노동 숙박소에 대해서 **미주알고주알** 묻고 나서,

"시방 가면 무슨 일자리를 구하겠는기요?"

라고 그는 매어달리는 듯이 또 **재치었다**.

"글쎄요, 무슨 일자리를 구할 수 있을는지요."

나는 내 대답이 너무 냉랭하고 불친절한 것이 죄송스러웠다. 그러나 일자리에 대하여 아무 지식이 없는 나로서는 이외에 더 좋은 대답을 해 줄 수가 없었던 것이다. 그 대신 나는 은근하게 물었다.

"어데서 오시는 길입니까."

"흥, 고향에서 오누마."

하고 그는 휘 한숨을 쉬었다. 그러자 그의 신세타령의 실마리는 풀려 나왔다. ❶그의 고향은 대구에서 멀지 않은 K군 H란 외딴 동리였다. 한 백 호 남짓한 그곳 주민은 전부가 역둔토를 파먹고 살았는데, **역둔토**로 말하면 **사삿집** 땅을 부치는 것보다 떨어지는 것이 후하였다. 그러므로 넉넉지는 못할망정 평화로운 농촌으로 남부럽지 않게 지낼 수 있었다. ❷그러나 세상이 뒤바뀌자 그 땅은 전부가 **동양척식회사**의 소유에 들어가고 말았다. 직접으로 회사에 **소작료**를 바치게나 되었으면 그래도 나으련만 소위 중간 소작인이란 것이 생겨나서 저는 손에 흙 한번 만져 보지도 않고 동척엔 소작인 노릇을 하며, **실작인**에게는 지주 행세를 하게 되었다. 동척에 소작료를 물고 나서 또 중간 소작인에게 ❸긁히고 보니 실작인의 손에는 **소출**의 삼 할도 떨어지지 않았다. 그 후로 '죽겠다', '못 살겠다' 하는 소리는 **중이 염불하듯** 그들의 **입길**에서 오르내리게 되었다. **남부여대**하고 **타처로 유리하는** 사람만 늘고 동리는 점점 **쇠진**해 갔다.

- 노동 숙박소 : 노동자들을 위한 공동 숙박 시설
- 미주알고주알 : 아주 사소한 일까지 자세히
- 재치었다 : '재우치다'(=빨리 몰아치거나 재촉하다)의 북한말
- 역둔토 : 역에 딸린 소작지와 지방에 주둔하는 군대의 경비를 조달하기 위한 소작지로 국유지
- 사삿집 : 공공 관서가 아닌 개인의 가정
- 동양척식회사 : 일본이 우리나라의 경제를 독점·착취하기 위해 1908년 설립한 회사(동척)
- 소작료 : 소작인이 지주에게 내는 논밭의 사용료
- 실작인 : 실제로 농사짓는 사람
- 소출 : 논밭에서 생산되는 곡식 또는 그 곡식의 양
- 중이 염불하듯 : 같은 내용의 말을 자꾸 되풀이함
- 입길 : 이러쿵저러쿵 남의 흉을 보는 입놀림
- 남부여대 : 남자는 등짐으로, 여자는 머리짐으로 이리저리 떠돌아다님
- 타처 : 다른 곳
- 유리하는 : 떠돌아다니는
- 쇠진 : 점점 쇠퇴하여 바닥이 남

맥락 읽기!

❶이 이 소설에서 지닌 기능은 무엇일까?

➔ 「고향」은 액자소설이다. 「고향」의 외화(=겉이야기)는 1인칭으로, 내화(=속이야기)는 3인칭으로 서술된다. ❶은 내화의 첫문장이며 시점 이동이다. ❶은 동양척식회사를 비판하기 위한 방법으로 사용되었다.

❶은 전지적 시점인데 지명이 왜 익명이지?

➔ 'K군 H란 외딴 동리'라는 익명 사용은 사실성을 약화시켜 일제 검열을 피하기 위함이다.

❷가 이 소설에서 갖는 기능이 뭐지?

➔ 시대 현실 반영이다. '동양척식회사'는 1910년대에 실제로 있었으므로 소설의 사실성을 높인다.

'세상이 뒤바뀌자'가 뭐야?

➔ 문화사회적 맥락 : 일본이 조선의 땅을 빼앗기 위해 1908년에 세운 동양척식회사가 먼저 차지한 토지는 황무지와 국유지 및 왕실 소유의 역둔토였다. 「고향」에서 다루는 토지는 역둔토다. 그러므로 '세상이 뒤바뀌자'가 전제하는 것은 1910년의 경술국치다. 조선이 일본의 식민지가 되었다는 뜻이다.

❸은 무슨 뜻이지?

➔ '긁히고 보니'와 '물고'는 유사 의미다. '긁히고 보니'는 비유적 표현이다.

지금으로부터 구 년 전 그가 열일곱 살 되던 해 봄에 (❶그의 나이는 실상 스물여섯이었다. 가난과 고생이 얼마나 사람을 늙히는가) 그의 집안은 살기 좋다는 바람에 **서간도**로 이사를 갔었다. ❷쫓겨가는 이의 운명이어든 어데를 간들 **신신하랴**. 그곳의 비옥한 **전야**도 그들을 위하여 열려질 리 없었다. 조금 좋은 땅은 먼저 간 이가 모조리 차지를 하였고 황무지는 비록 많다 하나 그곳 **당도하던** 날부터 아침거리 저녁거리 걱정이라 무슨 행세로 적어도 일 년이란 **장구한** 세월을 먹고 입어 가며 거친 땅을 풀 수가 있으랴. 남의 밭천을 얻어서 농사를 짓고 보니 가을이 되어 얻는 것은 **빈주먹**뿐이었다. **이태** 동안을 사는 것이 아니라 억지로 버티어 갈 제 그의 아버지는 ❸우연히 병을 얻어 타국의 외로운 혼이 되고 말았다. 열아홉 살밖에 안 된 그가 홀어머니를 모시고 악으로 악으로 모진 목숨을 이어 가던 중, 사 년이 못 되어 ❹영양 부족한 몸이 심한 노동에 지친 탓으로 그의 어머니 또한 죽고 말았다.

"모친꺼정 돌아갔구마. 돌아가실 때 흰죽 한 모금도 못 자셨구마."
하고 이야기하던 이는 문득 말을 뚝 끊는다. 그의 눈이 번들번들함은 눈물이 쏟아졌음이리라. 나는 무엇이라고 위로할 말을 몰랐다. 한동안 머뭇머뭇이 있다가 나는 차를 탈 때에 친구들이 사준 **정종** 병마개를 빼었다. 찻잔에 부어서 그도 마시고 나도 마시었다. 악착한 운명이 던져 준 깊은 슬픔을 술로 녹이려는 듯이 연거푸 다섯 잔을 마신 그는 다시 말을 계속하였다. 그 후 그는 부모 잃은 땅에 오래 머물기 싫었다. 신의주로, **안동현**으로 품을 팔다가 일본으로 또 벌이를 찾아가게 되었다. **구주** 탄광에 있어도 보고, 대판 철공장에도 몸을 담아 보았다. 벌이는 조금 나았으나 외롭고 젊은 몸은 자연히 방탕해졌다. 돈을 모으려야 모을 수 없고 이따금 **울화**만 치받치기 때문에 한곳에 **주접**을 하고 있을 수 없었다. 화도 나고 고국 산천이 그립기도 하여서 훌쩍 뛰어나왔다가 오래간만에 고향을 둘러보고 벌이를 구할 겸 구경도 할 겸 서울로 올라가는 길이라 한다.

- 서간도 : 압록강 북쪽인 만주 지방
- 신신하랴 : 새로우랴
- 전야 : 논밭과 들
- 당도하던 : 어떤 곳에 도착하던
- 장구한 : 매우 길고 오랜
- 빈주먹 : '아무것도 가진 것이 없음'을 비유하는 말. 적수공권
- 이태 : 2년
- 정종 : 일본식으로 빚어 만든 맑은술
- 안동현 : 현재 이름은 단동현으로, 신의주와 철교로 연결되는 곳에 있음
- 구주 : 일본 '규슈'를 우리 한자음으로 읽은 이름
- 울화 : 마음속이 답답하여 일어나는 화. 울분
- 주접 : (한때) 머물러 삶

맥락 읽기!

❶이 이 소설에서 갖는 기능이 뭐지?

➔ 괄호로 묶은 문장에서 독자는 전지적 작가의 목소리를 듣는다. ❶은 전지적 작가의 개입이다.

❷는 적절한 표현인가?

➔ '쫓겨 가는 이의 운명' 중 '쫓겨 가는'은 사실적인 표현이지만 '운명'은 부적절한 표현이다. '운명'은 일제의 검열을 의식한 완곡한 표현이다. 서간도 이주의 원인을 독자는 '동양척식회사의 수탈 때문에 땅을 빼앗겨 쫓겨 간' 것으로 읽어야 한다.

❸도 표현이 적절한가?

➔ ❸의 '우연히'도 검열을 의식한 표현이다. '병을 얻어'에 해당하는 원인은 '우연히'가 아니라 '서간도 이주' 때문이다. 근본적 원인은 동양척식회사의 수탈이다.

❹의 의미는 뭘까?

➔ ❹는 어머니가 사망한 원인이다. 서간도에서 4년 동안 목숨을 걸었다 할 만큼의 강도 높은 노동을 했는데, 먹는 문제 해결조차 어려웠다는 것이다. ❹는 총독부가 조선인에게 장려한 간도 이주 정책에 대한 우회적 비판이다.

"고향에 가시니 반가워하는 사람이 있습디까?"

나는 탄식하였다.

"반가워하는 사람이 다 무언기요, 고향이 통 없어졌드마."

"그렇겠지요. 구 년 동안이면 퍽 변했겠지요."

"변하고 무어고 간에 아무것도 없드마. 집도 없고, 사람도 없고, 개 한 마리도 얼씬을 않드마."

"그러면 아주 **폐동**이 되었단 말씀이오?"

"흥, 그렇구마. 무너지다가 담만 **즐비하게** 남았드마. 우리 살던 집도 터야 안 남았겠는기요. 암만 찾아도 못 찾겠드마. 사람 살던 동리가 그렇게 된 것을 혹 구경했는기요?"
하고 그의 짜는 듯한 **목**은 높아졌다.

"썩어 넘어진 서까래, 뚤뚤 구르는 **주추**는! 꼭 무덤을 파서 해골을 헐어 젖혀 놓은 것 같드마. 세상에 이런 일도 있는기요? ❶ 백여 호 살던 동리가 십 년이 못 되어 통 없어지는 수도 있는 기요? 후!"
하고 그는 한숨을 쉬며 그때의 광경을 눈앞에 그리는 듯이 멀거니 먼 산을 보다가 내가 따라 준 술을 꿀꺽 들이켜고, "참! 가슴이 터지드마, 가슴이 터져." 하자 마자 굵직한 눈물 두어 방울이 뚝뚝 떨어진다.

나는 그 눈물 가운데 ❷ **음산하고** 비참한 조선의 얼굴을 똑똑히 본 듯싶었다.

- 폐동 : 없어진 동네
- 즐비하게 : 빗살처럼 줄지어 빽빽하게 늘어선
- 목 : 목을 통해서 나오는 소리
- 주추 : 기둥 밑에 괴는 돌. 주춧돌
- 음산하고 : 날씨가 흐리고 으스스하고

맥락 읽기!

❶을 어떻게 읽어야 할까?

➔ 세 가지를 참조하며 읽는다.

1) 언어적 표현 : 백여 호 살던 동리가 십 년이 못 되어 통 없어지는 수도 있는기요

2) 반언어적 표현 : 그의 짜는 듯한 목은 높아졌다, 후!

3) 비언어적 표현 : 한숨을 쉬며, 술을 꿀꺽 들이켜고, 굵직한 눈물 두어 방울이 뚝뚝 떨어진다

· 반언어적 표현 : 어조, 음색, 속도, 고조, 장단 등으로 전달되는 의미

· 비언어적 표현 : 몸짓, 손짓, 표정, 시선, 자세 등 언어가 아닌 것으로 전달되는 의미

이 소설을 읽은 후 ❶에 답해야 한다면 뭐라고 해야 하지?

➔ ❶은 물어보는 방식을 취하고 있지만 몰라서 질문하는 것이 아니므로 수사 의문문이다. 질문이 아니라 분노 표현에 가깝다. 그러므로 다음과 같이 답변할 수 있다.
"백여 호 살던 고향이 없어진 것은 동양척식회사의 가혹한 토지 수탈 때문이다."

이 소설을 읽은 후 ❷를 어떻게 설명할까?

➔ '그의 얼굴=조선의 얼굴'이므로, '조선의 얼굴'은 일반화다. '그의 얼굴=조선의 얼굴=조선의 비극'이다. 그와 그의 가족이 겪은 가난, 수탈 당함, 고향 상실, 유랑, 시련 등은 개인의 비극 또는 가족의 비극이 아니라 민족의 비극이다.

이윽고 나는 이런 말을 물었다.

"그래, 이번 길에 고향 사람은 하나도 못 만났습니까."

"하나 만났구마, 단지 하나."

"친척 되시는 분이던가요."

"아니구마, 한 이웃에 살던 사람이구마."

하고 그의 얼굴은 더욱 침울해진다.

"여간 반갑지 않으셨겠지요?"

"반갑다마다, 죽은 사람을 만난 것 같드마. 더구나 그 사람은 나와 까닭도 좀 있던 사람인데……."

"까닭이라니?"

"나와 혼인말이 있던 여자구마."

"❶하ㅡ."

나는 놀란 듯이 벌린 입이 닫혀지지 않았다.

"그 신세도 내 신세만이나 하고나."

하고 그는 또 ❷이야기를 계속하였다.

맥락 읽기!

❶의 '하—'는 무슨 뜻이야?

➔ '놀라거나, 당황하거나, 초조하거나, 다급할 때 내는 소리'다. ❶에 추가된 비언어적 표현은 '놀란 듯이 벌린 입이 닫히지 않았다'이므로, 문맥상 의미는 '놀라서=경악'이다.

* 경악=뜻밖에 놀랄 때의 소리

❷의 '이야기'는 이 소설에서 어떤 위치일까?

➔ '이 소설=이야기'이고, '❷의 이야기=이야기 속 이야기'다. 이러한 구성을 액자 구성이라 한다.

'이야기'에서 '이야기 속 이야기'로 넘어갈 때 시점 변화가 있지?

➔ '이야기=1인칭'이고, '이야기 속 이야기=3인칭'이므로 시점 변화가 있다.

「고향」에는 '이야기 속 이야기'가 두 가지 있지?

➔ 이 소설의 구성은 다음과 같다. '속이야기= 이야기 속 이야기'이다.

· 겉이야기 : 기차 안에서 이루어지는 나와 그의 대화=1인칭

· 속이야기 : 1) 그의 10년 이야기=3인칭

2) 그 여자의 10년 이야기=3인칭

· 겉이야기 : 기차 안에서 이루어지는 나와 그의 대화=1인칭

그의 10년 이야기와 그 여자의 10년 이야기'는 어떤 방식으로 서술하나?

➔ 요약하고 있다. 소설에서 요약이란 사건을 압축·서술하는 방식이다.

이 소설에서 겉이야기와 속이야기의 전개 속도는 다른가?

➔ 다르다. '겉이야기=느린 전개 속도'이고, '속이야기=빠른 전개 속도'다.

그 여자는 자기보다 나이 두 살 위였는데, 한 이웃에 사는 탓으로 같이 놀기도 하고 싸우기도 하며 자라났었다. 그가 열네댓 살 적부터 그들 부모 사이에 혼인 말이 있었고 그도 어린 마음에 매우 **탐탁하게** 생각하였었다. 그런데 그 처녀가 열일곱 살 된 겨울에 별안간 간 곳을 모르게 되었다. ❶알고 보니 그 아비 되는 자가 이십 원을 받고 대구 **유곽**에 팔아먹은 것이었다. 그 소문이 퍼지자 그 처녀 가족은 그 동리에서 못 살고 멀리 이사를 갔는데, 그 후로는 물론 **피차**에 한번 만나 보지도 못하였다. 이번에야 빈터만 남은 고향을 구경하고 돌아오는 길에 읍내에서 그 아내 될 뻔한 댁과 마주치게 되었다. 처녀는 어떤 일본 사람 집에서 아이를 보고 있었다. ❷**궐녀**는 이십 원 몸값을 십 년을 두고 갚았건만 그래도 주인에게 빚이 육십 원이나 남았었는데, 몸에 몹쓸 병이 들고 나이 늙어져서 산송장이 되니까 주인 되는 자가 특별히 빚을 **탕감**해 주고 작년 가을에야 놓아 준 것이었다. 궐녀도 자기와 같이 십 년 동안이나 그리던 고향에 찾아오니까 거기는 집도 없고 부모도 없고, 쓸쓸한 돌무더기만 눈물을 자아낼 뿐이었다. 하루 해를 울어 보내고 읍내로 들어와서 돌아다니다가 십 년 동안에 한 마디 두 마디 배워 두었던 일본말 덕택으로 그 일본 집에 있게 된 것이었다.

❸"암만 사람이 변하기로 어째 그렇게도 변하는기요? 그 숱 많던 머리가 훌렁 다 벗어졌드마. 눈은 푹 들어가고, 그 **이들이들하던** 얼굴빛도 마치 **유산**을 끼얹은 듯하드마."

- 탐탁하게 : 모양이나 태도, 또는 어떤 일 따위가 마음에 들어 만족스럽게
- 유곽 : 돈을 받고 몸을 파는 것을 직업으로 하는 여자들을 모아서 영업을 하는 집. 또는 그런 집이 모여 있는 곳
- 피차에 : 서로
- 궐녀 : 말하는 이와 듣는 이가 아닌 여자를 가리키는 삼인칭 대명사. 그녀 또는 그 여자
- 탕감 : 빚이나 요금, 세금 따위의 물어야 할 것을 덜어 줌
- 이들이들하던 : 번들번들 윤기가 돌고 부들부들하던
- 유산 : '황산(黃酸)'의 옛말

맥락 읽기!

❶을 어떻게 읽어야 할까?

➜ 전통적인 가족 윤리가 파괴된 현실이다.

❷의 '이십 원 몸값'을 그녀는 왜 못 갚았을까?

➜ 두 가지로 읽을 수 있다.

1) 내재적 맥락으로는 알기 어렵다.

2) 문화사회적 맥락 : 「고향」의 시대적 배경은 1910년대다. 이 당시 유곽 출입 비용은 1회에 3원에서 5원 정도였으므로, 그녀가 유곽에서 정상적인 보수를 받고 일하면 쉽게 갚을 수 있는 금액이다. 그런데 10년 일하고도 못 갚았을 뿐만 아니라 오히려 빚이 늘었다는 것은 유곽 주인의 속임수 없이는 설명하기 어렵다.

· 주인은 그녀의 수입을 모두 착취했다.

· 주인은 그녀가 빚을 갚지 못하게 하는 이상한 계산 방식을 사용했다.

· 주인은 그녀의 몸을 돈벌이 수단으로 이용할 수 있을 때까지 그녀를 유곽에 감금했다.

❷의 '특별히'는 '배려'가 아니라고?

➜ 내재적 맥락으로만 읽으면 배려라고 착각할 수 있다. 그러나 문화사회적 맥락으로 읽으면, 주인은 그녀를 고용한 지 10년 만에 폐인으로 만든 자이므로 '배려'는 적절한 어휘가 아니다.

'특별히'는 무슨 뜻이야?

➜ 이 어휘의 사용 주체가 주인이라는 점이 중요하다. 주인은 끝까지 그녀를 속였다. '특별히=새빨간 거짓말'이다.

❸에는 어떤 묘사가 쓰였을까?

➜ 두 가지 묘사가 사용되었다.

1) 사실적 묘사=그 숱 많던 머리가 훌렁 다 벗어졌드마. 눈은 푹 들어가고,

2) 비유적 묘사=그 이들이들하던 얼굴빛도 마치 유산을 끼얹은 듯하드마.

"서로 붙잡고 많이 우셨겠지요?"

"눈물도 안 나오드마. 일본 우동집에 들어가서 둘이서 **정종만 한 열 병 때려누이고** 헤어졌구마."

하고 가슴을 짜는 듯이 괴로운 한숨을 쉬더니만, 그는 지난 슬픔을 새록새록이 자아내어 마음을 새기기에 지쳤음이더라.

"이야기를 다 하면 무얼 하는기요."

하고 쓸쓸하게 입을 다문다. 나 또한 너무도 참혹한 사람살이를 듣기에 쓴물이 났다.

"자, 우리 술이나 마저 먹읍시다."

하고 우리는 서로 주거니 받거니 한 됫 병을 다 말리고 말았다. ❶그는 취흥에 겨워서 우리가 어릴 때 멋모르고 부르던 노래를 읊조렸다.

볏섬이나 나는 전토는
신작로가 되고요 —
말마디나 하는 친구는
감옥소로 가고요 —
담뱃대나 떠는 노인은
공동묘지 가고요 —
인물이나 좋은 계집은
유곽으로 가고요 —

_「그의 얼굴」(<조선일보>, 1926년 1월 4일)이란 제목으로 발표,
이후 작품집 『조선의 얼굴』에 수록(1926년 3월)

- 정종만 열 병 때려누이고 : 술을 진탕 마시고
- 전토 : 전답=논밭
- 신작로 : 새로 만든 길이라는 뜻으로, 자동차가 다닐 수 있을 정도로 넓게 새로 낸 길을 이르는 말. 찻길
- 말마디나 하는 : 말을 꽤 조리 있게 잘하는. 문맥적 의미는 '총독부에 비판적인'이란 뜻임

맥락 읽기!

❶의 '우리'는 누구지?

➔ '우리'는 나와 그를 말한다. 그에 대한 나의 태도 변화를 압축적으로 보여준다. '나=그'라는 동일시가 일어난 것이다. 그의 비극을 타인의 비극으로 보는 것이 아니라 조선 민족 전체의 비극으로 보는 것이다.

❶의 '노래'가 이 소설에서 어떤 기능을 할까?

➔ 일반화를 통해 주제를 드러내는 기능이다. 일반화는, 이 소설에서 다룬 비극이 특정 개인의 것이 아니라 '조선의 얼굴'이라는 표현으로 포괄되는 민족의 비극임을 보여준다.

· 그의 이야기=땅을 빼앗긴 조선 농민 이야기

· 그녀 이야기=유곽(공창)에 팔려 폐인이 된 여자 이야기

'노래'는 그녀의 이야기를 확장 해석할 수 있는 장치이기도 하지?

➔ 노래를 보자.

1) 볏섬이나 나는 전토는/ 신작로가 되고요

2) 말마디나 하는 친구는/ 감옥소로 가고요

3) 담뱃대나 떠는 노인은/ 공동묘지 가고요

4) 인물이나 좋은 계집은/ 유곽으로 가고요

그녀 이야기는 이 중 4)에 해당한다. 오늘날 독자는 '인물 좋은 계집'이 왜 '유곽으로 가게' 되는지 알지 못하지만, 당시 사람들은 다 알고 있었다. 이 노래가 총독부 비판이라는 것도 알고 있었다.

1) 총독부 소유 동양척식회사 비판

2) 총독부의 보안법 비판

3) 총독부의 공동묘지령 비판

4) 총독부의 공창제도 비판

그러므로 '유곽에 팔리다'에는 두 가지 비판이 추가된다.

· 특정 여성의 비극이 아니라 조선 여성 전체의 비극이다.

· 총독부가 만든 일본 군대용 유곽 때문이다.

깊이 이해하기

「고향」에 나타난 시대의 모습은 무엇일까?

「고향」에 나타난 시대의 모습은 네 가지다.

1) 동양척식회사

척식이란 식민지 개척을 말한다. 동양척식회사(현재 서울시 중구 을지로2가 한국외환은행 자리)는 1908년 12월에 설립, 1909년 1월부터 서울에 본점을 두고 본격적인 업무를 시작했다. 주요 업무로 토지 헐값으로 사들이기·높은 비율의 소작료 징수하기·많은 곡식을 일본으로 보내기 등이었다. 1920년 말에 동척은 한국 경작지의 3분의 1 정도를 소유했다. 땅을 빼앗긴 농민 약 30만 명은 서·북간도 이주를 결심하는데, 「고향」의 '그'의 가족도 이 경우에 해당한다.

2) 「보안법」

1907년에 일제가 집회 및 언론의 자유를 탄압하기 위해 만든 법률. 이 법은 결사의 해산을 명할 수 있으며, 흉기와 폭발물 기타 위험한 물건의 휴대를 금지할 수 있다. 또한 정치에 관하여 불온한 말이나 행동을 하는 자에 대해 태형 50대 이상, 또는 2년 이하의 징역에 처할 수 있었다. 노래에 나오는 '말마디나 하는 친구'가 감옥에 간 것은 이 「보안법」 때문이다.

3) 공동묘지령

1912년에 총독부는 묘지령을 통해 한국인의 전통적인 장례 의식을 훼손하였다. 1912년에 만들어진 공동묘지는 미아리·금호동·신사동(은평구) 3곳이었다. 1933년에 망우리 공동묘지가 만들어졌다. 공동묘지령으로 죽은 자를 삶의 경계 밖으로 내치는 효과를 가져왔다. 상여 행렬 등을 볼 수 없게 된 것도 이 묘지령 때문이다.

4) 공창제도

한국에 일본인 유곽이 생긴 것은 1904년으로, 개항장의 일본인 거류지를 중심으로 도입되기 시작하였다. 이후 서울을 중심으로 조선인 사회에 대해서도 공창제를 실시해오다가 조선총독부가 지배하는 시기인 1916년, 마침내 공창제도를 합법화했으며, 이는 사창과 다르다. 「고향」의 '그 여자'가 팔려간 곳은 사창이 아니라 공창이었다. 공창은 침략 전쟁을 수행하는 일본 군대의 성병 감염을 방지하고, 해외에 일본인의 이민을 촉진하여 식민 사회를 개척할 목적이었다. 공창으로서의 유곽은 '위안부'의 성격을 감추기 위한 장치였다.

◆ 관련 자료 살펴보기

▲ 대영제국의 동인도회사를 본떠 만든 회사로서, 식민 지배를 위하여 설립되었다. 설립 당시 한일 양국의 이중 국적회사로 발족했으나 1910년 대한제국이 국권을 상실한 이후부터는 조선인들의 기본적인 삶의 터전인 토지와 농토 등을 빼앗으며 식민지 수탈 기관으로서의 역할을 충실히 담당하였다.

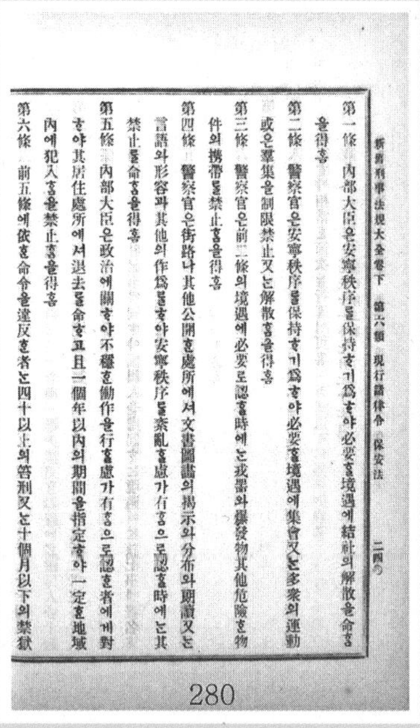

新舊刑事法規大全卷下　第六類　現行諸律令　保安法　二四〇

第一條　內部大臣은安寧秩序를保持ᄒᆞ기爲ᄒᆞ야必要ᄒᆞᆫ境遇에結社의解散을命ᄒᆞᆷ을得ᄒᆞᆷ

第二條　警察官은安寧秩序를保持ᄒᆞ기爲ᄒᆞ야必要ᄒᆞᆫ境遇에集會又ᄂᆞᆫ多衆의運動或은羣集을制限禁止又ᄂᆞᆫ解散ᄒᆞᆷ을得ᄒᆞᆷ

第三條　警察官은前二條의境遇에必要로認ᄒᆞᆫ時에ᄂᆞᆫ戎器와爆發物其他危險ᄒᆞᆫ物件의携帶를禁止ᄒᆞᆷ을得ᄒᆞᆷ

第四條　警察官은街路나其他公開ᄒᆞᆫ處所에셔文書圖畵의揭示와分布와朗讀又ᄂᆞᆫ言語와形容과其他의作爲를ᄒᆞ야安寧秩序를紊亂ᄒᆞᆯ虞가有ᄒᆞᆷ으로認ᄒᆞᆫ時에ᄂᆞᆫ其禁止를命ᄒᆞᆷ을得ᄒᆞᆷ

第五條　內部大臣은政治에關ᄒᆞ야不穩ᄒᆞᆫ動作을行ᄒᆞᆯ虞가有ᄒᆞᆷ으로認ᄒᆞᆫ者에게對ᄒᆞ야其居住處所에셔退去를命ᄒᆞ고且一個年以內의期間을指定ᄒᆞ야一定ᄒᆞᆫ地域內에犯入ᄒᆞᆷ을禁止ᄒᆞᆷ을得ᄒᆞᆷ

第六條　前五條에依ᄒᆞᆫ命令을違反ᄒᆞᆫ者ᄂᆞᆫ四十以上의笞刑又ᄂᆞᆫ十個月以下의禁獄

280

◇間島로! 間島로!

▲ 고향을 떠나 살 곳을 찾아 남부여대하고 몰려든 원산 부두, 「간도로! 간도로!」 (〈매일신보〉 1926년 11월 21일자).

◀「보안법」(1907년) 일부(출처 : 국립중앙도서관)

◀ 미아리 공동묘지
1912년에 조성된 미아리 공동묘지의 1958년 모습. 서울시는 미아리 공동묘지의 이장 계획을 추진하기로 결정했다. 이후 수재나 화재로 집터를 잃은 사람들이 정착하게 되었다.(출처: 서울사진아카이브, ©서울특별시)

▶ 1870년대 일본 요시와라 유곽이다. 유곽이란 전근대 일본 특유의 성매매 업소로, 관의 허가를 받은 일종의 공창이다. 업주와 창기의 계약 관계를 중시하고 이들의 세금 납부를 의무화하였으며, 창기의 성병 검진과 외출 제한을 규정하였다.

OX

사실 확인하기

1 「고향」의 주요 사건은 대구에서 서울로 올라오는 차중에서 생긴 일이다.

2 이 소설은 액자 소설이며, 내부 이야기에 해당하는 두 개의 중요 사건은 그와 그녀의 이야기다.

3 '나'가 '그'를 만났을 때 그의 나이는 26세인데 10년 이상 나이 들어 보이는 것은 그의 삶이 힘들었기 때문이다.

4 '나'와 '그'는 동향인이다.

5 '그'의 집안은 대대로 역둔토 농사를 하고 있었는데 동양척식회사가 소유하면서 소작료를 지나치게 높이 책정하여 살 수 없게 되어 고향을 떠나면서 비극이 시작되었다.

6 '그'는 9년 만에 고향을 방문하여 폐허가 된 고향을 목격한 뒤 충격받았다.

7 '그'의 고향은 100여 호 정도 크기의 마을인데, 대구 근처에 있다.

8 '그'의 여정은 '고향→서간도→신의주→안동현→규슈→오사카→고향→서울'인데, '대구→서울' 여정에서 '나'의 여정과 겹친다.

9 '그'는 서울에서 일자리를 구해야 해서 '나'가 적극적으로 도와주었다.

10 이 소설에서 익명 사용은 '그'와 '그녀'의 비극이 1910년대 남녀 누구에게나 일어날 수 있는 사건임을 나타낸다.

답> ○○○○○○○○×○

03

패강랭(浿江冷)

이태준

이태준은 어떤 작가인가?

이태준(1904~미상)의 호는 상허다. 강원도 철원에서 출생했다. 이효석, 박태원, 이상, 김유정, 정지용, 김기림 등과 함께 1930년 '구인회' 회원으로 활동했다. 1946년에 월북하여 한동안 남한에서 그의 소설은 금서로 분류되었고, 현대소설사에서도 다루어지지 않았다. 1988년 월북 작가 해금 조치로 누구나 자유롭게 읽을 수 있게 되면서 이태준은 1930년대를 대표하는 소설가로 인정받았다. 이태준의 소설은 단편소설 창작의 모범적 사례로 인정되면서 「복덕방」, 「돌다리」, 「꽃나무는 심어 놓고」, 「달밤」, 「해방전후」 등의 작품이 중·고등학교 교과서에 수록되었다.

03 패강랭

❶다락에는 ❷제일강산(第一江山)이라, **부벽루**(浮碧樓)라, 빛 낡은 **편액**(扁額)들이 걸려 있을 뿐, 새 한 마리 앉아 있지 않았다. 고요한 그 속을 들어서기가 그림이나 찢는 것 같아 현(玄)은 **축대** 아래로만 어정거리며 다락을 우러러본다.

질펵하게 굵은 기둥들, 힘 내닫는 대로 밀어던진 **첨차**와 **촛가지**의 깎음새들, 이조(李朝)의 문물다운 우직한 순정이 군데군데서 구수하게 풍겨 나온다.

다락에 비겨 대동강은 너무나 차다. 물이 아니라 유리 같은 것이 ❸부벽루에서도 한 뼘처럼 들여다보인다. 푸르기는 하면서도 마름[수초水草]의 포기포기 흐늘거리는 것, 조약돌 사이사이가 미꾸리라도 한 마리 엎디었기만 하면 숨쉬는 것까지 보일 듯싶다. 물은 흐르나 소리도 없다. 수도국 다리를 빠져, 청류벽(淸流壁)을 돌아서는 비단필이 훨쩍 펼쳐진 듯 질편하게 깔려 나갔는데, 하늘과 물은 함께 저녁놀에 물들어 아득한 장미꽃밭으로 사라져 버렸다. **연광정(練光亭)** 앞으로부터 까뭇까뭇 널려 있는 **매생이**와 **수상선**들, 하나도 움직여 보이지 않는다. 끝없는 대동벌에 점점이 놓인 구릉(丘陵)들과 함께 자못 **유구한** 맛이 난다.

현은 피우던 담배를 내어던지고 저고리 단추를 여미었다. 단풍은 이제부터 익기 시작하나 날씨는 어느덧 손이 시리다.

'❹조선 자연은 왜 이다지 슬퍼 보일까?'

현은 부여(扶餘)에 가서 낙화암(落花巖)이며 백마강(白馬江)의 호젓함을 바라보던 생각이 난다.

- 부벽루 : 평양 모란봉 청류벽 위에 있는 정자. 본래 이름은 '영명루'였으나 12세기에 부벽루로 불림. '대동강 푸른 물 위에 떠 있는 누각'이라는 뜻임
- 편액 : 종이·비단·널빤지 따위에 그림을 그리거나 글씨를 써서 방이나 문 위에 걸어 놓는 액자
- 축대 : 높이 쌓아올린 대나 터
- 첨차 : 처마 끝의 무게를 받치기 위하여 기둥머리에 짜 맞추어 대는 나무 조각인 공포(栱包)를 구성하는 기본 재료
- 촛가지 : 한옥의 공포에서 보 방향으로 첨차와 직교하여 내밀어진, 끝을 소의 혀(쇠서) 모양으로 장식하여 오려낸 나무 재료
- 연광정 : 평안남도 평양시 대동강 가에 있는 정자. 부벽루와 함께 평양에서 유명함
- 매생이 : '마상이'의 평안도 사투리. 조선시대 평안도와 함경도의 하천 등에서 군대의 이동, 곡물의 운반, 기타 잡용에 쓰였던 배로, 작은 배는 오늘날에도 대동강을 비롯한 중부 이북지역에 남아 있음
- 수상선 : 뱃전이 그리 높지 않고 바닥이 평평한 배
- 유구한 : 연대가 아득히 길고 오랜

맥락 읽기!

❶은 어딜까?

➔ 부벽루다. 현은 '축대 아래'에서 부벽루를 올려다보고 있다. '우러러본다'에는 전통에 대한 현의 존경심이 담겨 있다.

❷는 어디가 그러하다는 거지?

➔ 두 가지로 읽을 수 있다.

1) 내재적 맥락 읽기로는 알 수 없다.

2) 문화사회적 맥락 : 평양이다. 명나라의 문인 주지번은 연광정에서 바라본 평양의 아름다움을 가리켜 '천하제일강산(天下第一江山)'이라 했다.

❸에서 현이 본 풍경은 뭘까?

➔ 현은 근경~원경으로 보았다.

근경 : 마름, 조약돌, 수도국 다리, 청류벽

원경 : 연광정, 매생이와 수상선들, 대동벌

❹와 같은 느낌은 뭐지?

➔ 맥수지탄(麥秀之嘆 : 나라가 무너져 예전 같지 않음을 슬퍼함)이다. 현의 감정이 조선의 자연에 이입되어 있다. 현은 관광 목적으로 평양에 온 것이 아니다.

* * *

현은 평양이 십여 년 만이다. 소설에서 평양 장면을 쓰게 될 때마다, 이번에는 좀 새로 가 보고 써야, 스케치를 해 와야 하고 벼르기만 했지, 한번도 그래서 와 보지는 못하였다. 소설을 위해서 뿐 아니라 친구들도 가끔 놀러 오라는 편지가 있었다. 학창 때 사귄 벗들로, 이곳 **부회의원**이요 실업가인 김(金)도 있고, 어느 **고등보통학교**에서 조선어와 한문을 가르치는 박(朴)도 있건만, 그들의 편지에 한번도 용기를 내어 본 적은 없었다. ❶이번에 받은 박의 편지는 놀러 오라는 말은 한마디도 쓰여 있지 않았다. 그러나 다른 때, 놀러 오라는 말이 있던 편지보다 오히려 현의 마음을 끌었다.

—내 시간이 반이 없어진 것은 자네도 짐작할 걸세. 편안하긴 허이. 그러나 **전임으론 나가 주고 시간으로나 다녀 주기**를 바라는 눈칠세. 나머지 시간이라야 그리 오래 지탱돼 나갈 학과 같지는 않네. 그것마저 없어지는 날 나도 그때 아주 그만둬 버리려고 아직은 **찌싯찌싯** 붙어 있네.

하는 사연을 읽고는 갑자기 박을 가 만나 주고 싶었다. 만나야만 할 말이 있는 것은 아니지만 손이라도 한번 잡아 주고 싶어 전보만 한 장 치고 훌쩍 떠나 내려온 것이다.

정거장에 나온 박은 수염도 깎은 지 오래어 터부룩한데다 버릇처럼 자주 찡그려지는 비웃는 웃음은 전에 못 보던 표정이었다. 그 다니는 학교에서만 찌싯찌싯 붙어 있는 것이 아니라 이 시대 전체에서 **긴치 않게** 여기는, 찌싯찌싯 붙어 있는 존재 같았다. 현은 박의 그런 찌싯찌싯함에서 선뜻 자기를 느끼고 또 자기의 작품들을 느끼고 그만 더 울고 싶게 괴로워졌다.

한참이나 붙들고 섰던 손목을 놓고, 그들은 우선 대합실로 들어갔다. 할 말은 많은 듯하면서도 지껄여 보고 싶은 말은 골라낼 수가 없었다. 이내 다시 일어나서 현은,

"나 좀 혼자 걸어 보구 싶네."

하였다. 그래서 박은 저녁에 김을 만나 가지고 대동강 가에 있는 동일관(東一館)이란 ❷요정으로 나오기로 하고 현만이 모란봉으로 온 것이다.

• 부회의원 : 일제 강점기의 지방 행정 조직은 도에 부·군·도를 두었는데, 이 중 부회의원은 부에 속한 공무원으로 요즘의 시의원에 해당
• 고등보통학교 : 일제 강점기에 보통학교를 졸업한 학생을 대상으로 중등 교육을 실시하던 4~5년제의 학교. 1940년에 중학교로 이름을 고침
• 전임으론 나가 주고 시간으로나 다녀 주기 : 선생의 지위가 바뀌어 전임 강사에서 시간 강사가 된 것을 가리킴
• 찌싯찌싯 : 남이 싫어하건 말건 자꾸 짓궂게 구는 모양
• 긴치 않게 : 중요하지 않게

맥락 읽기!

❶이 왜 '현'의 마음을 끈 거지?

➜ 조선총독부의 조선어 말살 정책에서 비롯된 동일시다. 동병상련이다. '박의 그런 찌싯찌싯함에서 선뜻 자기를 느끼고 또 자기의 작품들을 느끼고 그만 더 울고 싶게 괴로워졌다'에 나타나 있다. 현과 박은 총독부의 조선어 말살 정책에 순응하지 않는 인물들이다.

* 조선어 말살 정책 : 조선총독부는 조선어를 말살시키기 위해 1937년 4월 이후 중학교와 고등보통학교에서 조선어 교육을 폐지하였다.

❷는 뭘까?

➜ 요정은 일본식 유흥 음식점이다. 구한말에 생겼다. 요정은 음식물만 판매하는 곳이 아니다. 음주가무(술·노래·춤)를 도와주는 기생들을 고용하여 영업한다.

문화사회적인 연도를 짐작하게 하는 어휘에는 뭐가 있을까?

➜ 먼저 보이는 순서대로 나열하면, '부회의원·고등보통학교·조선어'다. 이 어휘들은 모두 일제 강점기의 총독부 정책과 관련된 어휘다.

오면서 자동차에서 시가도 가끔 내다보았다. 전에 본 기억이 없는 새 빌딩들이 꽤 많이 늘어섰다. 그중에 ❶한 가지 인상이 깊은 것은 어느 큰 거리 한 **뿌다귀**에 벽돌 공장도 아닐 테요 감옥도 아닐 터인데 시뻘건 벽돌만으로, 무슨 큰 **분묘(墳墓)**와 같이 된 건축이 웅크리고 있는 것이다. 현은 운전수에게 물어 보니, 경찰서라고 했다.

또 한 가지 이상하다 생각한 것은, 그림자도 찾을 수 없는 여자들의 머릿수건이다. 운전수에게 물으니 그는 없어진 이유는 말하지 않고,

"거, 잘 없어졌죠. 인전 평양두 서울과 별루 지지 않습니다."

하는 ❷매우 **자긍**하는 말투였다.

현은 평양 여자들의 ❸머릿수건이 늘 보기 좋았다. 단순하면서도 흰 **호접**과 같이 살아 보였고, 장미처럼 자연스런 무게로 한 송이 얹힌 댕기는, 그들의 악센트 명랑한 사투리와 함께 '**피양 내인**'들만이 가질 수 있는 독특한 아름다움이었다. 그런 아름다움을 제 고장에 와서도 구경하지 못하는 것은, 평양은 또 한 가지 의미에서 폐허(廢墟)라는 서글픔을 주는 것이었다.

* * *

현은 **을밀대(乙密臺)**로 올라갈까 하다 비행장을 경계함인 듯, 총에 창을 꽂아 든 병정이 섰는 것을 발견하고는 그냥 강가로 내려오고 말았다. 마침 놀잇배 하나가 빈 채로 내려오는 것을 불렀다. **주암산**까지 올라갔다가 내려오자니까 거기는 비행장이 가까워 못 올라가게 한다고 한다. 그럼 노를 젓지는 말고 흐르는 대로 동일관까지 가기로 하고 배를 탔다.

나뭇잎처럼 물 가는 대로만 떠 가는 배는 **낙조**가 다 꺼져 버리고 강물이 어두워서야 동일관에 닿았다.

이 요릿집은 강물에 내어민 바위를 의지하고 지어졌다. 뒷문에 배를 대고 풍악 소리 높은 밤 정자에 오르는 맛은, 비록 마음 어두운 현으로도 적이 **홍취 도연**해짐을 아니 느낄 수 없다.

'먹을 줄 모르는 술이나 이번엔 사양치 말고 받아 먹자! 박을 위로해 주자!'

생각했다.

박은 김을 데리고 와 벌써 두 기생으로 더불어 자리를 잡고 있었다. 김의 면도 자리 푸른 살진 볼과 기생들의 가벼운 옷자락을 보니 현은 기분이 다시 한 번 갠다.

"이 사람 자네두 김 군처럼 면도나 좀 허구 올 게지?"

"허, 저런 색시들 반허게!"

하고 박은 씩— 웃는다.

"그래 요즘 어떤가? 우리 김 부회의원 나리?"

- 뿌다귀 : 쑥 내밀어 구부러지거나 꺾어져 돌아간 자리
- 분묘 : 무덤
- 자긍 : 스스로에게 긍지를 가짐
- 호접 : 나비
- 피양 내인 : 평양의 부녀자
- 을밀대 : 평양 금수산에 있는 정자
- 주암산 : 평양 모란봉 옆에 있는 산
- 낙조 : 지는 햇빛. 석양
- 홍취 도연 : 술에 취하여 거나함

맥락 읽기!

❶을 어떻게 이해해야 하지?

➔ 현의 경찰서 묘사는 위치나 크기로 보든, 색채로 보든 위압적이다. 게다가 '분묘=묘지'라는 표현에서 알 수 있듯 죽음의 이미지다. 우회적이지만, 총독부의 경찰 국가 체제를 비판하고 있다.

❷를 어떻게 이해해야 할까?

➔ '평양 여자들의 머릿수건' 풍속이 사라진 사건에 대해 현과 운전수는 상반된 평가를 하고 있다. 이 차이는 지방색에 대한 평가가 다르기 때문이다.

· 지방색=조선 전통 문화=긍정 평가=현

· 지방색=전근대적이고 열등한 문화=부정 평가=운전수

❸ '머릿수건'이 뭐야?

➔ 기록에 따르면, 고구려 여인들은 머리에 '건귁'을 착용했다 한다. '건귁=머릿수건'이다. 평양 여인들의 '머릿수건은 곧 전통'에 해당한다.

"이 사람, 오래간만에 만나 **히야카시**부턴가?"

"자넨 참 늙지 않네그려! 우리 서울서 재작년에 만났던가?"

"그렇지 아마…… 내 그때 도시 시찰로 **내지** 갔다오던 길이니까……."

"그래 자네 서평양인지 동평양인지서 땅 노름에 돈 좀 뫘다데그려?"

"흥, 이 사람! 선비가 돈 말이 **하관**고?"

"별수 있나? 먹어야 배부른데."

"먹게, 오늘 저녁엔 자네가 못 먹나 내가 못 먹이나 한번 해보세."

"난 옆에서 **경평** 대항전 구경이나 헐까?"

"저희들은 응원하구요."

기생들도 박과 함께 **말참례**를 시작한다.

"시골 기생들 우숩지?"

"우숩다니? ❶ 기생엔 여기가 서울 아닌가. 금수강산 정기들이 다르네!"

기생들은 하나는 방긋 웃고, 하나는 새침한다. 방긋 웃는 기생을 보니, 현은 문득 생각나는 기생이 하나 있다.

"여보게들?"

"그래."

"벌써 열뒤— 해 됐네그려? 그때 나 왔을 때 저 **능라도**에 가 **어죽** 쒀 먹던 생각 안 나?"

"벌써 그렇게 됐나 참."

"그때 그 기생이 이름이 뭐드라? 자네들 생각 안 나나?"

"오— 그렇지!"

비스듬히 벽에 기대었던 김이 놀라 일어나더니,

"이거 정작 부를 기생은 안 불렀네그려!"

하고 손뼉을 친다.

"아니, 그 기생이 여태 있나?"

"살았지 그럼."

"기생 노릇을 여태 해?"

"암—."

"오—라!"

하고 박도 그제야 생각나는 듯이 무릎을 친다.

그때도 현이 서울서 내려와서 이 세 사람이 능라도에 어죽놀이를 차렸다. 두 기생이 있었는데 그중에 한 기생이 특히 현을 따라, 그때만 해도 문학 청년 기분이던 현은 영월의 손수건에 시를 써 주고 둘이만 부벽루를 배경으로 하고 사진을 다 찍고 하였었다.

"아니, 지금 나이 멫 살일 텐데 아직 기생 노릇을 해? 난 생각은 나두 이름두 잊었네."

"그러게 이번엔 자네가 제발 좀 데리구 올라가게."

"누군데요?"

하고 기생들이 묻는다.

- 히야카시 : '희롱'을 뜻하는 일본말
- 내지 : 식민지에서 본국을 이르는 말. 일제 강점기 때 일본인들이 자기들 나라를 내지라고 하였음
- 하관 : 무슨 관계
- 경평 : 경성(서울)과 평양
- 말참례 : 말참견
- 능라도 : 평양 대동강에 있는 섬
- 어죽 : 생선 죽

맥락 읽기!

❶은 무슨 뜻일까?

➔ 평양 기생이 조선에서 가장 유명하다는 뜻이다.

"참, 이름이 뭐드라?"

박도,

"이름은 나두 생각 안 나는걸……."

하는데 보이가 온다.

"기생, 제일—오랜 기생, 제일—나이 많은 기생이 누구냐?"

보이는 멀뚱히 생각하더니 댄다.

"관옥인가요? 영월인가요?"

"오! 영월이다 영월이. 곧 불러라."

현은 적이 으쓱해진다. 상이 들어왔다. 술잔이 돌아간다.

"그간 술 좀 **뱄나**?"

박이 현에게 잔을 보내며 묻는다.

"웬걸…… 술이야 고학할 수 있던가, 어디……."

"망할 자식 **가긍**허구나! 허긴 너이 따위들이 밤낮 글 써야 무슨 덕분에 술 차례가 가겠니! 오늘 내 신세지……."

"아닌게 아니라……."

하고 김이 또 현에게 잔을 내어밀더니,

"현군도 인전 방향 전환을 허게."

한다.

"방향 전환이라니?"

"거 누구? 뭐래던가 ❶동경 가 글 쓰는 사람 있지?"

"있지."

"그 사람 **선견**이 있는 사람이야!"

하고 김은 감탄한다.

"이 자식아, 잔이나 받아라. 듣기 싫다."

하고 현은 김의 잔을 부리나케 마시고 돌려보낸다.

• 뱄나 : 배웠나
• 가긍 : 불쌍하고 가엾음
• 선견 : 어떤 일이 일어나기 전에 미리 앞을 내다보고 앎

맥락 읽기!

❶은 누굴 가리키는 거지?

➔ '동경 가 글 쓰는 사람'이 누구인지는 구체적으로 제시하지 않았다. 그러나 짐작할 수는 있다. 김이 말하는 '방향 전환'을 한 사람의 예시이기 때문이다. 조선총독부의 내선일체 정책에 순응하는 작가다.

'방향 전환'은 구체적으로 뭐지?

➔ 두 가지다.
1) 일본어로 소설을 쓰는 것. 이것은 '일본어=국어'로 받아들이는 것을 말한다.
2) 조선총독부의 내선일체 정책에 순응하는 것. 이것은 '일본=내지'로 받아들이는 것을 말한다.

'방향 전환'을 어떻게 평가할 수 있어?

➔ 두 가지다.
신채호 선생의 '역사는 아와 비아의 투쟁이다'를 통해 설명할 수 있다. '아=나·우리말·조선'이고, '비아=너·일본어·일본'이므로, '방향전환=비아되기=내선일체=아의 상실'에 해당한다. 이는 개인 정체성 상실·민족 정체성 상실로 평가할 수 있다.

박이 다 눈두덩을 **내려쓸도록** 모두 얼근해진 뒤에야 ❶영월이가 들어섰다. 흰 저고리 옥색 치마, 머리도 **가림자**만 약간 옆으로 탔을 뿐, ❷**시체** 애들처럼 물들이거나 지지거나 하지 않았다. 미닫이 밑에 사뿐 앉더니 좌석을 휙 둘러본다. 김과 박은 어쩌나 보느라고 아무 말도 않고 영월과 현의 태도만 번갈아 살핀다. 영월의 눈은 현에게서 무심히 스쳐 지나 박을 넘어뛰어 김에게 머무르더니,

"영감, 오래간만이외다그려."

하고 씽긋 웃는다.

"허! 자네 눈두 인전 무뎠네그려! 자넬 반가워할 사람은 내가 아니야."

"기생이 정말 속으로 반가운 손님헌텐 인살 안 한답니다."

하고 슬쩍 다시 박을 거쳐 현에게 눈을 옮긴다.

"과연 명기로군! 척척 받음수가……."

하고 김이 먼저 잔을 드니 영월은 선뜻 상머리에 나앉으며 술병을 든다.

웃은 지 오래나 눈 속은 그저 웃는 것이 옛 모습일 뿐, 눈시울에 거무스름하게 그림자가 깃들인 것이요 볼이 홀쭉 꺼진 것이나 입술이 까시시 메마른 것은 너무나 세월이 자국을 깊이 남기고 지나갔다.

"자네, 나 모르겠나?"

현이 담배를 끄며 묻는다.

"어서 잔이나 드시라우요."

잔을 드는 현과 눈이 마주치자 영월은 술이 넘는 것도 모르고 얼굴을 붉힌다.

"자네도 세상살이가 고단한 걸세그려?"

"피차 일반인가 봅니다."

하고 현이 마시고 주는 잔에 가득히 붓는 대로 영월도 사양하지 않고 받아 마신다.

"전엔 하―얀 나비 같은 수건을 썼더니……."

"참, 수건이 도루 쓰고퍼요."

• 내려쓸도록 : 내리쓸도록(내리쓸다=얼굴이나 수염 따위를 손으로 어루만지며 아래로 문지르다)

• 가림자 : '가르마'의 옛말

• 시체 : 당시의 새로운 풍습이나 유행을 따름

맥락 읽기!

❶의 기생 '영월'은 이 소설에서 어떤 의미가 있을까?

➔ 두 가지로 읽을 수 있다.

1) 내재적 맥락 : 10년 전 만난 영월에게는 조선 기생에게 있었던 예인의 품격이 있었는데, 10년 후 만난 영월은 그 품격을 상실한 상태였다. 예인의 품격 상실은 조선 전통 상실을 의미한다.

2) 문화사회적 맥락 : 1)은 총독부의 '권번' 제도 도입 결과다. 총독부는 1915년부터 기생을 '권번'에 소속시켰다. 권번은 일본식 기생 제도다. 이 제도로 '손님의 팁=기생의 의식주'가 되었으므로, 기생은 손님 기분을 맞춰야 하는 존재가 되어야 했다.

현이 기억하는 '영월'의 예인으로서의 품격은 뭐지?

➔ 두 가지로 읽을 수 있다.

1) 내재적 맥락 : 예인으로서의 모습을 알 수 있다. '흰 저고리 옥색치마'를 입고 '하얀 나비 같은 머릿수건'을 썼고, 장구와 소리 그리고 춤에 능통한 영월의 모습과 관련된다.

2) 문화사회적 맥락 : 품격을 알 수 있다. 전통적인 기생에게는 손님의 무례한 요구를 거절하는 도도한 기상이 있었다.

10년이 지났는데, ❶의 '영월'은 현이 기억하는 그대로였나?

➔ '가림자' 위치가 조금 변했다. 조선 기생은 5:5로 나눠 일자 가르마를 타는 사각형 이마였다. 그러나 신식 기생은 7:3의 삼각형 이마를 선호했다. 영월도 이 유행을 전혀 따르지 않을 수는 없어 6:4 정도의 삼각형 이마를 한 것으로 보인다.

❷에서 무엇을 읽어야 하나?

➔ '신식 기생'에 대한 비판이다. '신식=일본식·서양식'이다.

"또 평양말을 더 또렷또렷하게 잘했었는데……."

"❶ 손님들이 요샌 서울말을 해야 좋아한답니다."

"그깟놈들……. 그런데 박군? 어째 평양 와 수건 쓴 걸 볼 수 없나?"

"건 이 김 부회의원 영감께 여쭤 볼 문젤세. 이런 **경세가**(經世家)들이 금령을 내렸다네."

"어째서?"

"누가 아나, 빌어먹을 자식들……."

"이 자식들아, 너이야말루 빌어먹을 자식들인 게…… 그까짓 수건 쓴 게 보기 좋을 건 뭬며 이 평양부 내만 해두 일 년에 그 수건값허구 **당기**값이 얼만지 알기나 허나?"
하고 김이 당당히 허리를 펴고 나앉는다.

"❷ 백만 원이면? 문화 가치를 모르는 자식들……."

"그러니까 너이 글 쓰는 녀석들은 세상을 모르구 산단 말이다."

"주제넘은 자식…… 조선 여자들이 뭘 남용을 해? **예펜네**들 모양 좀 내기루? 예펜넨 좀 고와야지."

"돈이 드는걸……."

"흥! 그래 집안에서 죽두룩 일해, 새끼나 길러, 사내 뒤치개질해…… 그리구 일 년에 당기 한 감 사 매는 게 과하다? 아서라, 사내들 술값, 담뱃값은 얼만지 아나? 생활 개선, 그래 예펜네들 수건값이나 당기값이나 조려 먹구? 요 푼푼치 못한 경세가들아? 저인 남이 할 것 다허구……."

"망할 자식, 말버릇 좀 고쳐라…… 이 자식아, 술이란 실사회선 얼마나 필요한 건지 아니?"

"안다. 술만 필요허냐? 고유한 문환 필요치 않구? 돼지 같은 자식들…… 너이가 **진줄** 알 수 있니…… 허……."

"히도오 바가니 수르나 고노야로(사람 우습게 보지 마라 이 자식)……."

"❸ 너이 따윈 좀 바까니시데모 이이(깔봐도 좋다)……."

"나니(뭐라구)?"

"나닌 다 뭐 말라빠진 거냐? 네 술 좀 먹기루 이 자식, 내 헐 말 못 헐 놈 아니다.

하고 현은 트림을 한다.

- 경세가 : 세상을 다스리는 사람, 정치가
- 당기 : '댕기'의 사투리
- 예펜네 : '여편네'의 사투리. 결혼한 여자를 낮잡아 이르는 말
- 진줄 : 진주를

맥락 읽기!

❶의 '손님들'이 누굴까?

➔ '그깟놈들'이라는 현의 멸시에서 짐작이 가능하다. 그들은 평양의 문화 가치를 모르는 자들이거나 예인으로서의 기생의 가치를 모르는 자들이다.

❷에 갈등이 있지?

➔ 현과 김의 갈등은 인물과 인물의 갈등이므로 외적 갈등이다. 이 갈등은 평양의 문화 가치에 대한 견해 차이 때문이다.

❷를 시대와의 갈등이라 해도 되나?

➔ 현의 분노는 부회의원 김을 향해 있지만, 평양의 문화 가치 훼손을 주도하는 힘은 총독부에 있다는 점에서 시대와의 갈등이다.

❸에서 김은 현에게 심하게 모욕당한다. 왜지?

➔ 김은 총독부에서 관직을 얻었다. 김에게는 '관직=방향 전환'이지만, 현에게는 '관직=친일'이다. 현에게 '김=견리망의한 자=실리 때문에 대의를 잃은 자'이므로, 김을 멸시하는 태도가 현에게 있다.

"이 사람들 고걸 먹구 벌써 취했네들그려."

박이 이쑤시개를 놓고 다시 잔을 현에게 내민다. 김은 잠자코 안주를 집는 체한다.

오래 해먹어서 손님들 기분에 눈치 빠른 영월은 보이를 부르더니 장구를 가져오게 하였다. 척 장구채를 뽑아 잡고 저쪽 손으로 먼저 장구 **전두리**를 뚱땅 울려 보더니,

"어—따 조오쿠나 이십—오—현 탄—야월……."

하고 불러내기 시작한다. 현은 물끄러미 영월의 핏줄 일어선 목을 건너다보며 조끼 단추를 끌렀다. 부들부들 떨리는 손으로 상머리를 뚜드려 본다. 그러나 자기에겐 가락이 생기지 않는다.

"에—헹—에— 헤이야—하 어— 라 우겨—라 방아로구나……."

하고 받는 사람은 김뿐이다. 현은 더욱 가슴속에서만 끓는다. 이런 땐 소리라도 한마디 불러내었으면 얼마나 속이 시원하랴 싶어진다. 기생들도 다른 기생들은 잠잠히 앉아 영월의 입만 쳐다본다. 소리가 끝나자 박은,

"수고했네."

하고 영월에게 술 한잔을 권하더니 가사를 하나 부르라 청한다. 영월은 사양치 않고 밀어 놓았던 장구를 다시 당기어 안더니,

"일조—오— 나앙군……."

불러내인다. 박은 입을 씻고 씻고 하더니 곡조는 서투르나 그래도 꽤 어울리게 이런 시 한 구를 읊어서 소리를 받는다.

"❶각하—안— 산—진 수궁처…… 임흠정— 가고옥— 역난위를……."

박은 눈물이 글썽해 후— 한숨으로 끝을 맺는다.

1930년대 평양 기생학교(출처 :「개정판 일본지리풍속대계 제9권」)
평양 기생학교는 전통 가무의 전문적인 수업과 여러 예술과목(서화, 서양식 무용 등)과 일반 학교의 교수과목(조선어, 일본어, 창가, 서화, 수신, 가사, 산술 등)으로 이루어진 교육 과정과 평가방식이 표준화되어 있었으며, 학생과 교육자 간의 관계 역시 법적·제도적 관계를 유지했다. 이 점에서 근대적 전문 교육기관이라고 할 수 있다.

• 전두리 : 둥근 뚜껑 따위 둘레의 가장자리

맥락 읽기!

박이 부른 노래 ❶을 어떻게 읽어야 하지?

➔ 두 가지로 읽을 수 있다.

1) 내재적 맥락 : 언어적 표현(후—), 비언어적 표현(입을 씻고 씻고·눈물이 글썽해), 숙연한 분위기를 참조하여 읽는다. '박이 부른 노래=맥수지탄=나라 잃은 슬픔'임을 이 자리에 있는 인물 모두가 알고 있음을 의미한다.

2) 문화사회적 맥락 : 박이 부른 노래는 단재 신채호의 「백두산도중」에 나오는 구절인 '최한수궁산진처 임정가곡역난위'를 조금 변형시킨 것이다. 급진 독립운동가 신채호는 1928년 체포되어 1936년 여순 감옥에서 옥사했다.

* 최한수궁산진처 / 임정가곡역난위 : '한스럽다 산도 물도 다한 곳에서 / 내 뜻대로 노래 통곡 그도 어렵네'에는 단재 신채호 선생의 '맥수지탄'이 표현되어 있다.

자리는 다시 찬비가 지나간 듯 호젓해진다. 김은 보이를 부르더니 **유성기**를 가져오라 했다. 재즈를 틀어 놓더니 그제야 다른 두 기생은 저희 세상인 듯, **번차** 김과 마주 잡고 댄스를 추는 것이다.

"영월이!"

영월은 잠자코 현의 곁으로 온다.

"난 자넬 또 만날 줄은 몰랐네, 반갑네."

"저 같은 걸 누가 데려가야죠?"

"눈이 **너머** 높은 게지?"

"네?"

유성기 소리에 잘 들리지 않는다.

"눈이 너머 높은 게야?"

"천만에…… 그간 많이 상허셨세요."

"응?"

"많이 상허셨세요."

"나?"

"네."

"자네가 그리워서……."

"말씀만이라두 고맙습니다."

"허!"

댄스가 한 곡조 끝났다. 김은 자리에 앉으며 현더러,

"기미모 오도레(너도 춤춰라)."

한다.

"난 출 줄도 모르네. 기생을 불러 놓고 딴스나 하는 친구들은 내 일찍부터 모욕하는 발세."

"자네처럼 마게오시미 쓰요이(고집이 센)한 사람두 없을 걸세. 못 추면 그냥 못 춘대지……."

"흥! 지기 싫어서가 아니라 기생이란 조선에 국보적 존재세. 끌어안구 궁댕이짓이나 허구, 유행가 **나부랭이**나 **비명**을 허구, 그게 기생들이며 그게 놀 줄 아는 사람들인가? 아마 우리 영월인 그 딴슬 못할 걸세. 못하는 게 아니라 안 할걸?"

"아이! 영월 언니가 딴슬 어떻게 잘하게요."

하고 다른 기생이 헬깃 쳐다보며 가로챈다.

"자네두 그래 딴슬 허나?"

"잘 못한답니다."

"글쎄, 잘허구 못허구 간에?"

"어쩝니까? 이런 손님 저런 손님 다 비윌 맞추쟈니까요."

"건 왜?"

"돈을 벌어야죠."

"건 그리 벌기만 해 뭘 허누?"

"기생일수룩 제 돈이 있어야겠습디다."

"어째?"

"생각해 보시구려."

"모르겠는데? 돈 많은 사내헌테 가면 되지 않나?"

"돈 많은 사내가 변심 않구 나 하나만 **다리고** 사나요?"

"그런가?"

• 유성기 : 축음기, 원통형 레코드나 원판형 레코드에 녹음한 음을 재생하는 장치
• 번차 : 番次, 일을 행하는 차례
• 너머 : 너무
• 나부랭이 : 어떤 부류의 사람이나 물건을 낮잡아 부르는 말
• 비명 : 구슬프게 읊조리는 소리
• 다리고 : 데리고

"본처나 되면 아무리 남편이 **오입**을 해두 늙으면 돌아오겠지 하구 자식 낙이나 보면서 살지 않어요? 기생이야 그 사람 하나만 바라고 갔는데 남자가 안 들어와 봐요? 쳐다볼 건 **바름팍**만 아니야요? 뭘 바라고 삽니까? 그리게 살림 들어갔다 오래 사는 기생이 '멧' 됩니까? 우리 기생은 제가 돈을 봐서 돈 없는 사낼 얻는 게 제일이랍니다."

"야! **언즉시야**라, 거 반가운 소리구나!"

하고 박이 나앉는다. 그리고

"난 한푼 없는 놈이다. 직업두 인전 벤벤치 못하다. 내 예펜네라야 늙어서 바가지두 긁지 않을 거구, 자네 돈 봤으면 나하구 살세?"

하고 영월의 손을 끌어당긴다.

"이 사람, 영월인 현군 걸세."

"참, 돈 가진 기생이나 얻는 수밖에 없네 인전……."

하고 현도 웃었다.

"아닌게 아니라 자네들 이제부턴 ❶ 실속 채려야 하네."

하고 김은 힐긋 현의 눈치를 본다.

"어떻게 채려야 실속인가?"

"팔릴 글을 쓰란 말일세. 자네들 쓰는 걸 인제부터 누가 알아야 읽지 않나? 나두 가끔 자네 이름이니 좀 읽어 볼까 해두 요미니꾸꿋데(읽기 어렵고)…… 도—모이깡(도저히 안 돼)……."

"아니꼬운 자식…… 너이 따윈 안 읽어두 좋다. 그래, 방향 전환을…… 뭐…… 어디가 글 쓰는 놈이 선견이구 어쩌구 하는구나? 똥내 나는 자식……."

"나니(뭐라고)?"

김이 빨끈해진다. 김이 빨끈해지는 바람에 현도 다시 농담기가 걷히고 눈이 뻔쩍 빛난다.

"더러운 자식! 나닌 무슨 말라빠진……."

하더니 현은 술을 깨이려고 마시던 사이다 컵을 김에게 사이다째 던져 버린다. 깨지고 뛰고 하는 것은 유리병만이 아니다. 기생들이 그리로 쏠린다. 보이들도 들어온다.

❷ "이 자식? 되나 안 되나 우린…… 이래봬두 우린 예술가다! 예술가 이상이다. 이 자식……."

하고 현의 **두리두리해진** 눈엔 눈물이 핑— 어리고 만다.

"이런 데서 뭘…… 이 사람 취했네그려, 나가 바람 좀 쐬세."

하고 박이 부산한 자리에서 현을 이끌어 낸다. 현은 담배를 하나 집으며 복도로 나왔다.

"이 사람아? 김군 말씀을 고지식하게 탄할 게 뭔가?"

"후……."

"그까짓 무슨 소용이야……."

"내가 취했나 보이…… 내가 ……. 자넨 들어가 보게……."

- 오입 : 남자가 아내가 아닌 여자(또는 노는계집)와 성관계를 가짐
- 바름팍 : 바람벽. 방이나 칸살의 옆을 둘러막은 벽
- 언즉시야 : 言則是也, 말인즉 옳음
- 두리두리해진 : 둥글고 커서 시원하고 보기 좋은

맥락 읽기!

❶의 '실속'이 뭐지?

➔ '실속'은 '방향 전환'을 해서 김이 얻고자 했던 것을 뜻하므로, 개인적 이익이다.

❷의 문장이 두 가지가 있다던데?

➔ 1) 발표 당시 표현 : "이 자식? 되나 안 되나 우린 이래봬두 예술가다! 예술가 이상이다 이 자식……."

2) 검열 결과 반영 : "이 자식? 되나 안 되나 우린 우린…… 이래봬두 우리……."
발표 당시 표현의 '우린 이래뵈두 예술가다! 예술가 이상이다'에 숨겨진 함축은 정치적인 것이다. 총독부 정책에 저항하는 정신 또는 결코 '내선일체'되지 않는 정신을 표현한 것이다.

현은 한참 난간에 의지해 섰다가 슬리퍼를 신은 채 강가로 내려섰다. 강에는 배 하나 지나가지 않는다. 바람은 없으나 등골이 오싹해진다. 강가에 흩어진 나뭇잎들은 서릿발이 끼쳐 은종이처럼 번뜩번뜩인다. 번뜩이는 것을 찾아 하나씩 밟아 본다.

"❶이상견빙지(履霜堅氷至)……."

『주역周易』에 있는 말이 생각난다. 서리를 밟거든 그 뒤에 얼음이 올 것을 각오하란 말이다. 현은 술이 확 깨어진다. 저고리를 여미나 찬 기운은 품속에 사무친다. 담배를 피려 하다 성냥이 없다.

"이상견빙지…… 이상견빙지……."

❷밤 강물은 시체와 같이 차고 고요하다.

_〈삼천리문학〉, 1938년 1월호 발표

맥락 읽기!

❶의 '이상견빙지'는 무슨 뜻일까?

➔ 원래 뜻은 '서리를 밟거든 그 뒤에 얼음이 올 것을 각오하라'이다. 이는 총독부의 조선인 탄압 또는 조선 전통문화 말살이 더 심해질 것이므로 지금까지보다 더 큰 저항 정신을 마련해야 한다는 뜻이다.

* 서리=악화된 식민지 현실
* 얼음=더욱 악화된 식민지 현실

❷를 어떻게 읽어야 하지?

➔ 두 가지다.

1) '밤 강물=밤 대동강 물'이다
2) '밤 강물은 시체와 같이 차고 고요하다=패강랭'이다

'패강랭'이란 '패강이 차다'는 뜻이다. '패강'은 고구려 때의 대동강 명칭이다. 이태준이「패강랭」을 쓸 때 '패강'은 사람들이 잘 사용하는 단어가 아니었다. 그런데도 제목에 패강을 쓴 것은 '평양=옛도시=조선의 전통'을 강조하기 위함이다. 아울러 '패강랭=위기의 조선'이라는 각성을 드러내기 위함이다. 따라서 '패강랭=이상견빙지'이며, 두 단어 모두 시대 현실에 대한 민족의 각성이다.

현은 어떤 인물일까?

➔ 일제 강점기 말기에 이태준은 자신의 소설 주인공 이름을 여러 작품에 반복적으로 사용하는데 바로 '현', '한', '매헌'이다. 이 중 '매헌'은 부친의 호이기도 해서 이 이름들의 의미를 비교적 명확하게 해석할 수 있다. 이 이름들은 이태준 자신을 가리킨다고 볼 수 있다. '현玄'은 어두운 마음일 수 있고, '한恨'은 한스러운 마음일 수 있으므로, 일제 강점기의 자기 마음의 상태를 표현한 것이라 할 수 있다. 이렇게 작가를 대리하는 주인공을 허구적 대리인이라고 한다.

깊이
이해
하기

「패강랭」에 나타난 시대의 모습은 무엇인가?

「패강랭」에 나타난 시대의 모습은 세 가지다.

1) 조선어 말살 정책

1938년 3월 4일 조선교육령은 4월부터 학교에서의 조선어 교육을 전면 금지시켰다. 조선어로 글을 쓰는 작가들은 총독부의 간섭을 받게 된다. 1940년 8월에는 <동아일보>와 <조선일보> 등 한글 신문을 폐간시켰고, 1941년 4월에는 <문장>, <인문평론> 등 한글 잡지를 폐간시켰다. 1942년에는 우리말을 지켜 나가던 조선어학회 회원들을 검거·투옥했다.

2) 조선 전통 훼손

총독부의 정책으로 말미암아 평양의 전통 문화는 상실된다. 평양의 독특한 아름다움이었던 여인들의 머릿수건과 댕기 그리고 사투리가 사라진다. 아울러 일본식 기생 제도인 '권번' 도입으로 기존의 기생들은 요정 출입을 하게 되는데, 이로써 손님들의 천박한 요구를 수락하게 되어 황진이, 이매창 같은 조선의 전통적인 기생들의 품격을 상실하게 된다.

3) 유성기 소리

'유성기=축음기'는 녹음된 소리를 재생하는 기계다. 유성기가 대중적으로 널리 알려지게 된 것은 윤심덕의 「사의 찬미」에서 비롯되었다. 1926년 윤심덕은 일본에서 「사의 찬미」 음반을 낸 뒤 김우진과 동반 자살한다. 이 사실이 「사의 찬미」를 노래하는 윤심덕의 목소리와 함께 알려지면서 '유성기=불멸의 소리 만들기'로 인식된다.

▲ 일제는 조선어와 조선의 역사 교육을 전면 금지하는 한편, 일본어 교육을 강제로 교육했다. 사진 오른쪽은 일본어 강제 교육과 왼쪽은 신사 참배하는 한국인 학생들(출처: 독립기념관)

▶ 〈인문평론〉, 1941년 4월호 표지
1939년 10월 1일 창간된 월간 문예 종합잡지로, 1941년 4월 1일 통권 16호로 폐간되었다. 문학평론가 최재서가 편집주간과 발행인을 겸했으며, 특히 서구의 문학비평이론을 도입, 소개한 업적은 있다. 〈인문평론〉을 펴낸 인문사는 이후 일본어 문학 서적을 전문으로 하는 출판사로 바뀌어 조선총독부의 정책에 적극적으로 협력했다.

◀ 스코틀랜드 출신의 영국 화가 엘리자베스 키스(Elizabeth Keith, 1887~1956)의 작품 「The Widow」(1919)로, 작품 속의 여인은 3·1운동에 적극적으로 참여한 아들로 인해 일제에 끌려가 온갖 고문을 당하고 풀려 나온 지 얼마 되지 않아 왼쪽 빰과 목엔 고문의 흔적이 선명하다. 삼베로 지은 한복을 입고 평양 여인들의 상징인 머릿수건을 두른 여인에게서 기품과 처연한 아름다움이 느껴진다. 키스는 1919년부터 1940년 사이 우리의 산천과 의복 그리고 선조들의 삶과 일상을 판화, 수채화, 유화로 진솔하게 담아냈다.

▼ 이 작품에 언급된 평양의 유적
〈연광정 연회도〉(김홍도, 국립중앙박물관 소장)

◀ 1899년 에디폰(Edison Home Phonograph, ©Norman Bruderhofer, www.cylinder.de)
유성기는 1899년에 우리나라에 처음 들어왔다고 알려져 있다. 소리가 머무는 기계(留聲機)는 재미있게도 '말하는 기계'(만세보 광고 1907년 4월 19일)로 소개되기도 했다.

OX

사실 확인하기

1 「패강랭」에서 제목의 패강은 대동강을 말한다.

2 제목인 '패강랭'과 『주역』에 나오는 '이상견빙지'는 유사한 의미다.

3 「패강랭」의 주제는 맥수지탄이다.

4 새 빌딩인 평양 경찰서는 일제 강점기의 억압적 분위기를 함축하고 있다.

5 '피양 내인'의 머릿수건과 댕기 그리고 사투리는 열등한 지방문화라고 현은 생각한다.

6 이 소설에 반영된 시대 현실은 조선총독부가 추진하는 조선어 말살 정책이다.

7 영월 기생의 소리를 받아 '박'이 읊은 시구는 신채호의 「백두산도중」이다.

8 '김'은 자기가 부회의원이 된 것이 시대의 흐름을 간파하는 안목이 있었기 때문이라 생각한다.

9 '현·박·영월'은 전통에 대한 애착이 있는 인물이고, '김'과 두 기생은 서양식 문화를 선호하는 인물이다.

10 이 소설 끝에서 현이 중얼거리는 '이상견빙지'는 사태 호전에 대한 기대감이다.

답> ○○○○×○○○○×

04

치숙(痴叔)

채만식

채만식은 어떤 작가인가?

채만식(1902~1950)의 호는 백릉(白菱)이다. 전북 옥구에서 출생했다. 중앙고보를 거쳐 일본 와세다대학(早稻田大學) 예과에서 수학했다. <동아일보> 기자, <조선일보> 기자 생활을 하다가 사직하고, 1936년부터 글 쓰는 일에 전념했다. 1924년 <조선문단>에 「세 길로」를 발표하면서 등단했다. 본격적인 활동은 1933년 <조선일보>에 연재한 장편 「인형의 집을 찾아서」부터다. 대표작으로는 단편 「레디메이드 인생」, 장편 「탁류」, 「태평천하」 등이 있다. 대상을 통렬하게 풍자·희화하는 리얼리즘 소설을 많이 썼다.

04

치숙

❶우리 아저씨 말이지요? 아따 저 거시키, 한참 당년에 무엇이냐 ❷그놈의 것 머? 사회주의라더냐 막걸리라더냐, ❸그걸 하다가 징역 살고 나와서 폐병으로 시방 앓아 누웠는 우리 ❹오촌 고모부(姑母夫) ❺그 양반…….

맥락 읽기!

❶에서 무엇이 시점을 알려줄까?

➔ '우리'가 시점을 알려준다. '우리'는 '나'의 복수형이므로 1인칭 소설이다.

❶은 누가 누구에게 말하는 걸까?

➔ 화자(말하는 이)는 '나'이고 청자(듣는 이)는 독자다. 종결어미 '~지요'는 구어체임을 알려준다.

'아따 저 거시키'는 뭐야?

➔ '아따'는 청자의 관심을 끄느라고 사용한 어휘다. '거시키' 또는 '거시기'는 하려는 말이 얼른 생각나지 않거나 바로 말하기가 거북할 때 하는 쓰는 전라도 사투리이며, '나'가 전라도 출신임을 보여준다.

❷에서 읽어야 하는 것은 무얼까?

➔ 두 가지다.

1) 화자의 교양 수준이다. 사회주의를 가리켜 '그놈의 것'이라고 비속어를 쓰고 있다. 아울러 '막덕=마르크스주의자'를 낮춰 부르는 당시의 유행 어휘의 뜻을 정확히 알지 못하면서 대충 발음이 비슷한 '막걸리'라 부르고 있다. '나'는 천박하고 무지한데, 자신은 그 사실을 모른다.

2) 화자가 들려주는 이야기의 신빙성이다. 1)과 같은 무지는 독자로 하여금 화자의 말에 대한 신뢰를 떨어뜨린다.

❸에서 폐병은 언제 걸렸을까?

➔ 문장 ❸은 중의적이어서 두 가지다.

1) 발병 시간이 '징역 살고' 있을 때다.

2) 발병 시간이 징역 살고 '나와서'다.

하지만 뒤에 '가막소 안에서 달포 전부터 토혈을 했다나 봐요'라는 정보가 나오므로 1)이다.

왜 폐병에 걸렸을까?

➔ 문화사회적 맥락 : 발병은 징역 때문이다. 투옥되면, "미치거나 죽어야 출옥한다"라는 내면화된 공포를 일제 강점기 당시의 조선인은 다 느끼고 있었다. 감옥은 잔혹하게 고문하는 곳 또는 위생 상태가 매우 나쁜 곳이었다.

❹의 '오촌 고모부'는 누구야?

➔ 고모부는 고모의 남편이다. 고모는 아버지의 누나 또는 누이로, '나'와는 촌수로 3촌이다. '나'와 5촌인 사람은 '5촌 남자=당숙 또는 종숙'이고, '5촌 여자=당고모 또는 종고모'이다. '나'는 당고모의 남편을 '오촌 고모부'로 부르고 있다. '오촌 고모부'에게 나는 '처종질'이다.

❺의 '양반'은 높임 표현인가?

➔ '양반'은 다음의 세 가지 의미로 사용되는데, ❺는 3)에 해당하므로 낮춤 표현이다.

1) 신분을 나타낸다.

2) 일반 남성을 나타낸다.

3) 홀대를 나타낸다. '형편없는 인물'이라는 뜻이다.

머, 말두 마시요. 대체 사람이 어쩌면 글쎄……. 내 원!

신세 간 데 없지요.

자, 십 년 **적공** 대학교까지 공부한 것 풀어 먹지도 못했지요, 좋은 청춘 **어영부영** 다 보냈지요, 신분에는 **전과자(前科者)**란 붉은 도장 찍혔지요, 몸에는 몹쓸 병까지 들었지요.

이 신세를 해 가지굴랑은 굴속 같은 오두막집 단칸 셋방 구석에서 **사시장철** 밤이나 낮이나 눈 따악 감고 드러누웠군요.

재산이 어데 집 터전인들 있을 택이 있나요. **서발막대 내저어야 짚 검불 하나 걸리는 것 없는 철빈(鐵貧)**인데.

우리 아주머니가, 그래도 그 아주머니가 어질고 얌전해서 **알량한** 남편 양반 받드느라 **삯바느질**이야, 남의 집 품빨래야, 화장품 장사야, 그 **칙살스런** 벌이를 해다가 겨우겨우 목구멍에 풀칠을 하지요.

어데루 대나 그 양반은 죽는 게 두루 좋은 일인데 죽지도 안 해요.

우리 아주머니가 불쌍해요. 진작 한 나이라도 젊어서 **팔자를 고치는** 게 아니라, 무슨 놈의 **우난 후분(後分)**을 바라고 있다가 끝끝내 그 고생을 하는지.

근 이십 년 **소박**을 당했군요. 이십 년 설운 청춘 한숨으로 보내 내고서 다 늦게야 송장 **여대치게** 생긴 양반을 그래도 남편이라고 모셔다가는 병 **수발** 들으랴, 먹고살랴, **애가 진하고** 다니는 걸 보면 참말 가엾어요.

그게 무슨 **죄다짐**이람? ❶팔자 팔자 하지만 왜 팔자를 고치지를 못하고서 그래요. 우리 조선(朝鮮) 구식 부인네들은 다 문명을 못하고 깨지를 못해서 그러지.

- 적공 : 많은 공을 들임
- 어영부영 : 되는대로 행동하는 모양
- 전과자 : 전과가 있는 사람.
  (전과=이전에 형벌을 받은 사실)
- 사시장철 : 사계절 중 어느 때나 늘
- 서발막대 내저어야 짚 검불 하나 걸리는 것 하나 없는 철빈인데 : 서발막대란 매우 긴 막대를 가리키며, '긴 막대기로 휘저어봐야 지푸라기 하나 걸릴 것 없을 정도로 가난하다'는 뜻
- 철빈: 더할 수 없이 가난함
- 알량한 : 시시하고 보잘것없는
- 삯바느질 : 일한 데 대한 품값(삯)을 받고 해 주는 바느질
- 칙살스런 : 하는 짓이나 말 따위가 잘고 더러운
- 팔자를 고치는 : 재혼하는 것을 가리킴
- 우난 : 유별난
- 후분 : 늘그막의 운수나 처지
- 소박 : 처나 첩을 박대함
- 여대치게 : 능가하게
- 수발 : 곁에서 심부름 따위의 시중을 듦
- 애가 진하고 : 애가 다하여 없어지듯, 속을 태우며 안달하고
- 죄다짐 : 죄에 대한 갚음

맥락 읽기!

❶에 나타난 '나'의 사고방식은?

➔ '나'는 '문명=신식=일본식'이라 생각한다. '팔자 고치다=개가하다=일본인과 재혼하다'라고 생각한다. 그러므로 ❶은 '아주머니'가 남편과 이혼한 뒤 일본인과 결혼해야 고생하지 않고 잘살게 된다는 뜻이다. '일본과 관련된 것=다 좋다'이므로, 민족 주체성을 상실한 사고방식이다.

❶은 반어법일까?

➔ 반어법으로 읽을 수 있다. 「치숙」에서 조소의 주체는 조소 대상보다 더 조소받아야 할 인물이다. 아울러 '나'가 지적하는 조소 대상의 '조소받아야 할 사실'이란 오로지 '나'의 그릇된 판단에 지나지 않으며, 오히려 존중해야 할 사실이다. ❶에서 '나'는 '고모=구식=어리석다'고 말하지만, 정작 어리석은 것은 자신이다.

'조선 구식 부인'들은 어떻게 살았을까?

➔ 문화사회적 맥락 : 당시 사회에서 여성들은 불평등으로 고통당했다. 남성보다 열등한 존재·남성에게 종속된 존재·시키는 일이나 하는 수동적 존재 등으로 평가되었다.

그 양반이 한시바삐 죽기나 했으면 우리 아주머니는 차라리 신세 편하리라. **심덕** 좋겠다, 솜씨 얌전하겠다 하니, 어데 가선들 자기 일신 몸 가누고 편안히 못 지내요?

가만있자, 열여섯 살에 아저씨네 집으로 시집을 갔다니깐, 그게 내가 세 살 적이니 꼬박 열여덟 해로군. 열여덟 해면 이십 년 아니요. 그때 우리 아저씨 양반은 나이 어리기도 했지만, 공부를 하느라 서울로 동경으로 십여 년이나 돌아다녔고, 조꼼 자라서 색시 재미를 알 만하니까는 누가 이쁘달까 봐, 이혼하자고 아주머니를 친정으로 쫓고는 **통히 불고**를 하고…….

공부를 다 마치고 오더니만 그담에는 그놈의 짓에 **디립다 발광**해 다니면서 명색 **학생 출신이라는 딴 여편네**를 얻어 살았지요. 그 여편네는 나도 몇 번 보았지만 **쌍판대기**라고 별반 출 수도 없이 생겼습니다. 그 인물로 남의 첩이야? **일색** 소박은 있어도 **박색** 소박은 없다더니, 사실 소박맞은 우리 아주머니가 그 여편네게다 대면 월등 이뻤다우.

그래 아무튼 그 양반은 필경 **때여가서** 오 년이나 **전중이**를 살았지요. 그동안에 아주머니는 시집이고 친정이고 모두 폭 망해서 의지가지없이 됐지요. 그러니 어떻게 해요? 자칫하면 굶어 죽을 판인데.

할 수 없이 얻어먹고 살기도 해야 하려니와 또 아저씨 나오는 것도 기다려야 한다고 나를 **발련 삼아** 서울로 올라왔더군요. 그게 그러니까 아저씨가 나오던 전 해로군.

그때 내가 나이는 어려도 두루 **납딘** 보람이 있어서 이내 '구라다상'네 식모로 들어갔지요.

그 무렵에 참 내가 아주머니더러 여러 번 **권면**을 했지요. ❶그러지 말고 개가(改嫁)를 가라고 글쎄. 어린 소견에도 보기에 퍽 딱하고 민망합디다.

계제(階除)에 마침 또 ❷좋은 자리가 있었고요. '미네'상이라고 '**미쓰코시**' 앞에서 바나나 '**다다키우리**'를 하는 인데 사람이 퍽 좋아요.

우리집 다이쇼(주인主人)도 잘 알고 하는데, 그이가 늘 날더러 조선 **오깜상**하구 살았으면 좋겠다고 중매 서 달라고 그래쌌어요.

돈은 모아둔 게 없어도 다 벌어먹고 살 만하니까 그런 사람 만나서 살면 아주머니도 신세 편할 게 아니냐구요?

그런 걸 글쎄 몇 번 말해야 숭헌 소리 말라고 듣지 않는 걸 어떡하나요.

- 심덕 : 마음을 쓰는 데서 나타나는 덕
- 통히 불고 : 도무지 돌보지 아니함. 불고(不顧)
- 디립다 : '들입다'(=세차게 마구)의 평안도 사투리
- 발광 : 미친병의 증세가 밖으로 드러나 비정상적이고 격하게 행동함
- 학생 출신이라는 딴 여편네 : 신여성을 가리킴
- 쌍판대기 : 상판대기. '얼굴'의 속어
- 일색 : 아주 잘생긴 여자
- 박색 : 아주 못생긴 여자
- 때여가서 : 때어가서(=죄지은 사람이 잡혀가서. '때가다'의 북한말)
- 전중이 : 징역꾼. 징역형을 선고 받고 복역하는 사람
- 발련 삼아 : 연줄로 삼아, 앞세워(=반연攀緣)
- 납딘 : 깝신거리고 나다닌('나대다'의 사투리)
- 권면 : 알아듣도록 권하고 격려하여 힘쓰게 함
- 계제 : 어떤 일을 할 수 있게 된 형편이나 기회
- 다다키우리 : 투매(=싸구려 팔기, 막 팔기)
- 미쓰코시 : 일본에서 가장 오랜 역사를 지닌 백화점이며, 1930년 10월 24일 당시 진고개(尼峴 : 명동, 장동 일대)에 경성점으로 시작. 현재 서울 신세계 백화점 자리
- 오깜상 : 오카미상. '남의 아내, 여주인'을 뜻하는 일본어

맥락 읽기!

❶의 '소견'을 어떻게 해석해야 할까?

➔ 아주머니에게 재혼을 권유했을 때 아저씨는 감옥에 있었다. 따라서 재혼 권유의 '소견'은 비윤리적이다. '아저씨=민족 주체성 있는 인물'인데 '나'는 '아저씨=감옥행=범죄자'로 여기므로 '소견'은 시대착오적이다.

'나'가 ❷처럼 판단하는 이유는?

➔ '나'는 '일본과 관련된 것=다 좋다'로 판단하기 때문이다.

1) 아저씨 : 일본 동경 유학생. 경제·사회 평론가. 잡지의 필자

2) 미네상 : 조선에서 과일 노점상을 하고 있는 일본인

1)과 이혼한 뒤 2)와 재혼하는 일을 가리켜 '좋은 자리'라고 말하는 것은 '나'의 심각한 친일적 사고다.

아무튼 그런 것 말고라도 참, **헌 말**이 아니라 이날 이때까지 내가 그 아주머니 뒤도 많이 보아주었다우. 또 나도 그럴 만한 은공이 없잖아 있구요.

내가 일곱 살에 부모를 잃었지요. 그리고 나서 의탁할 곳이 없이 됐는데 그때 마침 소박을 맞고 친정살이를 하는 그 아주머니가 나를 데려다가 길러 주었지요. 그때만 해도 그 집이 그다지 **군색하게** 지내든 안 했으니깐요. 아주머니도 아주머니지만 종조할머니며 할아버지도 슬하에 딴 자손이 없어서 나를 퍽 귀애하셨지요.

열두 살까지 그 집에서 자랐군요. 사 년이나마 보통학교도 다녔고. 아마 모르면 몰라도 그 집안이 그렇게 **치패(致敗)**하지만 안 했으면 나도 그냥 붙어 있어서 시방쯤은 전문학교까지는 다녔으리다.

이런 은공이 있으니까 나도 그걸 저버리지 않고 그래서 내 **깜냥**에는 갚을 만치 갚느라고 갚은 셈이지요.

허기야 요새도 간혹 아주머니가 찾아와서 양식 없다는 사정을 더러 하군 하는데, **실토루** 말이지 좀 성가시기는 해요. 그러는 족족 그 **수응**을 하자면 내 일을 못하겠는걸. 그래 대개 잘라 떼기는 하지요. 그러나 그 밖에, 가령 **양 명절** 때면 고깃근이라도 **사낸다든지**, 또 오면가면 들러서 이야기 **낯**이라도 한다든지, 그런 건 결단코 **범연히** 하든 않으니까요.

아무튼 그래서 아주머니는 꼬박 일 년 동안 구라다상네 집 식모로 있으면서 월급 오 원씩 받는 걸 그대루 고스란히 저금을 하고, 또 틈틈이 삯바느질을 맡아다가 조금씩 벌어 보태고 또 나올 무렵에 구라다상네 **양주**가 퍽 기특하다고 돈 칠 원을 **상급**으로 주고, 그런 게 이럭저럭 돈 백 원이나 **존존히** 됐지요.

그 돈으로 방 한 칸 얻고 살림 나부랭이도 조금 장만하고, 그래 놓고서 마침 그 알량꼴량한 서방님이 **뇌여** 나오니까 그리루 모셔 들였지요.

뇌여 나는 날 나도 가서 보았지만 감옥문 앞에 막 나서자 아주머니가 기다리고 있으니까 그래도 눈물이 핑— 돌던데요.

전에 그렇게도 죽을 둥 살 둥 모르고 좋아하던 첩년은 꼴도 안 뵈구요. ❶남의 첩년이란 건 다 그런 게지요 뭐.

우리 아저씨 양반은 혹시 그 여편네가 오지 않았나 하고 사방을 휘휘 둘러보던데요. 속이 그렇게 없다니까. 여편네는커녕 아주머니하구 나하구 그 외는 **얼친 개새끼 한 마리 없어요.**

마악 자동차에 올라타려다가 피를 토했지요. 나중에 들었지만 감옥소 안에서 **달포** 전부터 **토혈**을 했다나 봐요.

- 흰 말 : 흰소리. 떠벌리거나 허풍 떠는 말
- 군색하게 : 필요한 것이 없거나 모자라서 딱하고 옹색하게
- 치패 : 살림이 결딴남
- 깜냥 : 능력
- 실토루 : 실토로. 거짓 없이 사실대로 하는 말로
- 수응 : 요구에 응함
- 양 명절 : 설과 추석
- 사낸다든지 : 사보낸다든지
- 낮 : '낱'의 옛말. 낱은 하나하나
- 범연히 : 차근차근한 맛이 없이 데면데면하게
- 양주 : 부부
- 상급 : 상으로 줌
- 존존히 : 자잘하게(=작고 소소하다)
- 뇌여 : 뇌어→'놓이어'의 준말
- 얼친 개 새끼 한 마리 없다 : '어리친 개 새끼 한 마리 없다'로 '아무도 얼씬하지 않는다'를 뜻하는 속담 (어리치다: 독한 냄새나 밝은 빛 따위의 심한 자극으로 정신이 흐릿해지다)
- 달포 : 한 달이 조금 넘는 기간
- 토혈 : 피를 토함

맥락 읽기!

❶과 같은 판단은 논리적일까?

➔ 성급한 일반화이므로, 오류다.

* 성급한 일반화 : 일부 집단만을 통계로 조사해서 그것을 바탕으로 결론에 도달하는 것

그래 다 죽어 가는 반송장을 업어오다시피 해다가 뉘어 놓고, 그날부터 아주머니는 불철주야로, 할 짓 못할 짓 다해 가면서 부리나케 날뛴 덕에 병도 차차로 **차도**가 있고 그러더니 인제는 **완구히** 살아는 났지요. 뭐 참 시방은 용꼴인걸요, 용꼴.

부인네 정성이 무서운 겝디다. 꼬박 삼 년이군. 나 같으면 돌아가신 부모가 살아오신대도 그 짓 못해요.

자, 그러니 말이지요. 우리 아저씨라는 양반이 **작히나** 양심이 있고 다 그럴 양이면, 어—허 내가 어서 바삐 몸이 충실해지거들랑 돈을 벌어다가 저 아내를 편안히 거느리고 이 은공과 전날의 죄를 갚아야 하겠구나…… 이런 맘을 먹어야 할 게 아니나요?

아주머니의 은공을 갚자면 발에 흙이 묻을세라 업고 다녀야 할 것이지요.

그러잖더래도 자기도 인제는 속 차려야지요. 속을 차려서 무얼 하재도 전과자니까 관리나 또 회사 같은 데는 들어가지 못하겠지만 그야 자기가 저지른 일인 걸 누구를 원망할 일도 아니고 그러니 막 벗어부치고 노동이라도 해야지요. 대학교 출신이 막벌이 노동이라께 꼴 가관이지만 그래도 할 수 없지, 뭐.

그런 걸 보고 가만히 나를 생각하면, 만약 우리 **종조할아버지**네 집이 그렇게 치패를 안 해서 나도 전문학교나 대학교를 졸업을 했으면 혹시 우리 아저씨 모양이 됐을지도 모를 테니 차라리 공부 많이 않고서 이 길로 들어선 게 다행이다…… 이런 생각이 들어요.

사실 우리 아저씨 양반 대학교까지 졸업하고도 인제는 기껏 해먹을 게란 막벌이 노동밖에 없으니 보통학교 사 년 겨우 다니고서도 시방 앞길이 환히 트인 내게다 대면 '고쓰카이〔소사小使〕'만도 못하지요.

아, 그런데 글쎄 막벌이 노동을 하고 어쩌고 하기는커녕 조금 바시시 살아날 만하니까 이 주책꾸러기 양반이 무슨 맘보를 먹는고 하니, 내 참 기가 막혀!

아—니, 그놈의 것하구는 무슨 대천지 원수가 졌단 말인지, 어쨌다고 그걸 끝끝내 하지 못해서 그 발광인고?

그러나마 그게 밥이 생기는 노릇이란 말이요? 명예를 얻는 노릇이란 말요. 필경은 잽

혀가서 징역 사는 놀음?

아마 그놈의 것이 아편하구 꼭 같은가 봐요. 그렇길래 한번 맛을 들이면 끊지를 못하지요?

그렇지만 실상 알고 보면요, 그게 그다지 재미가 난다거나 맛이 있다거나 그런 것도 아니드군 그래요. **부란당**패던데요. 하릴없이 부란당패들입디다.

저— 서양 어데선가 일하기 싫어하는 게으름뱅이 몇 놈이 양지짝에 모여 앉아서 놀고 먹을 궁리를 했더라나요. ❶ 우리집 '다이쇼'가 다 자상하게 이야기를 해줍디다그려.

- 차도 : 병이 조금씩 나아가는 정도
- 완구히 : 어떤 상태가 완전하여 오래 견딜 수 있게
- 작히나 : '작히'의 강조 표현. 작히=조금만큼만
- 종조할아버지 : 할아버지의 남자 형제
- 부란당 : '불한당'의 사투리. 떼를 지어 돌아다니며 재물을 빼앗거나 남을 괴롭히는 사람들의 무리

맥락 읽기!

❶에서 무엇을 알 수 있을까?

➔ '나'의 무비판적 사고와 착각이다.
1) '다이쇼=주인'의 말을 무비판적으로 신뢰하고 있다.
2) '주인과 나=우리'라고 착각하고 있다.
'나'의 사회주의에 대한 천박한 이해는 1) 때문이다.

'다이쇼'는 중의법인가?

➔ '다이쇼=주인'이지만, '다이쇼(大正)'는 다이쇼 천황의 재위 기간인 1912년부터 1926년까지의 연호이므로 중의법이다.

게, 그 녀석들이 서루 **군호**를 하기를, 자 이 세상에는 부자가 있고 가난한 사람이 있고 하니 그건 도무지 공평한 일이 아니다. 사람이란 건 이목구비하며 사지 육신을 다 같이 타고났는데 누구는 부자로 잘살고 누구는 가난하다니 그게 될 말이냐, 그러니 부자가 가진 것을 우리 가난한 사람들하구 다 같이 고르게 나누어 먹어야 경우가 옳다.

야— 그거 옳은 말이다. 야— 그 말 좋다. 자 — 나누어 먹자.

아, 이렇게 **설도**를 해 가지고 우— 하니 들고 일어났다는구려.

아—니 그러니 그게 생 날부란당 놈의 수작이 아니고 무어요?

사람이란 것은 제가끔 **분지복**이 있어서 **기수(氣數)**를 잘 타고나고 부지런하면 부자가 되는 법이요, **복록**을 못 타고나고 게으른 놈은 가난하게 사는 법이요, 다 이렇게 마련인데 그거야말루 공평한 천리인 것을 **됩다** 불공평하다께 될 말이오? 그러고서 **어거지로** 남의 것을 뺏아먹고자 들다니 그놈들이 부란당이지 무어요.

짓이 부란당 짓일 뿐만 아니라, 또 만약에 그러기로 들면 게으른 놈은 점점 더 게으름만 부리고 奚아다니면서 부자 사람네가 가진 것만 뺏어먹을 테니, 이 세상은 통으로 거지판이 될 게 아니요? 그나마 부자 사람네가 모아둔 걸 다 뺏기고 더는 못 먹여내는 날이면 그때는 이 세상 망하는 날이 아니요?

저마다 남이 농사 지어 놓으면 그걸 뺏어먹으려고 일 않고 번둥번둥 놀 것이고 남이 옷감 짜놓으면 그걸 뺏어다가 입으려고 번둥번둥 놀 것이고 그럴 테니 대체 곡식이며 옷감이며 그런 것이 다 어디서 나올 데가 있어야지요. 세상 망할밖에!

글쎄 그놈의 짓이 그렇게 세상 망쳐 놀 **화단**인 줄은 모르고서 가난한 놈들— 그중에도 일하기 싫은 게으름뱅이들이 **위선** 당장 부자 사람네 것을 뺏어먹는다니까 거기 혹해 가지굴랑 너두 나두 와— 하니 **참섭**을 했다는구려.

바루 저 '**아라사**'가 그랬대요. 그래서 아니나 다를까 농군들이 곡식을 안 만들기 때문에 사람이 수만 명씩 굶어 죽는다는구려. 빠안한 이치지, 뭐.

위선 먹기는 곶감이 달다고 그 지랄들을 했다가 **잘코사니**야!

아 그런데 그 못된 놈의 풍습이 삽시간에 동서양 각국 안 간 데 없이 퍼져 가지굴랑 한동안 **내지**(內地)에도 마구 굉장히 드세게 돌아다녔고 내지가 그러니까 멋도 모르는 죄선 영감상들도 덩달아서 그 숭내를 냈다나요.

그렇지만 시방은 그새 나라에서 엄하게 밝히고 금하고 한 덕에 많이 **너끔해졌고** 그런 마음 먹는 사람은 별반 없다나 봐요.

그럴 게지 글쎄. ❶아, 해서 좋을 양이면야 나라에선들 왜 금하며 무슨 원수가 졌다고 잡아다가 징역을 살리나요?

- 군호 : 눈짓이나 말 따위로 몰래 연락함
- 설도 : 도리를 설명함
- 분지복 : 분복. 타고난 복
- 기수 : 길흉화복의 운수
- 복록 : 타고난 복과 벼슬아치의 녹봉이라는 뜻으로, 복되고 영화로운 삶을 이르는 말
- 됩다 : 도리어
- 어거지로 : 억지로
- 화단 : 화를 일으킬 실마리, 화근
- 위선 : 우선
- 참섭 : 어떤 일에 끼어들어 간섭함
- 아라사 : '러시아'를 가리키는 한자음
- 잘코사니 : 미운 사람의 불행을 고소하게 여길 때에 내는 소리
- 내지 : 외국이나 속국에서 본국을 이르는 말
- 너끔해졌고 : 느긋해졌고, 누그러졌고

맥락 읽기!

❶의 '나라'에 대한 '나'의 태도는?

➔ '나라=일본=국민을 잘 이끈다'라고 생각한다. 이는 '나=일본인'이라 생각하기 때문에 생긴 착각이다. 나라가 원하는 것을 국민이 해야 하고, 나라가 원하지 않는 것은 국민이 하면 안 된다는 생각은 이 착각 때문이다. '나'는 조선총독부의 내선 정책에서 성공적으로 생산해낸 인간형이다.

* 내선일체 : 일본과 조선은 하나다

좋고 유익한 것이면 나라에서 도리어 장려하고 잘 할라치면 상급도 주고 그러잖아요.

활동사진이며 '**스모**'며 '**만자이**'이며 또 '**왓쇼왓쇼**'랄지 '**세이레이 낭아시**'랄지 라디오 체조랄지 이런 건 다 유익한 것이니까 나라에서 설도도 하고 그러잖아요.

나라라는 게 무언데? 그런 것 다 잘 분간해서 이럴 건 이러고 저럴 건 저러라고 지시하고 그 덕에 백성들을 제가끔 제 분수대루 편안히 살두룩 애써 주는 게 나라 아니요?

그놈의 것 사회주의만 하더라도 나라에서 금하들 않고 저희가 하는 대루 두어 두었어 보아? 시방쯤 세상이 무엇이 됐을지…….

다른 사람들도 낭패 본 사람이 많았겠지만 위선 나만 하더라도 글쎄 어쩔 뻔했어! 아무 일도 다 틀리고 뒤죽박죽이지.

내 희망과 계획은 이렇거든요.

우리집 다이쇼가 나를 **자별히** 귀애하고 신용을 하니깐 인제 한 십 년만 더 있으면 한 밑천 들여서 따루 장사를 시켜줄 눈치거든요.

그놈을 언덕 삼아 가지고 나는 삼십 년 동안, 예순 살 환갑까지만 장사를 해서 꼭 십만 원을 모을 작정이지요. 십만 원이면 죄선 부자로 쳐도 **천석꾼**이니 머, 떵떵거리고 살 게 아니요?

그리고 우리 다이쇼도 한 말이 있고 하니까 나는 내지인 **규수**한테로 장가를 들래요. 다이쇼가 다 알아서 얌전한 자리를 골라 중매까지 서 준다고 그랬어요. 내지 여자가 참 좋지요.

나는 죄선 여자는 거저 주어도 싫어요. 구식 여자는 얌전은 해도 무식해서 내지인하구 교제하는 데 안 되고, 신식 여자는 **식자**나 들었다는 게 건방져서 못쓰고 도무지 그래서 죄선 여자는 신식이고 구식이고 다 **제바리**여요.

내지 여자가 참 좋지 뭐. 인물이 개개 일자로 이쁘겠다, 얌전하겠다, 상냥하겠다. 지식이 있어도 건방지지 않겠다, 좀이나 좋아!

그리고 내지 여자한테 장가만 들 뿐 아니라 성명도 내지인 성명으로 갈고, 집도 내지인 집에서 살고, 옷도 내지 옷을 입고 밥도 내지식으로 먹고, 아이들도 내지 이름을 지어서 내지인 학교에 보내고……. 내지인 학교라야지 죄선 학교는 너절해서 아이들 버려놓기 꼭 맞아요.

그리고 말도 **죄선말**은 싹 걷어치우고 내지어만 쓰고……요.

이렇게 다 생활 법식부텀도 내지인처럼 해야만 돈도 내지인처럼 잘 모으게 되거든요.

❶내 희망이며 계획은 이래서 아 십만 원짜리 큰 부자가 바루 내다뵈고 그리루 난 길이 환하게 트이고 해서 나는 시방 열심으로 길을 가고 있는데, 글쎄 그 미쳐 **살마** 같은 놈들이 세상 망쳐버릴 사회주의를 하려 드니, 내야 소름이 끼칠 게 아니냐구요? 말만 들어도 끔찍하지!

세상이 망해서 뒤집히면 그래 나는 어쩌란 말이야? 아무것도 다 허사가 될 테니 그런 억울할 데가 있더람?

- 스모 : 일본 전통 씨름
- 만자이 : '만담'을 가리키는 일본어
- 왓쇼왓쇼 : '영차영차'를 가리키는 일본어. 여기에서는 일본 전통 축제를 가리킴
- 세이레이 낭아시 : 7월 보름에 열리는 일본 불교 행사
- 자별히 : 특별히
- 천석꾼 : 곡식 천 석을 거두어들일 만큼 땅과 재산을 많이 가진 부자를 비유적으로 이르는 말
- 규수 : 남의 집 처녀를 정중하게 이르는 말
- 식자 : 지식
- 제바리 : 막일꾼들이 불만을 나타낼 때 쓰는 일종의 추임새나 감탄사
- 죄선말 : 조선말, 우리말
- 살마 : 말을 토막 내어 죽였다가 다시 살아나게 하는 환술로, 여기에서는 요상한 말로 사람들을 현혹시킨다는 뜻

맥락 읽기!

❶을 어떻게 판단해야 하지?

➔ '나'의 이상은 일본인이 되는 일이므로 단·장기적 계획을 갖고 있다.
1) 단기 계획 : 생활 법식(일본식 집·의식주·이름·말과 글)을 일본인과 일치시킴.
2) 장기 계획 : 일본 여자와 결혼함, 자식은 일본인 학교 보냄, 부자가 됨.
'나'는 일본과 일본인에 대해서는 선망을 갖도록, 조선과 조선인에 대해서는 멸시를 갖도록 세뇌당하여 민족 주체성을 상실한 인물이다.

며 참 우리집 다이쇼 말이 일일이 지당해요.

여느 절도나 강도나 사기나 그런 죄는 도적이면 도적을 해가는 그 당장, 그 돈만 축을 내니까 오히려 죄가 가볍지만, 그놈의 것 사회주의인지 지랄인지는 온 세상을 뒤죽박죽을 만들어 놓고 나라를 통째로 소란하게 하니까 도저히 용서할 수가 없대요.

용서라니! 나 같으면 그런 놈들은 모조리 쓸어다가 마구 그저 그냥…….

그런 일을 생각하면, 털어놓고 말이지 우리 아저씬지 그 양반도 여간 불측스러 뵈들 안 해요. 사실 아주머니만 아니면 내가 무슨 **천주학**이라고, 나쁜 병까지 앓는 그 양반을 찾아다니나요. 죽는 대도 코도 안 풀어 붙일걸.

그러나마 전자의 **죄상**을 다 **회개**를 하고 못된 마음은 씻어버렸을 제 말이지, 며 **개꼬리 삼 년**이라더니, **종시** 그 모양인걸요. 그러니깐 그게 **밉광머리스러워서**, 더러 들렀다가 혹시 마주앉아도 **위정** 뼈끝 저린 소리나 내쏘아주고 말을 따잡아 가지굴랑 꼼짝 못하게시리 몰아세주곤 하지요.

요전번에도 한번 혼을 단단히 내주었지요. 아, 그랬더니 아주머니더러 한다는 소리가, 그 녀석 사람 버렸더라고 아무짝에도 못쓰게 길이 들었더라고 그리더라나요!

내 원, 그 소리 듣고 하두 어처구니가 없어서!

대체 사람도 **유만부동**이지, 그 아저씨가 날더러 사람 버렸느니 아무짝에도 못쓰게 길이 들었느니 하더라니, 원 입이 몇 개나 되면 그런 소리가 나오는 구멍도 있누?

죄선 벙어리가 다 말을 해도 나 같으면 할 말 없겠더구만서두, 하면 다 말인 줄 아나봐?

이를테면 그게 명색 훈계 비슷한 거렷다? 내게다가 맞대놓고 그런 소리를 하다가는 되잡혀서 혼이 날 테니까 슬며시 아주머니더러 이르란 요량이던 게지?

기가 맥혀서…… 하느님이 인간 콧구멍 두 개로 마련하기 참 다행이야.

글쎄 아무려면 내가 자기처럼 다 공부는 못하고 남의 집 **고조(소승小僧)** 노릇으로 **반토(번두番頭)** 노릇으로 이렇게 굴러먹을갑시, 이래 보여도 표창을 두 번이나 받은 **모범 점원**이요, 남들이 똑똑하고 재주 있고 얌전하다고 칭찬이 놀랍고 앞길이 환히 트인 청년인데, 그래 자기 눈에는 내가 버린 놈이고 아무짝에도 못쓰게 길이 든 놈으로 보였단 말이지?

하하, 오옳지! 거 참 그렇겠군. ❶자기는 자기 하는 짓이 옳으니까 남이 하는 짓은 다 글렀단 말이렷다?

그러니까 나도 자기처럼 그놈의 것 사회주의인지 **급살맞을** 것인지나 하다가 징역이나 살고 전과자나 되고 폐병이나 앓고 다 그랬더라면 사람 버리지도 않고 아무짝에도 못쓰게 길든 놈도 아니고 그럴 뻔했군그래!

흥! 참…….

❷제 밑 구린 줄 모르고서 남더러 어쩌구 저쩌구 한다는 게 꼭 우리 아저씨 그 양반을 두고 이른 말인가 봐.

- 천주학 : 우리나라에 처음 들어오던 무렵에 '가톨릭교'를 이르던 말
- 죄상 : 범죄의 구체적인 사실
- 회개 : 잘못을 뉘우치고 고침
- 개꼬리 삼 년 : 본바탕이 좋지 아니한 것은 어떻게 하여도 그 본질이 좋아지지 아니함을 비유적으로 이르는 속담
- 종시 : 끝내
- 밉꽝머리스러워서 : 밉광머리스러워서. '밉광스러워'를 속되게 이르는 말 (밉광스럽다=보기에 매우 밉살스러운 데가 있다)
- 위정 : '일부러'의 사투리
- 유만부동 : 정도에 넘침. 또는 분수에 맞지 아니함
- 고조 : 회사나 가게에서 잔심부름을 하는 사내 아이
- 반토 : 가게 종업원 가운데 우두머리
- 모범 점원 : 이 당시 모범은 일제에 순응하거나 또는 친일의 뜻임
- 급살맞을 : 갑자기 벼락을 맞을

맥락 읽기!

❶과 같은 판단은 논리적일까?

➔ 옳다와 그르다의 양 극단을 설정한 뒤 판단하고 있으므로 흑백논리의 오류다.

* 흑백논리 : 모든 문제를 흑백·선악·득실의 양 극단으로 설정하는 비논리적인 사고방식

❷와 같은 경우를 가리키는, 요즘 널리 알려진 말이 있지?

➔ 내로남불이다. "내가 하면 로맨스 남이 하면 불륜"을 줄여서 이르는 말이다.

그날도 실상 이랬다우. 혼을 내주었더니 아주머니더러 그런 소리를 하더란 그날 말이요.

그날이 마침 내가 쉬는 날이길래 아주머니더러 할 이야기도 있고 해서 아침결에 좀 들렀더니, 아주머니는 남의 혼인집으로 바느질을 해주러 갔다고 없고, 아저씨 양반만 여전히 아랫목에 가 드러누웠어요.

그런데 보니까 어디서 모두 뒤져냈는지 머리맡에다가 헌 언문 잡지를 수북이 싸 놓고는 그걸 뒤져요.

그래 나도 심심 삼아 한 권 집어들고 떠들어 보았더니 머 읽을 맛이 나야지요.

대체 조선 사람들은 잡지 하나를 해도 어째 모두 그 꼬락서니로 해놓는지.

사진도 없지요, **'망가'**도 없지요. 그리구는 맨판 까달스런 한문 글자루다가 처박아 놓으니 그걸 누구더러 보란 말인고?

❶ 더구나 우리 같은 놈은 언문도 그런대루 뜯어보기는 보아도 읽기에 여간만 **폐롭지**가 않아요.

그러니 어려운 언문하고 까다로운 한문하고를 섞어서 쓴 글은 뜻을 몰라 못 보지요. 언문으로만 쓴 것은 소설 나부랭인데 읽기가 힘이 들 뿐 아니라 또 죄선 사람이 쓴 소설이란 건 아무 재미도 없지요. 그래서 나는 죄선 신문이나 죄선 잡지하구는 담 쌓고 남 된 지 오랜걸요.

잡지야 머 〈킹구〉나 〈쇼넹구라부〉 **덮어 먹을** 잡지가 없지요. 참 좋아요.

한문 글자마다 **'가나'**를 달아놓았으니 어떤 대문을 척 펴들어도 술술 내리읽고 뜻을 횅하니 알 수가 있지요. 그리고 어떤 대문을 읽어도 유익한 교훈이나 재미나는 소설이지요.

소설 참 재미있어요. 그중에도 '기쿠지 캉' 소설……. 어쩌면 그렇게도 아기자기하고도 달콤하고도 재미가 있는지. 그리고 '요시카와 에이치' 그의 소설은 **'진찐 바라바라'**하는 '지다이모노(時代物)'인데 마구 어깻바람이 나지요.

소설이 모두 재미가 있지요, 망가가 많지요, 사진이 많지요, 그리구도 값은 좀 **헐하나요**. 십오 전이면 바루 고 전달치를 사볼 수 있고 보고 나서는 오 전에 도루 파는데요.

잡지도 기왕 할려거든 그렇게 해야지, 죄선 사람들은 제엔장 큰소리는 곧잘 하더구만서두 잡지 하나 반반한 거 못 만들어내니!

그날도 글쎄 잡지가 그 꼴이라 아예 글은 볼 멋도 없고 해서 혹시 망가나 사진이라도 있을까 하고 책장을 후루루 넹기느라니깐 ❷마침 아저씨 이름이 있겠다요! 하두 신통해서 쓰윽 펴 들고 보았더니 제목이 첫줄은 경제…… 무엇 어쩌구 쇠눈깔만씩한 글자로 박아 놓고 그 옆에다가는 사회…… 무엇 어쩌구 **잔주**를 달았더군요.

- 망가 : 만화
- 폐롭지 : 성가시고 귀찮지
- 덮어 먹을 : 기세, 능력 따위에서 앞서거나 누를
- 가나 : 일본어를 적는 데 쓰이는 음절 문자
- 진찐 바라바라 : 일본어로 말들이 재빠르게 달려 뿔뿔이 흩어지는 모양 또는 칼싸움
- 헐하나요 : 싼가요(헐하다=싸다)
- 잔주 : 자세히 단 주석(=세주)

맥락 읽기!

❶에서 무엇을 읽어야 할까?

➔ 조선총독부의 조선어 사용 금지 조치에 따른 효과다. '일본어 사용=간편하다, 조선어 사용=불편하다'고 생각하는 조선인들이 나타난 것이다. '나'는 언문(우리말) 글자는 알지만 뜻을 이해하지 못한다고 고백하고 있다.

· 나=일본어 사용할 때 더 편한 인물=우리말 문식력이 부족한 인물

* 문식력 : 읽고 쓰고 이해하는 능력

❷에서 알 수 있는 사실은 무엇일까?

➔ 두 가지 사실을 알 수 있다.

1) '나'는 아저씨 이름은 읽을 수 있지만 아저씨가 쓴 글은 읽지 못한다.

2) '나'는 아저씨가 쓴 글을 읽지도 못하면서 그 내용을 속단하고 있다.

두 가지 사실이 독자에게 알려주는 것은 '나'의 무지다. 독자는 '나'의 판단을 믿어서는 안 된다.

그것만 보아도 벌써 그럴듯해요. 경제는 아저씨가 대학교에서 경제를 배웠다니까 경제 속은 잘 알 것이고 또 사회는 그것 역시 사회주의를 했으니까 그 속도 잘 알 것이고, 그러니까 경제하고 사회주의하고 어떻게 서루 관계가 되는 것이며 어느 편이 옳다는 것이며 그런 소리를 썼을 게 분명해요.

❶ 머, 보나 안 보나 속이야 빠안하지요. 대학교까지 가설랑 경제를 배우고도 돈은 모을 생각 않고서 사회주의만 하고 다닌 양반이라 경제가 그르고 사회주의가 옳다고 우겨댔을 게니깐요.

아무렇든 아저씨가 쓴 글이라는 게 신기해서 좀 보아 볼 양으로 쓰윽 훑어봤지요. 그러나 웬걸 읽어먹을 재주가 있나요.

글자는 아주 어려운 자만 아니면 대강 알기는 하겠는데 붙여 보아야 대체 무슨 뜻인지를 알 수가 있어야지요!

속이 상하길래 읽어보는 건 **작파**하고서 아저씨를 좀 **따잡고** 몰아셀 양으로 그 대목을 차악 펴 놓았지요.

"아저씨?"

"왜 그러니?"

"아저씨가 여기다가 경제 무어라구 쓰구 또 사회 무어라구 썼는데, 그러면 그게 경제를 하란 뜻이요? 사회주의를 하라는 뜻이요?"

"뭐?"

못 알아듣고 **뚜렛뚜렛**해요. 자기가 쓰고도 오래돼서 다 잊어버렸나, 혹시 내가 말을 너무 까다롭게 내기 때문에 **섬뻑** 대답이 안 나왔거나 그랬겠지요. 그래 다시 조곤조곤 따졌지요.

❷ "아저씨…… 경제란 것은 돈 모아서 부자되라는 거 아니요? 그런데 사회주의란 것은 모아둔 부자 사람의 돈을 뺏어 쓰는 거 아니요?"

- 작파 : 찍어서 쪼개거나 쪼개어 깨뜨림
- 따잡고 : 따져서 엄하게 다잡고
- 뚜렛뚜렛 : 어리둥절하여 눈을 이리저리 굴리는 모양
- 섬빽 : 어떤 일이 행해진 뒤 곧바로

맥락 읽기!

❶에서 알 수 있는 사실은 뭐지?

➔ 두 가지 사실을 알 수 있다.

1) '나'는 아저씨가 쓴 글을 읽지도 못하면서 그 내용을 속단하고 있다.

2) '나'는 옳다와 그르다의 양 극단을 설정한 뒤 판단하고 있으므로 흑백논리의 오류를 범하고 있다.

이 두 가지 사실에서 '나'의 말은 '사실 왜곡'이라는 것과 '나'의 판단을 믿어서는 안 된다는 것을 독자에게 보여준다. '나'는 자신이 매우 똑똑하다고 생각하고 있지만, 이는 그릇된 믿음이다. '나'는 스스로 무엇을 말하고 있는지도 모르면서 말하는 인물이다.

❷는 분명 말하기가 잘못되어 있다. 뭐가 잘못된 거지?

➔ '나'는 경제와 사회주의에 대해 정의하고 있다. 그런데 사전적 정의를 왜곡시키는 방식이므로, 은밀한 재정의의 오류를 범한 말하기다.

"이 애가 시방!"

"아—니, 들어 보세요."

"너 그런 경제학, 그런 사회주의 어데서 배웠니?"

"배우나 마나, 경제라 건 돈 많이 벌어서 애껴 쓰구 나머지 모아 두는 게 경제 아니요?"

"그건 보통 경제한다는 뜻으로 쓰는 경제고, 경제학이니 경제적이니 하는 건 또 다르다."

"다를 게 무어요? 경제는 돈 모으는 것이고 그러니까 경제학이면 돈 모으는 학문이지요."

"아니다. 혹시 **이재학**(理財學)이라면 돈 모으는 학문이라고 해도 **근리**(近理)할지 모르지만 경제학은 그런 게 아니다."

"아—니 그렇다면 아저씨 대학교 잘못 다녔소. 경제 못하는 경제학 공부를 오 년이나 육 년이나 했으니 그게 무어란 말이요? 아저씨가 대학교까지 다니면서 경제 공부를 하구두 왜 돈을 못 모으나 했더니 인제 보니깐 공부를 잘못해서 그랬군요!"

"공부를 잘못했다? 허허 그랬을는지도 모르겠다. 옳다 네 말이 옳아!"

이거 봐요 글쎄.

담박 꼼짝 못 하잖아. 암만 대학교를 다니고, **속에는 육조를 배판했어도** 그렇다니깐 뭐…….

"아저씨?"

"왜 그래?"

"그러면 아저씨는 대학교를 다니면서 돈 모아 부자되는 경제 공부를 한 게 아니라 모아 둔 부자 사람네 돈 뺏어 쓰는 사회주의 공부를 했으니 말이지요……."

"너는 사회주의가 무얼루 알구서 그러니?"

"내가 그까짓 걸 몰라요?"

한바탕 주욱 설명을 했지요. 내 얼굴만 물끄러미 올려다보고 누웠더니 피식 한번 웃어요. 그리고는 그 양반이 하는 소리겠다요.

"그게 사회주의냐? 부란당이지."

"아—니, 그럼 아저씨두 사회주의가 부란당인 줄은 아시는구려?"

"내가 왜 사회주의가 부란당이랬니?"

"방금 그러잖았어요?"

"글쎄, 그건 사회주의가 아니라 부란당이란 그 말이다."

"거 보시우! 사회주의란 것은 그렇게 날부란당이어요. 아저씨두 그렇다구 하면서 아니시래요?"

"이 애가 시방 입심 겨룸을 하자나!"

이거 봐요. 또 꼼짝 못 하지요? 다 이렇대두 글쎄…….

"아저씨?"

"왜 그래?"

"아저씨두 맘 달리 잡수시요."

"건 어떻게 하는 말이야?"

"걱정 안 되시우?"

- 이재학 : 경제학(이재 : 재산을 잘 관리함)
- 근리 : 이치에 거의 맞음
- 속에는 육조를 배판했어도 : 마음속으로 아무리 큰 궁리를 하더라도 (원문에는 '속에는 육조를 배반했어도'로 표기되어 있지만 현재 출간된 「치숙」에는 '속으로는 육조를 배판했어도' '속으로는 육조를 배포했어도' 두 가지로 되어 있음. 육조는 조선시대의 이조·호조·예조·병조·형조·공조를 가리키며, 육조 배판이나 육조 배포는 실현 가능성이 없는 이상만 높은 사람을 비유하기도 함)

"나 같은 사람이 걱정이 무슨 걱정이냐? 나는 네가 걱정이더라."

"나는 머 버젓하게 요량이 있는걸요."

"어떻게?"

"이만저만한가요!"

또 한바탕 주욱 설명을 했지요. 이야기를 다 듣더니 그 양반 한다는 소리 좀 보아요.

"너두 딱한 사람이다!"

"왜요?"

"……."

"아—니, 어째서 딱하다구 그러시우?"

"……."

"네? 아저씨."

"……."

"아저씨?"

"왜 그래?"

"내가 딱하다구 그리셨지요."

"아니다. 나 혼자 한 말이다."

"그래두……?"

"이 애?"

"네?"

"사람이란 것은 누구를 물론허구 말이다, 아첨하는 것같이 더러운 게 없느니라."

"아첨이요?"

"저— 위로는 제왕…… 밑으로는 걸인…… 그 모든 사람이 제가끔 제 분수대루 살아가는 데 있어서 말이다, 제 개성을 속여 가면서 ❶생활에다가 아첨하는 것같이 더러운 것이 없고, 그런 사람같이 가련한 사람은 없느니라. 사람이란 것은 밥 두 그릇이 하필 밥

한 그릇보다 더 배가 부른 건 아니니까.”

“그건 무슨 뜻인데요?”

“네가 내지인 여자와 결혼을 해서 성명까지 갈고 모든 생활 법도를 내지화하겠다는 것이 말이다.”

“네, 그게 좋잖아요?”

“그것이 말이다, 진실로 깊은 교양이나 어진 지혜의 판단에서 우러나온 것이라면 그도 함직한 노릇이겠지. 그렇지만 내가 보기에 네가 그런다는 것은 다른 뜻으로 그러는 것 같다.”

맥락 읽기!

❶은 무슨 뜻이지?

➔ '생활'을 두 가지로 해석할 수 있다.

1) '생활 법도'의 줄임말이다.

2) 이익의 뜻이다.

1)과 2) 어느 쪽으로 해석하든, ❶은 일본 또는 일본인의 호감을 구걸하는 행위다.

제목 「치숙」에 담긴 의미는?

➔ '치숙'은 언어적 아이러니다. 언어적 아이러니는 겉말과 속뜻이 반대 관계에 있게 하는 수사적 장치다. 가령, '나'는 '아저씨=어리석은 숙부=치숙'이라고 경멸하는데, 이는 이율배반이다. 어리석은 사람은 '나'다. 따라서 아이러니를 통해 이 소설이 의도하는 것은 풍자다. 조선인을 노예처럼 부려먹기 위해 총독부에서 내세운 미끼 정책인 내선일체를 '나'는 진짜라 믿고 있다. 그리하여 일본 여성과 결혼할 수 있고, 자녀를 일본인으로 키울 수 있고, 자신도 일본인이 될 수 있다고 믿는 '나'의 어리석음을 풍자하고 있다.

"다른 뜻이라니요?"

"네 주인의 비위를 맞추고 이웃의 비위를 맞추고 하자고……."

"그야 물론이지요! 다이쇼의 신용을 받아야 하고 이웃 내지인들하구도 좋게 지내야지요. 그래야 할 게 아니겠어요?"

"……."

"아저씨는 아직두 세상물정을 모르시요. 나이는 나보담 많구 대학교 공부까지 했어도 일찍 고생살이한 나만큼 세상물정은 모릅니다. 시방이 어느 세상인데 그러시우?"

"이 애?"

"네?"

"네가 방금 세상물정이랬지?"

"네."

"앞길이 환하니 틔었다구 그랬지?"

"네."

"환갑까지 십만 원 모은다구 그랬지?"

"네."

"네가 말하는 세상물정하구 내가 말하려는 세상물정하구 내용이 다르기도 하지만, 세상물정이란 건 그야말로 그리 문문한 게 아니다."

"네?"

"사람이란 건 제아무리 날고뛰어도 이 세상에 형적 없이 그러나 세차게 주욱 흘러가는 힘—그게 말하자면 세상물정이겠는데— 결국 그놈의 지배하에서 그놈을 따라가지 별수가 없는 거다."

"네?"

❶"쉽게 말하면 계획이나 기회를 아무리 억지루 만들어 놓아도 결과가 뜻대루는 안된단 말이다."

"첫, 아저씨두…… 아 요전 <킹구>라는 잡지에두 보니까, 나폴레옹이라는 서양 영웅이 그랬답디다. 기회는 제가 만든다구. 그리고 불가능이란 말은 바보의 사전에서나 찾을 글자라구요. 아 자꾸자꾸 계획하구 기회를 만들구 해서 **분투노력**해 나가면 이 세상일 안 되는 일이 어데 있나요? 한번 실패하거든 곱절 용기를 내 가지구 다시 일어서지요. **칠전팔기** 모르시요?"

- 문문한 : 어려움 없이 쉽게 다루거나 대할 만한(=만만한)
- 분투노력 : 있는 힘을 다하여 노력함
- 칠전팔기 : 일곱 번 넘어지고 여덟 번 일어난다는 뜻으로, 실패에 굴하지 아니함

맥락 읽기!

❶을 복선으로 볼 수 있을까?

➜ ❶이 전제하고 있는 것은 '나'의 계획이다. '나'의 계획은 일본 여자와 결혼하겠다, 일본인이 되겠다, 부자가 되겠다 등이다. '나'는 이 계획이 노력에 의해 달성될 수 있다고 믿고 있다. 그러나 아저씨는 달성 불가능을 말한다. '나'의 판단력은 아저씨보다 형편없이 모자라므로, '나'의 장밋빛 미래에 대한 아저씨의 우려는 믿을 만하다. 그러므로 ❶은 복선이다.

· 복선=❶=일본인이 되어 부자가 되겠다는 '나'의 계획은 이루어지지 않는다.

"나폴레옹도 세상물정에 순응할 때는 성공했어도 그놈에 거스르다가 실패를 했더란다. 너는 칠전팔기해서 성공한 몇 사람만 보았지, 여덟 번 일어섰다가 아홉 번째 가서 영영 쓰러지구는 다시 일지 못한 숱한 사람이 있는 건 모르는구나?"

"그래두 인제 두구 보시우. 나는 천하 없어두 성공하구 말 테니……. 아저씨는 그래서 더구나 못써요! 일해 보기두 전에 안 될 줄로 낙심 먼저 하구……."

"하늘은 꼭 올라가 보구래야만 높은 줄 아니?"

원 마지막에 가서는 할 소리가 없으니깐 동에도 닿지 않는 비유를 갖다가 둘러대는 것 보아요. 그게 어디 당한 말인고? 안 올라가 보면 머 하늘 높은 줄 모를 천하 멍텅구리도 있을까?

그만해 두려다가 심심하길래 또 말을 시켰지요.

"아저씨?"

"왜 그래?"

"아저씨는 인제 몸 다 충실해지면 어떡허실려우?"

"무얼?"

"장차……."

"장차?"

"어떡허실 작정이세요?"

"작정이 새삼스럽게 무슨 작정이냐?"

"그럼 아저씨는 아무 작정 없이 살아가시우?"

"없기는?"

"있어요?"

"있잖구."

"무언데요?"

"그새 지내오든 대루……."

"그러면 저 거시키, 무엇이냐 도루 또 그걸……?"

"그렇겠지."

"……."

"……."

"아저씨?"

"왜 그래?"

"인젠 그만두시우."

"그만두라구?"

"네."

"누가 심심 소일루 그런 줄 아니?"

"그러잖구요?"

"……."

"아저씨?"

"……."

"아저씨?"

"왜 그래?"

"아저씨 올에 몇이지요?"

"서른셋."

"그러니 인제는 그만큼 해두고 맘 잡아서 집안일 할 나이두 아니요?"

"집안일은 해서 무얼 하나?"

"그렇기루 들면 그 짓은 해서 또 무얼 하나요?"

"무얼 하려구 하는 게 아니란다."

"그럼, 아무 희망이나 목적이 없으면서 그래요?"

• 동 : 사물과 사물을 잇는 마디. 또는 사물의 조리

"목적? 희망?"

"네, 네."

❶"개인의 목적이나 희망은 문제가 다르니까…… 문제가 안 되니까……."

"원, 그런 법도 있나요?"

"법?"

"그럼요!"

"법이라……."

"아저씨?"

"……."

"아저씨"

"왜 그래?"

"아주머니가 고맙잖습디까?"

"고맙지."

"불쌍하지요?"

"불쌍? 그렇지. 불쌍하다면 불쌍한 사람이지!"

"그런 줄은 아시느만?"

"알지."

"알면서 그러시우?"

"고생을 낙으로— 그놈 쓰라린 맛을 씹고 씹고 하면서 그놈에서 단맛을 알아내는 사람도 있느니라. 사람도 있는 게 아니라 사람마다 무슨 일에고 진정과 정신을 꼬박 거기다가만 쓰면 그렇게 되는 법이니라. 그러니까 그쯤 되면 그때는 고생이 낙이지. 네 아주머니만 두고 보더래도 고생이 고생이면서 고생이 아니고 고생하는 게 낙이란다."

"그렇다고 아저씨는 그걸 다행히만 여기시우?"

"아—니."

"그렇거들랑 아저씨두 아주머니한테 그 은공 더러는 갚아야 옳은 게 아니요?"

"글쎄, 은공을 모르는 건 아니지만……."

"그러니 인제 병 확실히 다 나신 뒤엘라컨……."

"바빠서 원……."

글쎄 이 한다는 소리 좀 보지요? 시치미 뚜욱 떼고 누워서 바쁘다는군요!

사람 속 차릴 **여망** 없어요. 그저 어데루 대나 손톱만치도 쓸모는 없고 남한테 **사폐**만 끼치고, 세상에 해독만 끼칠 사람이니, 머 하루바삐 죽어야 해요. 죽어야 하고 또 죽어서 마땅해요. 그런데 글쎄 죽지를 않고 꼼지락꼼지락 도루 살아나니 성화라구는, 내…….

_〈동아일보〉, 1938년 3월 7일~14일 연재

- 여망 : 아직 남은 희망이나 앞으로의 희망
- 사폐 : 폐. 해악. 해독. 나쁜 문제

맥락 읽기!

❶을 어떻게 이해해야 할까?

➔ 아저씨의 세계관이다. 나라를 빼앗긴 식민지 국민에게는 개인 문제보다 국가 문제, 민족 문제가 먼저라고 아저씨는 생각하고 있다.

「치숙」의 시점은?

➔ '나'는 '아저씨'를 관찰한 것만 써야 한다. 그런데 이 소설은 '아저씨'를 서술할 때 3인칭 전지적 입장에 있는 듯이 이야기한다. '아저씨'에 대해 서술된 내용에 신빙성이 문제되는 까닭은 이 때문이다. 독자들은 이야기에 나오는 '아저씨'가 어떠한 인물인지 정확히 파악할 수 없다. 서술자인 '나'의 프레임에 비친 '아저씨' 모습만을 보게 될 뿐이다. 그러므로 '아저씨'가 어떤 사람인지 객관화하려면 '나'의 세계관이 어떠한지를 먼저 살펴보아야 한다. '나'의 프레임에 대해 끊임없이 의문을 가지면서, '나'의 서술을 재구성하면서 이 소설을 읽어야 한다는 것, 이것이 소설 「치숙」의 매력이다.

· 서술자 '나'의 프레임=일제의 조선총독부 정책이 성공적으로 생산해낸 식민지 인간의 순응주의 세계관

깊이 이해하기

「치숙」에 나타난 시대의 모습은 무엇일까?

「치숙」에 나타난 시대의 모습은 세 가지다.

1) 내지 일본

①과 ②처럼 일반명사로 사용되었던 '내지'는 1910년 이후 고유명사처럼 사용된다.

① '오지'의 뜻으로 사용된 내지 : 1910년 이전

② '국내=조선'의 뜻으로 사용된 내지 : 1910년 이전

③ '문명화된 일본'의 뜻으로 사용된 내지 : 1910년 이후

1910년 이후 '내지:외지'는 '일본:조선'의 뜻으로 사용되면서 '내지=문명=제국, 외지=야만=식민지'의 뜻이 추가된다. 「치숙」의 '나'가 갖고 있는 '내지=일본' 선망은 1910년 이후 조선 사회를 반영하고 있다.

2) 내선 결혼

총독부는 내선 결혼을 장려했다. '내선 결혼=일본인과 조선인의 결혼'이다. 내선 결혼은 1912년에 116건, 1927년에 499건, 1937년에 1206건으로 증가하다가, 1938년 이후에는 감소한다. 1937년 이후 일본은 전시 체제로 들어선다.

3) 잡지 〈킹구〉와 〈쇼넹구라부〉

〈킹구キング〉(King)는 대일본웅변회(현재 강담사)에서 발행한 대중오락 잡지이다. 1924년 11월에 창간, 1957년에 폐간되었다. 종전 당시에 간행된 잡지 가운데 일본 출판사상 최초로 발행 부수 100만부를 돌파한 국민적 잡지였다. 〈킹구〉에는 소설이나 실용지식, 설화, 우스운 이야기 등이 실려 있으며, 만화와 사진이 많고 값이 쌌다.

소학교 후반에서 중학교 전반 소년을 대상으로 한 〈쇼넹구라부少年倶樂部〉도 대일본웅변회에서 1914년에 창간한 월간 소년 잡지이다. 1946년에 〈소년클럽少年クラブ〉으로 개명하여 1962년까지 611책을 발간했다.

▲ 서울 중심가에 세워진 미쓰코시 백화점은 일본인의 거주 지역인 혼마치를 상징하는 역할을 했다. 1930년 10월 24일 개업한 미쓰코시 경성점은 해방 이후 동화백화점(東和百貨店)으로 영업하다가, 1963년에 삼성그룹으로 흡수되어 신세계백화점으로 바뀌었다. 왼쪽 건물은 1913년 10월에 착공되어 1915년 9월 15일에 준공된 경성 우편국으로 1981년에 철거되어 그 자리에 중앙우체국이 세워졌다.

御慶事가有흔실兩宮家

日鮮永久의親誼

慶事로운王世子殿下의御婚儀 嘉禮는士官學校御卒業後일듯

▲無上의慶事 伯爵 李完用氏談

▲內定되시는己久 子爵 李埼鎔氏談

▲內鮮人結婚의範 男爵 韓昌洙氏談

▶ 1916년 8월 4일자 〈매일신보〉. 왕세자 이은의 결혼 결정을 '내선융화'로 미화한 내용의 글로 이완용이 기고한 글이다.

▲ 내선 일체 포스터(1930년대의 그림으로 운동회의 이인삼각에 비유하고 있다.

期限ハ刻々ニ迫ル八月十日限リ今熟慮断行ノ時

△好機ヲ逸サヌヤウ！

氏設定ニ就テ御注意

一、創氏届出ハ八月十日迄デス其後創氏届ハ出来マセン名ノ変更ハ期限ガアリマセン

二、八月十日迄ニ氏ノ届ヲ為サヌ者ハ従来ノ戸主ノ姓カ其儘氏ト為ル結果戸主ノ姓ガ金ナレバ金ガ氏トナリ妻尹貞姫ハ戸主ノ氏ニ従ヒ金貞姫トナリ子婦朴南祚ハ金南祚トナリ紛雑スル虞ガアリマス

此ノ結果ハ内地式氏ヲ設定シナカッタコトヲ却テ後悔スルコトニナルダラウト思ハレマス

三、氏ト姓トヲ混同スル向ガアルヤウデスガ氏ハ家ノ称号デアリ姓ハ男系ノ血統ヲ表スモノデ両者ノ性質ハ全然異ツテ居リマス

四、氏ヲ設定スルト従来ノ姓ガ無クナルト云フ誤解ガアルヤウデスガ氏設定後ニ於テモ姓及本貫ハ其儘戸籍ニ存置サレマスカラ心配アリマセン

五、門中又ハ宗中ハ同一ノ氏ヲ設定シナケレバナラヌト考ヘラレテ居ル人モアリマスガ大ナル誤解デアリマス氏ハ家ノ称号デアルガ故ニ各家異ル氏ヲ設定スルノガ当然デアリマス

六、氏選定ニ就テ熟慮中ノ様デスガ考ヘ過ギルト却ツテ迷フ虞ガアリマスカラ此ノ際ニ思ヒ切ツテ決定スルノガ最モ理想的デアリマス

七、期限迫マレバ不審ノ点ハ早ク府面邑又ハ法院ヘ御問合セ下サイ

大邱地方法院

△即刻届出シマセウ！

認識ヲ誤テ悔ヲ子孫ニ貽サヌヤウ

▲ 대구지방법원의 창씨개명 공고(가나와 한글이 섞여 쓰여 있다.)

▲ 〈킹구〉 1권 1호(창간호, 1925년 1월) 표지(왼쪽), 〈쇼넨구라부〉 1929년 4월호 표지(오른쪽)

OX

사실 확인하기

1 「치숙」은 1인칭 소설이다.

2 제목 '치숙'은 반어법이다.

3 치숙은 숙맥이라는 뜻이다.

4 「치숙」에서 풍자 대상은 '나'다.

5 '나'는 우리말보다 일본어가 더 능숙하다.

6 아저씨는 일본어로 쓴 글을 잡지에 기고했다.

7 아저씨는 5년간 감옥살이했다.

8 '나'는 일본 여자와 결혼하고 싶어 한다.

9 아저씨 나이는 30대 초반이다.

10 '나'는 일본인 가게에서 일한다.

답> ○○○○○×○○○○

05 오발탄(誤發彈)

이범선

이범선은 어떤 작가인가?

이범선(1920~1982)의 호는 학촌(鶴村)이다. 평안남도 평양에서 출생했다. 평양에서 은행원으로 근무하다가 일제 말기에 평안북도 풍천(風泉) 탄광에 징용되었다. 광복 후 월남해서 동국대학교 국문과를 졸업하고, 6·25 때 거제고등학교에서 3년간 교사 생활을 했다. 1955년 <현대문학>에 단편 「암표暗票」와 「일요일」이 소설가 김동리의 추천을 받아 문단에 등단하였다. 이후 대광고·숙명여고를 거쳐 1968년 한국외국어대학 전임강사로 부임하였으며, 1977년부터 교수로 재직하였다. 대표 단편으로 「학마을 사람들」, 「피해자」, 「오발탄」 등이 있고, 대표 장편으로 「춤추는 선인장」 등이 있다. 사회 고발의식이 짙은 리얼리즘 소설을 주로 썼다.

05
오발탄

❶**계리사**(計理士) 사무실 **서기** 송철호(宋哲浩)는 여섯 시가 넘도록 사무실 한구석 자기 자리에 멍청하니 앉아 있었다. 무슨 **미진한** 사무가 있는 것도 아니었다. 장부는 벌써 접어 치운 지 오래고 그야말로 멍청하니 그저 앉아 있는 것이었다. 딴 친구들은 눈으로 시계 바늘을 밀어 올리다시피 다섯 시를 기다려 휘딱 나가 버렸다. 그런데 점심도 못 먹은 철호는 **허기**가 나서만이 아니라 갈 데도 없었다.

"송 선생은 안 나가세요?"

이제 청소를 해야 할 테니 그만 나가 달라는 투의 **사환**애의 말에, 철호는 다 낡아빠진 해군 작업복 저고리 호주머니에 깊숙이 찌르고 있던 두 손을 빼내어서 무겁게 책상 위에 올려놓았다.

"나가야지."

하품 같은 대답이었다.

사환애는 저쪽 구석에서부터 비질을 하기 시작하였다. 먼지가 사정없이 철호의 얼굴로 몰려왔다.

철호는 어슬렁 일어섰다. 이쪽 모서리 창가로 갔다. 바께쓰의 물을 대야에 따랐다. 두 손을 끝에서부터 가만히 물속에 담갔다. 아직 이른 봄이라 물이 꽤 손끝에 시렸다. 철호는 물속에 잠긴 두 손을 물끄러미 내려다보고 있었다. 펜대에 시달린 오른손 **장지** 첫 마디에 콩알만 한 못이 박였다. 그 못에서 파란 명주실 같은 것이 사르르 물속으로 풀려났다. 잉크. 그것은 잠시 대야 밑바닥을 기다 말고 사뿐히 위로 떠올라 안개처럼 연하게 피어서 사방으로 번져 나갔다. 손가락 끝을 중심으로 하고 그 색의 농도가 점점 연해져 나갔다. 맑게 갠 가을 하늘 색으로 대야 가장자리까지 번져 나간 그것은 다시 중심의 손끝을 향해 접어들며 약간 진한 파란색으로 달무리 모양 둥글한 원을 그렸다.

❷ 피! 이건 분명히 피다!

- 계리사 : '공인 회계사'의 옛 이름
- 서기 : 문서를 관리하거나 기록을 맡아보는 사람
- 미진한 : 아직 다하지 못한
- 허기 : 굶어서 몹시 배고픈 느낌
- 사환 : 관청이나 회사·가게 따위에서, 잔심부름을 시키기 위해서 고용한 사람
- 장지 : 가운뎃손가락

맥락 읽기!

❶에서 무엇을 읽어야 할까?

➔ 소설 첫 문장은 많은 것을 알려준다. ❶에서 '공간=계리사 사무실', '시간=(오후) 6시', '인물=송철호', '시점=3인칭 전지적 작가' 등을 읽을 수 있다.

갑자기 ❷는 뭘까?

➔ ❷는 소설의 끝 문장은 "철호의 입에서 흘러내린 선지피가 흥건히 그의 와이셔츠 가슴을 적시고 있는 것을 아무도 모르는 채, 교통 신호대의 파란불 밑으로 차는 네 거리를 지나갔다"다. 「오발탄」은 피로 시작하여 피로 끝난다고 할 수 있다. 소설의 앞내용으로 뒷내용을 예상하게 했다는 점에서 복선이다.

철호는 엉뚱한 생각을 하고 있었다. 슬그머니 물속에서 손을 빼내었다. 그러자 이번엔 대야 밑바닥에 한 ❶사나이의 얼굴을 보았다. 철호의 눈을 마주 쳐다보는 그 사나이는 얼굴의 온 근육을 이상스레 히물히물 움직이며 입을 비죽거려 웃고 있었다.

이마에 길게 흐트러진 머리카락. 그 밑에 우묵하니 파인 두 눈. 깎아진 볼, 날카롭게 여윈 턱. 송장처럼 꺼멓고 윤기 없는 얼굴. 그것은 까마득한 원시인(原始人)의 한 사람이었다.

몽둥이 끝에, 모난 돌을 하나 칡넝쿨로 아무렇게나 잡아매서 들고, 동굴 속에 남겨두고 나온 식구들을 위하여 온종일 숲속을 맨발로 헤매고 다니던 사나이.

곰? 그건 용기가 부족하다.

멧돼지? 힘이 모자란다.

노루? 너무 날쌔어서.

꿩? 그놈은 하늘을 난다.

토끼? 토끼. 그래, 고놈쯤은 꽤 때려잡음직하다. 그런데 그것마저 요즈음은 몫에 잘 돌아오지 않는다. 사냥꾼이 너무 많다. 토끼보다도 더 많다.

그래도 무어든 들고 들어가야 하는 것이다.

사나이는 바위 잔등에 무릎을 꿇고 앉아 냇물에 손을 씻는다. 파란 물속에 빨간 노을이 잠겼다. 끈적끈적하게 사나이의 손에 묻었던 피가 노을빛보다 더 진하게 우러난다.

무엇인가 때려잡은 모양이다. 곰? 멧돼지? 노루? 꿩? 토끼?

그런데 사나이가 들고 일어선 것은 그 어느 것도 아니었다. 보기에도 징그러운 내장. 그것이 무슨 짐승의 내장인지는 사나이 자신도 모른다. 사나이는 그 짐승의 머리도 꼬리도 못 보았다. 누군가가 숲속에 끌어내어 버린 것을 주워 오는 것이었다.

철호는 옆에 놓인 비누를 집어 들었다. 마구 두 손바닥으로 비볐다. 오구구 까닭 모를 울분이 끓어올랐다.

* * *

빈 도시락마저 들지 않은 손이 홀가분해 좋긴 하였지만, **해방촌** 고개를 **추어** 오르기에는 뱃속이 너무 허전했다.

❷산비탈을 도려내고 무질서하게 주워 붙인 판잣집들이었다. 철호는 골목으로 접어들었다. **레이션 곽**을 뜯어 덮은 처마가 어깨를 스칠 만치 비좁은 골목이었다. 부엌에서 들 아무 데나 마구 버린 뜨물이, 미끄러운 길에는 **구공탄** 재가 군데군데 **헌데 더뎅이** 모양 깔렸다.

저만치 골목 막다른 곳에, 누런 **시멘트 부대 종이**를 흰 실로 얼기설기 문살에 얽어맨 철호네 집 방문이 보였다. 철호는 때에 절어서 마치 가죽 끈처럼 된 헝겊이 달린 문걸쇠를 잡아당겼다. 손가락이라도 드나들 만치 엉성한 문이면서 찌걱찌걱 **지펴서** 잘 열리지를 않았다. 아래가 잔뜩 지핀 채 비틀어진 문틈으로 그의 어머니의 소리가 새어 나왔다.

- 해방촌 : 남산 기슭과 용산로 2가에 조성된 마을로 전쟁 이후 월남민들이 주로 살았음
  (월남민: 남한 정치 체제를 선택하여 38선을 넘어 이동한 사람)
- 추어 : 쇠약해진 몸을 똑바로 가누어
- 레이션 곽 : 미군 부대에서 식량 포장용으로 사용한 상자
- 구공탄 : 구멍이 뚫린 연탄을 통틀어 이르는 말
- 헌데 더뎅이 : 살갗이 헐어서 상한 자리에 부스럼 딱지나 때 따위가 쌓여 붙은 조각
- 시멘트 부대 종이 : 시멘트를 담는 튼튼한 종이
- 지펴서 : 한데 엉기어 붙어서

맥락 읽기!

❶의 '사나이'는 누구지?

➔ '사나이'는 철호다. 철호는 자기 자신을 타인처럼 바라보고 있다.

❶의 '사나이' 이야기는 왜 필요했을까?

➔ 철호의 내면 심리를 보여주기 위한 장치다. 철호에게 남한 생활은 만인에 의한 만인의 투쟁 같은 것이다. 이 싸움과 경쟁을 철호는 잘 수행하지 못하고 있으며, 그러한 스스로를 비웃고 있다. '남한 사회=약육강식의 사회'에 대한 우회적 비판이다.

❷의 표현 방법은 뭐지?

➔ 묘사다. 묘사란 글을 그림 그리듯 쓰는 것이다.

"가자! 가자!"

미치면 목소리마저 변하는 모양이었다. 그것은 이미 ❶그의 어머니의 조용하고 부드럽던 그 목소리가 아니고, 쨍쨍하고 간사한 게 어떤 딴 사람의 목소리였다.

문을 열고 들어서는 철호의 얼굴에 걸레 썩는 냄새 같은 것이 확 풍겨 왔다. 철호는 문 안에 들어선 채 우두커니 아랫목을 내려다보고 있었다.

❷중학교 시절에 박물관에서 미라를 본 일이 있었다. 그건 꼭 솜 누더기에 싸놓은 미라였다. 흰 머리카락은 한 **오리**도 제대로 놓인 것이 없었다. 그대로 **수세미**였다. 그 어머니는 벽을 향해 돌아누워서 마치 딸꾹질처럼 어떤 일정한 사이를 두고, 가자 가자 하는 외마디 소리를 지르고 있었다. 그 해골 같은 몸에서 어떻게, 그런 쨍쨍한 소리가 나오는지 이상하였다.

철호는 윗방으로 올라가 털썩 벽에 기대어 앉아 버렸다. 가슴에 커다란 납덩어리를 올려놓은 것 같았다. 정말 엉엉 소리를 내어 울고 싶었다. 눈을 꼭 **지리감으며** 애써 침을 삼켰다.

두 달 전까지만 해도 철호는 저녁 때 일터에서 돌아오면 어머니야 알아듣건 말건 그래도 어머니 지금 돌아왔습니다 하고 인사를 하곤 하였었다. 그러나 요즈음은 그것마저 안 하게 되었다. 그저 한참 물끄러미 굽어보고 섰다가 그대로 윗방으로 올라와 버리는 것이었다.

컴컴한 구석에 앉아 있던 ❸철호의 아내가 슬그머니 일어섰다. 담요 바지 무릎을 한쪽은 **꺼멍**, 또 한쪽은 회색으로 기웠다. **만삭**이 되어서 꼭 바가지를 엎어 놓은 것 같은 배를 안은 아내는 몽유병자처럼 철호의 앞을 지나 나갔다. 부엌으로 나가는 것이었다. 분명 벙어리는 아닌데 아내는 말이 없었다.

"아버지."

철호는 누가 꼭대기를 쿡 쥐어박기나 한 것처럼 **흠칠**했다.

• 오리 : 실, 나무, 대 따위의 가늘고 긴 조각이나 그 조각을 세는 단위
• 수세미 : 설거지할 때 그릇을 씻는 데 쓰는 물건. '머리카락=수세미'는 비유
• 지리감으며 : '지르감으며'(지르감다=눈을 찌그리어 감다)의 북한말
• 꺼멍 : 껌정 숯이나 먹의 빛깔처럼 어둡고 짙은색(검정보다 선명)
• 만삭 : 아이 낳을 달이 다 참. 산월
• 흠칠 : 몸을 반사적으로 움직이며 갑자기 놀라서 떪

맥락 읽기!

❶의 철호의 어머니는 어떤 사람이었을까?

➔ ❶은 남한에서의 어머니 모습이므로 원래 모습이 아니다. 북한에서의 어머니는 교양인(조용하고 부드러운 목소리)이었고, '지주로서 한 마을의 주인격'으로 산 인물이다.

❷의 '중학교 시절'이 왜 떠오른 걸까?

➔ 중학교 시절에 본 '미라'는 철호가 어린 시절에 본 가장 충격적인 인간 이미지라 할 수 있다. '미라=철호의 현재 어머니 이미지'는 철호 가족이 남한에서 얼마나 큰 고통을 겪으며 살아가고 있는지 알려준다.

❸의 '철호의 아내' 표사에서 무엇을 알 수 있을까?

➔ 네 가지다. 철호의 아내는 극복 불가능한 가난에 지쳐 정상적인 인간 이미지를 상실했다.
· 담요 바지 무릎을 한쪽은 꺼멍, 또 한쪽은 회색으로 기웠다=가난
· 만삭=출산 임박
· 몽유병자처럼=병자
· 벙어리는 아닌데 아내는 말이 없었다=대화 의욕 상실. '희망 없음'을 나타냄

바로 옆에 다섯 살 난 딸애가 눈을 동그랗게 뜨고 철호를 쳐다보고 있었다. 철호는 어린것에게로 얼굴을 돌렸다. 웃어 보이려는 철호의 얼굴이 도리어 흉하게 이지러졌다.

"나아, 삼춘이 나이롱 치마 사 준댔다."

"응."

"그리구 구두두 사 준댔다."

"응."

"그러면 나 엄마하고 **화신** 구경간다."

"……."

철호는 그저 어린것의 노랗게 뜬 얼굴을 바라보고 있을 뿐이었다. 철호의 헌 셔츠 허리통을 잘라서 위에 끈을 꿰어 스커트로 입은 딸애는 짝짝이 양말 **목달이**에다 어디서 주운 것인지 가는 고무줄을 끼웠다.

"가자! 가자!"

아랫방에서 또 어머니의 그 저주 같은 소리가 들려왔다. 벌써 칠 년을 두고 들어와도 전연 모를 그 어떤 딴 사람의 목소리.

철호는 또 눈을 꾹 감았다. 머릿속의 뇟줄이 팽팽히 **헤워졌다**. 두 주먹으로 무엇이건 콱 때려 부수고 싶은 충동에 철호는 어금니를 **바사져라** 맞씹었다.

좀 춥기는 해도 철호는 집 안보다 이 바위 **잔등**이 더 좋았다. 그래 철호는 저녁만 먹으면 언제나 이렇게 집 뒤 산등성이에 있는 바위 위에 두 무릎을 세워 안고 앉아서 하염없이 거리의 등불들을 바라보며 밤 깊기를 기다리는 것이었다. 어느 거리쯤인지 잘 분간할 수 없는 저 밑에서, 술 광고 네온사인이 핑그르르 돌고 깜박 꺼졌다가 또 번뜩 켜지고, 핑그르르 돌고는 깜박 꺼지고 하였다.

철호는 그저 언제까지나 그렇게 그 네온사인을 지켜보고 있었다.

바위 잔등이 차츰차츰 식어 왔다. 마침내 다 식고 겨우 철호가 깔고 앉은 그 부분에만 약간 온기가 남았다. 이제 조금만 더 있으면 밑이 시려 올 것이다. 그러면 철호는 하는 수 없이 일어서야 하는 것이다.

드디어 철호는 일어섰다. 오래 **까부려** 붙이고 있던 두 다리가 저렸다. 두 손을 작업복 호주머니에 깊숙이 찔렀다. 철호는 밤하늘을 한번 쳐다보았다. 지금까지 바라보던 밤거리보다 더 화려하게 별들이 뿌려져 있었다. 철호는 그 많은 별들 가운데서 북두칠성을 찾아보았다. 머리를 뒤로 젖혀 하늘을 쳐다보는 채 빙그르르 그 자리에서 돌았다. 거꾸로 달린 물주걱 같은 북두칠성은 쉽사리 찾아낼 수 있었다. 그 북두칠성 앞에 딴 별들보다 좀 크고 빛나는 별, 그건 북극성이었다.

철호는 ❶지금 자기가 서 있는 지점과 북극성을 연결하는 직선을 밤하늘에 길게 그어 보았다. 그리고 그 선을 ❷눈이 닿는 데까지 연장시켰다.

철호는 그렇게 **정북**(正北)을 향하여 한참이나 서 있었다. 고향 마을이 눈앞에 떠올랐다. 마을의 좁은 길까지, 아니 그 길에 박혀 있던 돌 하나까지도 선히 볼 수 있었다.

- 화신 : 서울 종로구 공평동에 자리 잡은 화신백화점을 가리킴. 1931년 화신상회에서 출발했으며, 기존의 건물이 불에 타자 1937년 지하 1층, 지상 6층 규모의 르네상스식 건물로 신축. 1987년에 문을 닫음. 현재 종로타워가 들어섬
- 목달이 : 양말이나 속옷에 천의 짜임이 쉽게 늘었다 줄었다 하는 손목이나 발목 부분
- 헤우다 : 줄 따위가 팽팽하게 당겨지다
- 바사져라 : '바서져라'(=조금 단단한 물체가 깨어져 여러 조각이 나다)의 북한말
- 잔등 : 산 따위의 두드러져 올라온 부분
- 까부려 : 조금 바투 꼬부려(북한말)
- 정북 : 똑바른 북쪽. 또는 그런 방향

맥락 읽기!

❶이 어딜까?

➔ 철호는 해방촌에 살고 있고, 해방촌 뒷산은 남산이므로, 철호가 올라간 곳은 남산이다.

❷는 어디지?

➔ 남산에서 북쪽을 보고 있는 것이므로 북한에 있는 고향을 보고 있는 것이다. 해방촌 주민의 대개가 평안도 출신이므로 철호가 바라보는 곳은 평안도 쪽이라 할 수 있다.

으스스 몸이 떨렸다. **한기**(寒氣)가 전기처럼 발끝에서 튀어 콧구멍으로 빠져나갔다. 철호는 크게 재채기를 하였다. 그리고 또 한 번 부르르 몸을 떨며 바위 밑으로 내려왔다.

철호는 천천히 골목 안으로 들어섰다.

"가자!"

철호는 멈칫 섰다. 낮에는 이렇게까지 멀리 들리는 줄은 미처 몰랐던 어머니의 그 소리가 골목 어귀에까지 들려왔다.

❶"가자!"

그러나 언제까지 그렇게 골목에 서 있을 수도 없는 노릇이었다. 철호는 다시 발을 옮겨 놓았다. 정말 무거운 발걸음이었다. 그건 다리가 저려서만이 아니었다.

"가자!"

철호가 그의 집 쪽으로 걸음을 옮겨 놓을 때마다 그만치 그 소리는 더 크게 들려왔다.

가자는 것이었다. 돌아가자는 것이었다. 고향으로 돌아가자는 것이었다. 옛날로 되돌아가자는 것이었다. 그것은 이렇게 정신 이상이 생기기 전부터 철호의 어머니가 입버릇처럼 되풀이하던 말이었다.

삼팔선. 그것은 아무리 자세히 설명을 해 주어도 철호의 늙은 어머니에게만은 아무 소용없는 일이었다.

"난 모르겠다. 암만해도 난 모르겠다. 삼팔선. 그래 거기에다 하늘에 꾹 닿도록 담을 쌓았단 말이냐 어쨌단 말이냐. 제 고장으로 제가 간다는데 그래 막을 놈이 도대체 누구란 말이냐."

죽어도 고향에 돌아가서 죽고 싶다는 철호의 어머니였다. 그러고는

"이게 어디 사람 사는 게냐. 하루 이틀도 아니고."

하며 한숨과 함께 무릎을 치며 꺼지듯이 풀썩 주저앉곤 하는 것이었다.

그럴 때마다 철호는,

"어머니, 그래도 남한은 이렇게 자유스럽지 않아요?"

하고, 남한이니까 이렇게 생명을 부지하고 살 수 있지, 만일 북한 고향으로 간다면 당장에 죽는 것이라고, 자유라는 것이 얼마나 소중한 것인가를, 갖은 이야기를 다 예로 들어가며 어머니에게 타일러 보는 것이었다. 그러나 자유라는 것을 늙은 어머니에게 이해시키기란 삼팔선을 인식시키기보다도 몇백 갑절 더 힘드는 일이었다. 아니 그것은 거의 불가능한 일이라 했다. 그래 끝내 철호는 어머니에게 자유라는 것을 설명하는 일을 단념하고 말았다. 그렇게 되고 보니 철호의 어머니에게는 아들—지지리 고생을 하면서도 고향으로 돌아갈 생각만은 죽어도 하지 않는 철호가 무슨 까닭인지는 몰라도 늙은 에미를 잡으려고 공연한 고집을 피우고 있는 천하에 고약한 놈으로만 여겨지는 것이었다.

그야 철호에게도 어머니의 심정이 이해되지 않는 것은 아니었다.

• 한기 : 추운 기운

맥락 읽기!

❶ "가자!"는 어떻게 이해해야 할까?

➔ 두 가지로 이해할 수 있다.
1) 철호 어머니가 정신 이상자가 되기 이전 : 고향에 대한 그리움
2) 철호 어머니가 정신 이상자가 된 이후 : 정신 이상자임을 알려주는 청각적 표지

'가자!'가 이 소설에서 어떤 기능을 하지?

➔ 세 가지로 살펴볼 수 있다.
1) 소설의 분위기를 우울하게 한다=어머니의 정신 이상
2) 남한에 대한 기대가 무너진 어머니의 모습이다=남한 비판
3) 복선이다=어머니의 외침이 철호의 외침으로 확대되면서 가족 모두의 비극이 된다

무슨 하늘이 알 만치 큰 부자는 아니었지만 그래도 꽤 큰 지주로서 한 마을의 주인 격으로 제법 풍족하게 평생을 살아오던 철호의 어머니 눈에는 아무리 그네가 세상을 모른다고 해도, 산등성이를 악착스레 깎아 내고 거기에다 게딱지 같은 판잣집들을 다닥다닥 붙여 놓은 이 해방촌이 이름 그대로 해방촌(解放村)일 수는 없는 노릇이었다.

"나두 내 나라를 찾았다게 기뻐서 울었다. 엉엉 울었다. 시집올 때 입었던 홍치마를 꺼내 입구 춤을 추었다. 그런데 이 꼴 돟다. 난 싫다. 아무래두 난 모르겠다. 뭐가 잘못됐건 잘못된 너머 세상이디그래."

철호의 어머니 생각에는 아무리 해도 모를 일이었던 것이었다. 나라를 찾았다면서 집을 잃어버려야 한다는 것은, 그것은 정말 알 수 없는 일이었던 것이었다.

철호의 어머니는 남한으로 넘어온 후로 단 하루도 이 가자는 말을 하지 않은 날이 없었다.

그렇게 지내오던 그 날, 육이오 사변으로 바로 발밑에 빤히 내려다보이는 용산 일대가 폭격으로 지옥처럼 무너져 나가던 날 끝내 철호는 어머니를 잃어버리고 말았던 것이었다.

"큰애야, 이젠 정말 가자. 데것 봐라. 담이 홈싹 무너지는데. 삼팔선의 담이 데렇게 무너지는데, 야."

그때부터 철호의 어머니는 완전히 정신 이상이었다. 지금의 어머니, 그것은 이미 철호의 어머니는 아니었다. 아무리 따져 보아도 그것이 철호 자기의 어머니일 수는 없었다. 세상에 아들딸마저 알아보지 못하는 어머니가 있을 수 있는 것일까?

그날부터 철호의 어머니는

"가자! 가자!"

하고 저렇게 쨍쨍한 목소리로 외마디 소리를 지를 뿐 그 밖의 모든 것을 완전히 잃어버리고 있었다. 철호에게 있어서 지금의 어머니는 말하자면 어머니의 시체에 지나지 않았다.

뚫어진 창호지 구멍으로 그래도 희미한 불빛이 새어 나오고 있었다. 철호는 윗방 문을 열었다. 아랫방과 윗방 사이 문턱에 위태롭게 올려놓은 등잔이 개똥벌레처럼 가물거리고 있었다. 윗방 아랫목에는 딸애가 반듯이 누워서 잠이 들었다. 담요를 몸에다 돌돌 말고 반듯이 누운 것이 꼭 송장 같았다. 그 옆에 철호의 아내가 두 무릎을 꿇고 앉아 있었다. 꺼먼 헝겊과 회색 헝겊으로 기운 담요 바지 무릎 위에는 빨간색 **유단**으로 만든 조그마한 운동화가 한 켤레 놓여 있었다. 철호가 방 안에 들어서자 아내는 그 어린애의 빨간 신발을 모두어 자기 손바닥에 올려놓아 철호에게 들어 보였다.

"삼촌이 사 왔어요."

유난히 **살눈썹**이 긴 아내의 눈이 가늘게 웃었다. 참으로 오래간만에 보는 아내의 웃음이었다. 자기가 미인이었다는 것을 잊어버리고 만 지 오랜 아내처럼, 또 오래 보지 못하여 거의 잊어버려 가던 아내의 웃는 얼굴이었다.

철호는 등잔이 놓인 문턱 가까이 가서 앉으며 아내의 손에서 빨간 어린애의 신발을 받아 눈앞에서 아래위를 살펴보았다.

"산보 갔었소?"

거기 **등잔불**을 사이에 두고 윗방을 향해 앉은 철호의 동생 영호(英浩)가 웃으며 철호를 쳐다보았다.

"언제 들어왔니?"

"지금 막 들어와 앉는 길입니다."

그러고 보니 영호는 아직 넥타이도 끄르지 않고 있었다.

"형님!"

새삼스레 부르는 동생의 소리에 철호는 손에 들었던 어린애의 신발을 아내에게 돌리며 영호의 얼굴을 빤히 바라보았다.

- 유단 : 기름에 결은, 두껍고 질긴 종이나 천
- 살눈썹 : 속눈썹'의 평안도 사투리
- 등잔불 : 기름을 등잔에 담아 켠 불

"이제 우리두 한번 살아 봅시다. 제길, 남 다 사는데 우리라구 밤낮 이렇게만 살겠수. 근사한 양옥도 한 채 사구, 장기판만 한 문패에다 형님의 이름 석 자를, 제길 장님도 보게 써서 대못으로 땅땅 때려 박구 한번 살아 봅시다."

군대에서 나온 지 이 년이 넘도록 아직 직업도 못 잡은 영호가 언제나 술만 취하면 하는 수작이었다.

"그리구 이천만 환짜리 **세단 차**도 한 대 삽시다. 거기다 똥통이나 싣고 다니게. 모든 새끼들이 아니꼬와서. 일이야 있건 없건 종일 빵빵 울리면서 **동리**를 들락날락해야지. 제길. 하하하."

비스듬히 벽에 기대어 앉은 영호는 벌겋게 열에 뜬 얼굴을 하고 담배 연기를 푸 내뿜었다.

"또 술 마셨구나."

고학으로 고생고생 다니던 대학 삼 학년에서 군대에 들어갔다가 나온 영호로서는, 특별한 기술이 없어 직업을 잡지 못하는 것은 별도리도 없는 노릇이라 칠 수도 있었지만, 이건 어디서 어떻게 마시는 것인지 거의 저녁마다 이렇게 취해 들어오는 동생 영호가 몹시 못마땅한 철호의 말이었다.

"네, 조금 했습니다. 친구들이……."

그것도 들으나마나 늘 같은 대답이었다. 또 그것이 거짓말이 아니라는 것도 철호는 알고 있었다.

"이제 술 좀 그만 마셔라."

"친구들과 어울리면 자연히 마시게 되는걸요."

"글쎄 그러니까 그 어울리는 걸 좀 삼가란 말이다."

"그럴 수도 없구요. 하하하."

"그렇다고 언제까지 그저 그렇게 어울려서 술이나 마시면 뭐가 되나."

"되긴 뭐가 돼요. 그저 답답하니까 만나는 거구, 만나면 어찌어찌하다 한잔씩 하며 이야기나 하는 거죠 뭐."

"글쎄 그게 맹랑한 일이란 말이다."

"그렇지만 형님, ❶그런 친구들이라도 있다는 게 좋지 않수. 그게 시시한 친구들이라 해도. 정말이지 그놈들마저 없었더라면 어떻게 살 뻔했나 하고 생각할 때가 많아요. 외팔이, 절름발이 그런 놈들, 무식한 놈들, 참 시시한 놈들이지요. 죽다 남은 놈들. 그렇지만 형님, 그놈들 다 착한 놈들이야요. ❷최소한 남을 속이지는 않거든요. **공갈**을 때릴 망정. 하하하하, 전우 전우."

- 세단 차 : 고급 승용차
- 동리 : 동네
- 공갈 : '거짓말'의 속어

맥락 읽기!

❶의 영호의 친구들은 왜 '외팔이'나 '절름발이'지?

➔ 영호는 3학년까지 대학 다니다가 군에 입대했지만 상이군인으로 제대했으며, 2년째 직장 없이 살고 있다. '외팔이, 절름발이 그런 놈들, 무식한 놈들, 참 시시한 놈들이지요. 죽다 남은 놈들'을 가리켜 '전우'라고 말하고 있으므로, 친구들은 상이 군인이라 할 수 있다.

❷의 '속이다'와 '공갈을 때리다'는 무슨 차이일까?

➔ 사전적 의미 차이와 문맥적 의미 차이가 있다.

1) 사전적 의미

· 속이다 : 남을 거짓이나 꾀에 넘어가게 하다

· 공갈 때리다 : 거짓말하다 * 공갈 : '거짓말'의 속어

2) 문맥적 의미

· 속이다 : 사기 행위하다

· 공갈 때리다 : 공갈만 할 뿐 행위로 옮기지는 않다

「오발탄」이 고발하는 세태는 '속이다'에 해당하는 자들이 잘 산다는 것이다. 이는 '속이다'가 사기죄에 해당하는 불법 행위임을 알 수 있다. 반면에 '공갈을 때리다'는 행위로 이어지지는 않는 거짓말의 뜻이다.

* 사기죄 : 남을 속여 불법으로 이익을 얻는 범죄

영호는 고개를 뒤로 젖히고 천장을 향해 후 담배 연기를 내뿜었다. 철호는 그저 물끄러미 영호의 모습을 쳐다볼 뿐 아무 말도 없었다. 영호는 여전히 천장을 향한 채 피어오르는 연기를 바라보며 한 손으로 목의 넥타이를 앞으로 잡아당겨 반쯤 풀어 늦추어 놓았다.

"가자!"

아랫목에서 어머니가 소리를 질렀다.

영호는 슬그머니 아랫목으로 고개를 돌렸다. 한참이나 그렇게 어머니 쪽으로 고개를 돌리고 있는 영호는 아무 말도 없이 그저 눈만 껌뻑껌뻑하고 있었다.

철호는 길게 한숨을 쉬었다. 앞에 놓인 등잔불이 거물거물 춤을 추었다. 철호는 저고리 호주머니에서 담배를 꺼내었다. 꼬깃꼬깃 구겨진 **파랑새** 갑 속에서 담배를 한 개비 뽑아내었다. 바삭바삭 마른 담배는 양 끝이 반쯤 빠져 나갔다.

철호는 그 양 끝을 비벼 말았다. 흡사 **비가** 모양으로 되었다. 철호는 그 비가 모양의 담배 한 끝을 입에다 물었다.

"이걸 피슈. 형님."

영호가 자기 앞에 놓였던 담뱃갑을 집어서 철호의 앞으로 내어밀었다. 빨간색 양담뱃갑이었다. 철호는 그 여느 것보다 좀 긴 양담뱃갑을 한번 힐끔 쳐다보았을 뿐, 아무 소리도 없이 등잔불로 입에 문 파랑새 끝을 가져 갔다. 영호는 등잔불 위에 꾸부린 형 철호의 어깨를 넌지시 바라보고 있었다. 지지지 소리가 났다. 앞이마에 흐트러져 내렸던 철호의 머리카락이 등잔불에 타며 또르르 말려 올랐다. 철호는 얼굴을 들었다. 한 모금 빨자 벌써 손끝이 따갑게 꽁초가 되어 버린 담배를 입에서 떼었다. 천천히 연기를 내뿜는 철호의 미간에는 세로 석 줄의 깊은 주름이 패어졌다. 영호는 들었던 담뱃갑을 도루 방바닥에 내려놓았다. 그리고 조용히 등잔불로 시선을 떨구었다. 그의 입가에서 야릇한 웃음이—애달픈, 아니 그 누군가를 비웃는 듯한, 그런 미소가 천천히 흘러 지나갔다.

한참 동안 아무도 말이 없었다.

"가자!"

아랫방 아랫목에서 몸을 뒤채는 어머니가 잠꼬대를 했다. 어머니는 이제 꿈속에서마저 생활을 잃어버린 모양이었다. 아주 낮은 그 소리는 한숨처럼 느리게 아래윗방에 가득 차 흘러 사라졌다.

여전히 아무도 말이 없었다.

철호는 꽁초를 손끝에 꼬집어 쥔 채 넋 빠진 사람 모양 가물거리는 등잔불을 지켜보고 있었고, 동생 영호는 비스듬히 벽에 기대어 앉은 채 철호의 손끝에서 타고 있는 담배꽁초를 바라보고 있었고, 철호의 아내는 잠든 딸애의 머리맡에 가지런히 놓인 빨간 신발을 요리조리 매만지고 있었다.

"가자!"

또 한 번 어머니의 소리가 저 땅 밑에서 새어 나오듯이 들려왔다.

"형님은 제가 이렇게 **양담배**를 피우는 게 못마땅하지요?"

영호는 반쯤 탄 담배를 자기의 눈앞에 가져다 그 빨간 불띠를 들여다보며 말했다.

"**분**에 맞지 않지."

철호는 여전히 등잔불을 바라보며 대답했다.

"그렇지만 형님. 형님은 파랑새와 양담배 두 가지 중에서 어느 것이 더 좋으슈?"

"……? 그야 양담배가 좋지. 그래서?"

그래서 너는 보리밥도 못 버는 녀석이 그래 좋은 것은 알아서 양담배를 피우는 거냐 하는 철호의 눈초리가 번뜩 영호의 면상을 때렸다.

- 파랑새 : 1955년에 20개피 한 갑에 30환에 판매된 저가 담배
- 비가 : 새끼손가락만 한 크기의 원통 모양의 단단한 캐러멜. 비과라고도 함
- 양담배 : 서양에서 만든 담배
- 분 : 분수나 처지

"그래서 전 양담배를 택했어요."

"뭐가?"

"형님은 절 오해하시고 계셔요."

"……?"

"제가 무슨 돈이 있어서 양담배를 사서 피우겠어요. 어쩌다 친구들이 사 주는 것이니 피우는 거지요. 형님은 또 제가 거의 저녁마다 술을 마시고 또 제법 **합승**을 타고 들어오는 것도 못마땅하시죠. 저도 알고 있어요. 형님은 때때로 이십오 환 전차값도 없어서 종로서 근 십 리를 집에까지 터덜터덜 걸어서 돌아오시는 것을. 그렇지만 형님이 걸으신다고 해서, 한사코 같이 타고 가자는 친구들의 호의, 아니 그건 호의도 채 못 되는 싱거운 수작인지도 모르죠. 어쨌든 그것을 굳이 뿌리치고 저마저 걸어야 할 아무 까닭도 없지 않습니까? 이상한 놈들이죠. 술 담배는 사 주고 합승은 태워 줘도 돈은 안 주거든요."

영호는 손끝으로 뱅글뱅글 비벼 돌리는 담뱃불을 들여다보며 말했다.

"어쨌든 너도 이제 좀 ❶정신 차려 줘야지. 벌써 군대에서 나온 지도 이태나 되지 않니."

"❶정신 차려야죠. 그렇지 않아도 이 달 안으로는 어찌 되든 간에 결판을 내구 말 생각입니다."

"어디 취직을 해야지."

"취직이요? 형님처럼요? 전차값도 안 되는 월급을 받고 남의 살림이나 계산해 주란 말이지요."

"그럼 뭐 별 뾰족한 수가 있는 줄 아니."

"있지요. ❷남처럼 용기만 조금 있으면."

"……?"

어처구니없는 영호의 수작에 철호는 그저 멍청하니 영호의 얼굴을 쳐다보았다. 손끝이 따가웠다. 철호는 **비루** 깡통으로 만든 재떨이에 담배를 비벼 껐다.

"용기?"

"네, 용기."

"용기라니?"

"적어도 까마귀만 한 용기만이라도 말입니다. 영리할 필요는 없더군요. 우둔해도 상관없어요. 까마귀는 도무지 허수아비를 무서워하지 않습니다. 참새처럼 영리하지 못한 탓으로 그놈의 까마귀는 애당초에 허수아비를 무서워할 줄조차 모르거든요."

영호의 입가에는 좀 전에 파랑새 꽁초에다 불을 당기는 철호를 바라보던 때와 같은 야릇한 웃음이 또 소리 없이 감돌고 있었다.

"너, 설마 무슨 엉뚱한 계획을 세우고 있는 것은 아니겠지."

철호는 약간 긴장한 얼굴을 하고 영호를 바라보며 꿀꺽 하고 침을 삼켰다.

"아니요. 엉뚱하긴 뭐가 엉뚱해요. 그저 우리들도 남처럼 다 벗어던지고 홀가분한 몸차림으로 달려 보자는 것이죠 뭐."

- 합승 : 합승버스. 1949년 8월에 시작된 서울시의 본격적인 버스 운행은 합승택시, 합승버스, 좌석버스 등이었음
- 비루 : '맥주'의 일본말

맥락 읽기!

철호와 영호가 말한 ❶의 '정신 차리다'는 뜻이 다르지?

➔ 철호가 말한 '정신 차리다'는 취직하라는 뜻이다. 반면에 영호가 말한 '정신 차리다'는 '용기 내다'라는 뜻이다. 영호에게 '용기 내다'란 법 위반을 말하는 것이므로 그동안 '공갈 때리다'에 그쳤던 것을 행위로 옮기겠다는 뜻이다. '권총 강도 행위' 결심을 말한다.

❷의 '남'은 누구를 말하는 걸까?

➔ 「오발탄」은 세태 비판 소설이다. 영호가 말하는 '용기'란 '법 위반 행위를 할 수 있는 마음'을 가리킨다. '남'이란 법 위반 행위로 잘 사는 인간들을 가리킨다.

"벗어던지고?"

"네, 벗어던지고. 양심이고, 윤리고, 관습이고, 법률이고 다 벗어던지고 말입니다."

영호의 큰 두 눈이 유난히 빛나는가 하자 철호의 눈을 정면으로 밀고 들었다.

"양심이고, 윤리고, 관습이고, 법률이고?"

"……."

"너는, 너는……."

"……."

영호는 아무 대답도 하지 않았다. 그러나 눈만은 똑바로 형 철호를 쳐다보고 있었다.

"그렇게나 살자면 이 형도 벌써 잘살 수 있었다."

철호의 목소리는 떨리고 있었다.

"그렇게나라니요?"

"양심을 버리고, 윤리와 관습을 무시하고, 법률까지도 범하고!"

흥분한 철호의 큰 목소리에 영호는 지금까지 철호의 얼굴에 주었던 시선을 앞으로 죽 뻗치고 앉은 자기의 발끝으로 떨구었다.

"저도 형님을 존경하고 있어요. 고생하시는 형님을, 용케 이 고생을 참고 견디는 형님을. 그렇지만 형님은 약한 사람이야요. 용기가 없는 거지요. 너무 양심이 강해요. 아니 어쩌면 사람이 약하면 약한 만치, 그만치 반대로 양심이란 가시는 여물고 굳어지는 것인지도 모르죠."

"양심이란 가시?"

"네, 가시지요. ❶양심이란 손끝의 가십니다. 빼어 버리면 아무렇지도 않은데 공연히 그냥 두고 건드릴 때마다 깜짝깜짝 놀라는 거야요. 윤리요? 그건 나이롱 빤쓰 같은 것이죠. 입으나 마나 불알이 덜렁 비쳐 보이기는 매한가지죠. 관습이요? 그건 소녀의 머리 위에 달린 리본이라고나 할까요? 있으면 예쁠 수도 있어요. 그러나 없대서 뭐 별일도 없어요. 법률? 그건 마치 허수아비 같은 것입니다. 허수아비. 덜 굳은 바가지에다 되는대로 눈과 코를 그리고 수염만 크게 그린 허수아비. 누더기를 걸치고 팔을 쩍 벌리고 서 있는 허수아비. ❷참새들을 향해서는 그것이 제법 공갈이 되지요. 그러나 까마귀쯤만 돼도 벌써 무서워하지 않아요. 아니 무서워하기는커녕 그놈의 상투 끝에 턱 올라앉아서 썩은 흙을 쑤시던 더러운 주둥이를 쓱쓱 문질러도 별일 없거든요. 훙."

맥락 읽기!

영호에게 ❶의 '양심, 윤리, 관습, 법률'은 어떤 거지?

➔ 영호는 '양심'에 대해 사전적 의미로 말하지 않는 것처럼, '윤리, 관습, 법률'에 대해서도 사전적 의미로 말하지 않는다. 모두 비유를 사용하여 말한다.

· 양심=손끝의 가시
· 윤리=나이롱 빤스
· 관습=소녀의 머리 위에 달린 리본
· 법률=허수아비

이 비유에 의하면 양심 때문에 시달리는 일이란 쓸데없는 고민에 불과하다. 아울러 '윤리, 관습, 법률'은 약자에게만 개입할 뿐 강자에게는 개입하지 않고 있다고 비판한다. 그러므로 영호에게 '윤리, 관습, 법률'을 지키는 일이란 정당한 자기 몫을 잃고도 억울함을 모르는 어리석은 일이 된다.

❷의 '참새'와 '까마귀'가 지시하는 대상은 누굴까?

➔ '까마귀=윤리, 관습, 법률을 지키지 않는 자이고, '참새=윤리, 관습, 법률을 지키는 자'를 뜻한다.

영호는 어떤 인물이지?

➔ '참새' 노릇만 했던 영호가 자기도 '까마귀' 노릇을 할 수 있다고 믿었지만, 불법 행위를 저지를 수 없는 마음을 가진 인물임을 은행 권총 강도 실패 사건은 보여준다.

"가자!"

어머니의 그 소리가 또 들렸다. 어머니는 분명히 잠이 들어 있는 것이었다. 그러면서도 간간이 저렇게 가자 가자 소리를 지르는 것이었다. 그것은 어쩌면 어머니에게는 호흡처럼 **생리화**해 버린 것인지도 몰랐다.

철호는 비스듬히 모로 앉은 동생 영호의 옆얼굴을 한참이나 노려보고 있었다. 영호는 영호대로 퀭한 두 눈으로 깜박이기를 잊어버린 채 아까부터 앞으로 뻗친 자기의 발끝을 바라보고 있었다. 이윽고 철호는 영호에게서 눈을 돌려 버렸다. 그리고 아랫방과 윗방 사이 칸막이를 한 널 쪽에 등을 기대며 모로 돌아앉았다. 희미한 등잔불 빛에 잠든 딸애의 조그마한 얼굴이 애처로웠다. 그 어린것 옆에 앉은 철호의 아내는 왼쪽 무릎을 세우고 그 위에 손을 펴 깔고 턱을 괴었다. 아까부터 철호와 영호, 형제가 하는 말을 조용히 듣고만 있는 그네는 무엇을 생각하고 있는지 한쪽 손끝으로, 거기 방바닥에 가지런히 놓은 빨간 어린애의 신발만 몇 번이고 쓸어 보고 있었다.

철호는 고개를 푹 떨구어 턱을 가슴에 묻었다. 영호는 새로 피워 문 담배를 연거푸 서너 번 들여빨았다. 그리고 또 말을 계속하였다.

"저도 형님의 그 생활 태도를 잘 알아요. 가난하더라도 깨끗이 살자는. 그렇지요, 깨끗이 사는 게 좋지요. 그런데 형님 하나 깨끗하기 위하여 치르는 식구들의 희생이 너무 어처구니없이 크고 많단 말입니다. 헐벗고 굶주리고. 형님 자신만 해도 그렇죠. 밤낮 쑤시는 충치 하나 **처치** 못 하시고. 이가 쑤시면 치과에 가서 치료를 하거나 빼어 버리거나 해야 할 것 아니야요. 그런데 형님은 그것을 참고 있어요. 낯을 잔뜩 찌푸리고 참는다 말입니다. 물론 치료비가 없으니까 그러는 수밖에 없겠지요. 그겁니다. 바로 그겁니다. 그 돈을 어떻게든가 구해야죠. 이가 쑤시는데 그럼 어떻게 해요. 그걸 형님처럼, 마치 이 쑤시는 것을 참고 견디는 그것이 돈을—치료비를— 버는 것이기나 한 것처럼 생각하는 것. 안 쓰는 것은 혹 버는 셈이 된다고 할 수도 있을 꺼야요. 그렇지만 꼭 써야 할 데 못 쓰는 것이 버는 셈이라고는 할 수 없지 않아요. 세상에는 이런 세 층의 사람들이 있다고 봅니다. 즉 돈을 모으기 위해서만으로 필요 이상의 돈을 버는 사람과, 필요하니까 그 필요하니 만치의 돈을 버는 사람과, 또 하나는 이건 꼭 필요한 돈도 채 못 벌고서 그 대신 생활을 조리는 사람들. 신발에다 발을 맞추는 격으로. 형님은 아마 그 맨 끝의 층에 속하겠지요. 필요한 돈도 미처 벌지 못하는 사람. 깨끗이 살자니까 그럴 수밖에 없다고 하시겠지요. 그래요. 그것은 깨끗하기는 할지 모르죠. 그렇지만 그저 그것뿐이지요. 언제까지나 충치가 쏘아 부은 볼을 싸쥐고 울상일 수밖에 없지요. 그렇지 않습니까? 그야 형님! 인생이 저 골목 안에서 십 환짜리를 받고 코 흘리는 어린애들에게 보여 주는 요지경이라면야 자기가 가지고 있는 돈값만치 구멍으로 들여다보고 말 수도 있겠지요. 그렇지만 어디 인생이 자기 주머니 속의 돈 액수만치만 살고 그만두고 싶으면 그만둘 수 있는 요지경인가요 어디. 돈만치만 먹고 말 수 있는 그런 편리한 목구멍인가요 어디. 싫어도 살아야 하니까 문제지요. 사실이지 자살을 할 만치 소중한 인생도 아니고요. 살자니까 돈이 필요하구요. 필요한 돈이니까 구해야죠. 왜 우리라고 좀 더 넓은 테두리, 법률선(法律線)까지 못 나가란 법이 어디 있어요. 아니 남들은 다 벗어던지구 법률선까지도 넘나들면서 사는데, 왜 우리만이 옹색한 양심의 울타리 안에서 숨이 막혀야 해요. 법률이란 뭐야요. 우리들이 피차에 약속한 선이 아니야요?"

영호는 얼굴을 번쩍 들며 반쯤 끌러 놓았던 넥타이를 마저 끌러서 방구석에 픽 던졌다.

철호는 여전히 턱을 가슴에 푹 묻은 채 묵묵히 앉아 두 짝 다 엄지발가락이 몽땅 밖으로 나온 뚫어진 양말을 내려다보고 있었다. 나일론 양말을 한 켤레 사면 반 년은 무난히 뚫어지지 않고 견딘다는 말을 들었다. 그러나 뻔히 알면서도 번번이 백 환짜리 무명 양말을 사들고 들어오는 철호였다. 칠백 환이란 돈을 단번에 잘라낼 여유가 도저히 없는 월급이었던 것이다.

- 생리화 : 생활하는 습성이나 본능 같은 것이 됨
- 처치 : 상처를 치료함

"가자!"

어머니는 또 몸을 뒤채었다.

"그건 **억설**이야."

철호는 천천히 고개를 들었다. 신문지를 바른 맞은편 벽에, 쭈구리고 앉은 아내의 그림자가 커다랗게 비쳐 있었다. 꼽추처럼 꼬부리고 앉은 아내의 그림자는 헝클어진 머리카락이 괴물스러웠다. 철호는 눈을 감았다. 머리마저 등 뒤 칸막이 **반자**에 기대었다.

철호의 감은 눈앞에 십여 년 전 아내가 흰 저고리 까만 치마를 입고 선히 나타났다. 무대에 나선 그네는 더욱 예뻤다. E여자대학 졸업 음악회였다. 노래가 끝나자 박수 소리가 그칠 줄을 몰랐다. 그날 저녁 같이 거리를 거닐던 그네는 정말 싱싱하고 예뻤었다. 그러나 지금 철호 앞에 쭈그리고 앉은 아내는 그때의 그네가 아니었다. 무슨 둔한 동물처럼 되어 버린 그네. 이제 아무런 희망도 가져 보려고 하지 않는 아내. 철호는 가만히 눈을 떴다. 그래도 아내의 살눈썹만은 전처럼 까맣고 길었다.

"가자!"

철호는 흠칠 놀라 환상에서 깨어났다.

"억설이요? 그런지도 모르죠."

한참이나 잠잠하니 앉아 까물거리는 등잔불을 바라보던 영호의 맥 빠진 대답이었다.

"네 말대로 한다면 돈 있는 사람들은 다 나쁜 사람이란 말밖에 더 되나 어디."

"아니죠. 제가 어디 나쁘고 좋고를 가렸어요. 나쁘긴 누가 나빠요? 왜 나빠요? 아, 잘 사는 게 나빠요? 도시 나쁘고 좋고부터 따질 아무런 선도 없지요 뭐."

"그렇지만 지금 네 말로는 잘살자면 꼭 양심이고 윤리고 뭐고 다 버려야 한다는 것이 아니고 뭐야."

"천만에요. 잘못 이해하신 겁니다. 간단히 말씀드리면 이렇다는 것입니다. 즉, 양심껏 살아가면서 잘살 수도 있기는 있다. 그러나 그것은 극히 적다. 거기에 비겨서 그 시시한 것들을 벗어던지기만 하면 누구나 틀림없이 잘살 수 있다."

"그것이 바로 억설이란 말이다. 마음 한구석이 어딘가 비틀려서 하는 억지란 말이다."

"글쎄요. 마음이 비틀렸다고요. 그건 아마 사실일는지 모르겠어요. 분명히 비틀렸어요. 그런데 그 비틀리기가 너무 늦었어요. 어머니가 저렇게 미치기 전에 비틀렸어야 했지요. ❶한강 철교를 폭파하기 전에 말입니다. 하나밖에 없는 누이동생 명숙이가 ❷양공주가 되기 전에 비틀렸어야 했지요. **환도령**(還都令)이 내리기 전에. 하다못해 동대문 시장에 자리라도 한 자리 비었을 때 말입니다. 그러구 이놈의 배때기에 지금도 무슨 내장이기나 한 것처럼 박혀 있는 파편이 터지기 전에 말입니다. 아니 그보다도 더 전에, ❸제가 뭐 무슨 애국자나처럼 남들은 다 기피하는 군대에 어머니의 원수를 갚겠노라고 자원하던 그 전에 말입니다."

"……."

"……그 보다도 더 전에 썩 전에 비틀렸어야 했을지 모르죠. 나면서부터 비틀렸더라면 더 좋았을지도 모르죠."

- 억설 : 억지 주장
- 반자 : 지붕 밑이나 위층 바닥 밑을 편평하게 하여 치장한 각 방의 윗면
- 환도령 : 환도 명령
  (환도 : 전쟁이나 반역 등으로 피난 갔던 임금이나 정부가 다시 서울로 돌아옴)

맥락 읽기!

❶은 어떤 사건일까?

➔ 한국전쟁 당시 국군이 한강 철교를 폭파한 사건

❷의 '양공주'는 뭐지?

➔ 한국전쟁 이후 미군이 남한에 주둔하는데 이들을 상대로 성매매 하는 여성을 가리킨다.

❸을 어떻게 이해해야 해?

➔ '월남민'이 남한에서 훈장이 아니라 낙인인 것을 알게 된 당시 '월남민'들은 '군대 자원=애국 행위'를 통해 신분을 세탁하고자 했다. 그런데 그 결과는 또 다른 '낙인(=상이군인)'이었다.

영호는 푹 고개를 떨구었다. 길게 한숨을 내쉬었다. 그 한숨이 후르르 떨고 있었다. 철호는 한참 동안 아무 말도 하지 않았다. 윗목에 앉아 있던 철호의 아내가 방바닥에 떨어진 눈물을 손끝으로 장난처럼 문지르고 있었다. 영호도 훌쩍훌쩍 코를 들이켜고 있었다.

"그렇지만 인생이란 그런 게 아니야. 너는 아직 사람이란 어떻게 살아야만 하는 것인지조차도 모르고 있어."

"그래요. 사람이란 과연 어떻게 살아야 하는 것인지는 정말 모르겠어요. 그렇지만 이제 이 물고 뜯고 하는 마당에서 살자면, 생명만이라도 유지하자면 어떻게 해야 할는지는 알 것 같애요. 허허."

영호는 눈물이 글썽하니 고인 눈을 천장을 향해 쳐들며 자기 자신을 비웃듯이 허허 하고 웃었다.

"가자!"

또 어머니는 가자고 했다. 영호는 아랫목으로 눈을 돌렸다. 철호는 길게 한숨을 쉬었다. 앞의 등잔불이 크게 흔들거렸다. 방 안의 모든 그림자들이 움직였다. 집 전체가 그대로 기울거리는 것 같았다. 그것뿐 조용했다. 밤이 꽤 깊은 모양이었다. 세상이 온통 잠들고 있었다.

저만치 골목 밖에서부터 딱 딱 딱 딱 구둣발 소리가 뾰족하게 들려왔다. 점점 가까워왔다. 바로 아랫방 문 앞에서 멎었다. 영호는 문께로 얼굴을 돌렸다. 삐걱삐걱 두어 번 비틀리던 방문이 열렸다. 여동생 명숙(明淑)이가 들어섰다. 싱싱한 몸매에 까만 투피스가 제법 어느 회사의 여사무원 같았다.

"늦었구나."

영호가 여전히 두 다리를 쭉 뻗고 앉은 채 고개만 뒤로 젖혀서 명숙을 쳐다보았다.

명숙은 영호의 말에도 아무런 대꾸도 없이 돌아서서 문밖에서 까만 하이힐을 집어 올려 아랫방 모서리에 들여놓았다. 그리고 백을 휙 방구석에 던졌다. 겨우 웃저고리와 스커트를 벗어 건 명숙은 아랫방 뒷구석에 가서 털썩 하고 쓰러지듯 가로누워 버렸다. 그리고 거기 접어 놓은 담요를 끌어다 머리 위에서부터 푹 뒤집어썼다.

철호는 명숙을 거들떠보지도 않고 덤덤히 등잔불만 지켜보고 있었다.

철호는 언젠가 퇴근하던 길에 ❶전차 창문 밖으로 본 명숙의 꼴을 생각하고 있는 것이었다.

철호가 탄 전차가 을지로 입구 십자거리에 머물러 신호를 기다리고 있었다. 손잡이를 붙들고 창을 향해 서 있던 철호는 무심코 밖을 내다보았다. 전차 바로 옆에 미군 지프차가 한 대 와 섰다. 순간 철호는 확 낯이 달아올랐다.

맥락 읽기!

❶의 1950년대 노면전차 노선도는?

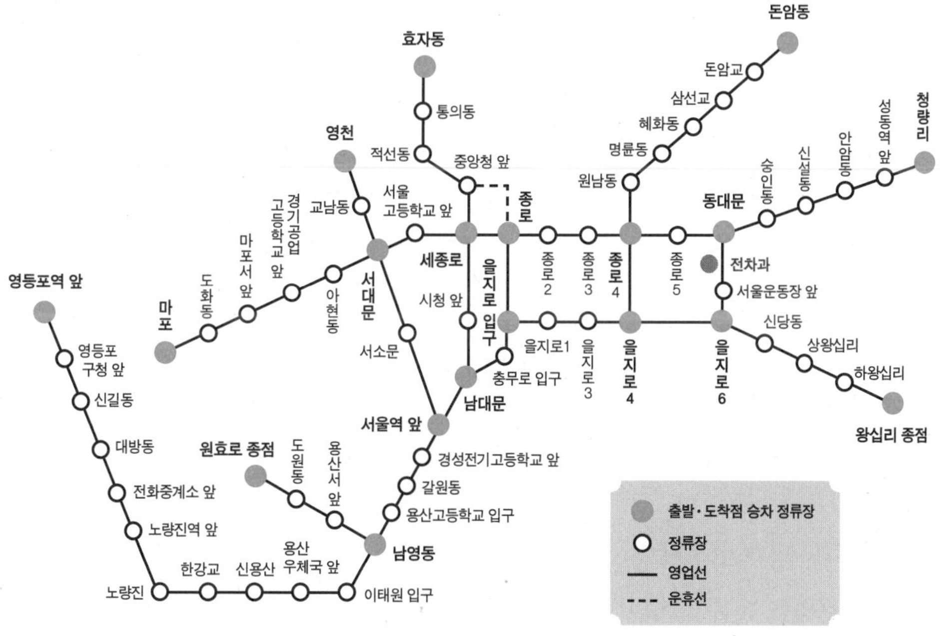

(서울역사박물관 참조)

핸들을 쥔 미군 바로 옆자리에 색안경을 쓴 한국 여자가 앉아 있었다. 그것이 바로 명숙이었던 것이다. 바로 철호의 턱밑에서였다. 역시 신호를 기다리는 그 지프차 속에서 미군이 한 손은 핸들에 걸치고 또 한 팔로는 명숙의 허리를 넌지시 끌어안는 것이었다. 미군이 명숙의 얼굴을 들여다보며 뭐라고 수작을 걸었다. 명숙은 다리를 겹치고 앉은 채 앞을 바라보는 자세 그대로 고개를 까딱거렸다. ❶그 미군 지프차 저편에 와 선 택시 조수가 명숙이와 미군을 쳐다보며 피시시 웃었다. 전차간에서도 마찬가지였다. 철호 바로 옆에 나란히 서 있던 청년 둘이 쑥덕거렸다.

"그래도 멋은 부렸네."

"멋? 그래 색안경을 썼으니 말이지?"

"장사치곤 고급이지, 밑천 없이."

"저것도 시집을 갈까?"

"흥."

철호는 손잡이를 놓았다. 그리고 반대편 가운데 문께로 가서 돌아서고 말았다. 그것은 분명히 슬픈 감정만은 아니었다. ❷뭐라고 말할 수조차 없는 숯덩어리 같은 것이 꽉 목구멍을 치밀었다. 정신이 아뜩해지는 것 같았다. 하품을 하고 난 뒤처럼 콧속이 싸하니 쓰리면서 눈물이 징 솟아올랐다. 철호는 앞에 있는 커다란 유리를 콱 머리로 받아 부수고 싶은 충동을 느끼며 어금니를 꽉 맞씹었다. 찌르르 벨이 울렸다. 덜커덩 전차가 움직였다. 철호는 문짝에 어깨를 가져다 기대고 눈을 감아 버렸다.

그날부터 철호는 정말 한마디도 누이동생 명숙이와 말을 하지 않았다. 또 명숙이도 철호를 본체만체였다.

"자, 우리도 이제 잡시다."

영호가 가슴을 펴서 내어밀며 바로 앉았다.

등잔불을 끄고 두 방 사이의 문을 닫았다.

폭 가라앉은 것같이 피곤했다. 그러면서도 철호는 정작 잠을 이룰 수는 없었다. 밤은

고요했다. 시간이 그대로 흐르기를 멈추어 버린 것같이 조용했다. 철호의 아내도 이제 잠이 들었나 보다. 앓는 소리를 내었다. 철호는 눈을 감았다. 어딘가 아득히 먼 것을 느끼고 있었다. 철호도 잠이 들어가고 있었다.

"가자!"

다들 잠든 밤의 그 어머니의 그 소리는 엉뚱하게 컸다. 철호는 흠칠 눈을 떴다. 차츰 눈이 어둠에 익어 갔다. 며칠인가, 문틈으로 새어 든 달빛이 철호의 옆에서 잠든 딸애의 머리에서부터 발끝까지 죽 파란 줄을 그었다. 철호는 다시 눈을 감았다. 길게 한숨을 쉬며 벽을 향해 돌아누웠다.

"가자!"

또 어머니가 소리를 질렀다. 그러나 철호는 눈을 뜨지 않았다. 그도 마저 잠이 들어 버린 것이었다.

그런데 이번에는 아랫방에서 명숙이가 눈을 떴다. 아랫목에 어머니와 윗목에 오빠 영호 사이에 누운 명숙은 어둠 속에 가만히 손을 내어밀었다. 어머니의 손을 더듬어 잡았다. 뼈 위에 겨우 가죽만이 씌워진 손이었다. 그 어머니의 손에서는 체온이 느껴지는 것이 아니라 축축이 습기가 미끈거렸다. 명숙은 어머니 쪽을 향하여 돌아누웠다. 한쪽 손을 마저 내밀어서 두 손으로 어머니의 송장 같은 손을 감싸 쥐었다.

맥락 읽기!

❶에서 '명숙'을 보는 시선은 어떤 거지?

➔ 1950년대만 해도 전통적인 유교 관념이 강하게 남아 있었다. 미군 위안부인 명숙과 같은 인물을 당시 사람들은 '양공주'라 불렀다. '양공주'라는 어휘에는 멸시가 담겨 있다.

❷는 어떤 느낌인 거야?

수치심이다. 철호는 '명숙=가문의 수치'라고 생각하고 있다.

"가자!"

딸의 손을 느끼는지 못 느끼는지 어머니는 또 한 번 허공을 향해 가자고 소리 질렀다.

"엄마!"

명숙의 낮은 소리였다. 명숙은 두 손으로 감싸 쥔 어머니의 여윈 손을 가만히 흔들었다.

"가자!"

"엄마!"

기어이 명숙은 흐느끼기 시작하였다. 명숙은 어머니의 손을 끌어다 자기의 입에 틀어막았다.

"엄마!"

숨을 죽여 가며 참는 명숙의 울음은 한숨으로 바뀌며 어머니의 손가락을 입안에서 잘근잘근 씹어 보는 것이었다.

"겁내지 말라."

옆에서 영호가 잠꼬대를 했다.

"가자!"

어머니는 명숙의 손에서 자기의 손을 빼어 가지고 저쪽으로 돌아누워 버렸다.

명숙은 다시 담요를 끌어다 머리 위까지 푹 썼다. 그리고 담요 속에서 흐득흐득 울고 있었다.

"엄마."

이번엔 윗방에서 어린것이 엄마를 불렀다.

철호는 잠 속에서 멀리 그 소리를 들었다. 그러면서도 채 잠이 깨어지지는 않았다.

"엄마."

어린것은 또 한 번 엄마를 불렀다.

"오 오 왜. 엄마 여기 있어."

아내의 반쯤 깬 소리였다. 어린것을 끌어다 안는 모양이었다. 철호는 그 소리를 멀리 들으며 다시 곤히 잠들어 버렸다.

"오줌."

"오, 오줌 누겠니? 자 일어나. 착하지."

철호의 아내는 일어나 앉으며 어린것을 안아 일으켰다. 구석에서 깡통을 끌어다 대어 주었다.

"참, 삼춘이 네 신발 사 왔지. 아주 예쁜 거. 볼래?"

깡통을 타고 앉은 어린것을 뒤에서 안아 주고 있던 철호의 아내는 한 손으로 어린것의 머리맡에 놓아두었던 신발을 집어다 보여 주었다. 희미하게 달빛이 들이비쳤을 뿐인 어두운 방 안에서는 그것은 그저 겨우 모양뿐 색채를 잃고 있었다.

"내 꺼야? 엄마."

"그래. 네 꺼야."

"예뻐?"

"참 예뻐. 빨강이야."

"응……."

어린것은 잠에 취한 소리로 물으며 신발을 두 손에 받아 가슴에 안았다.

"자 이제 거기 놔두고 자야지."

"응, 낼 신어도 돼?"

"그럼."

어린것은 오물오물 담요 속으로 파고 들어갔다.

"엄마, 낼 신어도 돼?"

"그럼."

뭐든가 좀 좋은 것은 아껴야 한다고만 들어오던 어린것은 또 한 번 이렇게 다짐하는 것이었다.

아내는 어린것의 담요 가장자리를 꼭꼭 눌러 주고 나서 그 옆에 누웠다.

다들 다시 잠이 들었다. 어느 사이에 달빛이 비껴서 칼날 같은 빛을 철호의 가슴으로 옮겼다.

어린것이 부스스 머리를 들었다. 배를 깔고 엎드렸다. 어린것은 조그마한 손을 베개 너머로 내밀었다. 거기 가지런히 놓아둔 신발을 만져 보았다. 어린것은 안심한 듯이 다시 베개를 베고 누웠다. 또다시 조용해졌다. 한참 만에 또 어린것이 움직거렸다. 잠이 든 줄만 알았던 어린것은 또 엎드렸다. 머리맡에 신발을 또 끌어당겼다. 조그마한 손가락으로 신발 코를 꼭 눌러 보았다. 그러고는 이번에는 아주 자리 위에 일어나 앉았다. 신발을 무릎 위에 들어 올려놓았다. 달빛에다 신발을 들이대어 보았다. 바닥을 뒤집어 보았다. 두 짝을 하나씩 두 손에 갈라 들고 고무바닥을 맞대어 보았다. 이번엔 신발을 앞으로 내놓았다. 가만히 신발을 가져다 신었다. 앉은 채로 꼭 방바닥을 디디어 보았다.

"가자!"

어린것은 깜짝 놀랐다. 얼른 신발을 벗었다. 있던 자리에 도로 모아 놓았다. 그리고 한 번 더 신발을 바라보고 난 어린것은 살그머니 누웠다. 오물오물 담요 속으로 기어 들어갔다.

* * *

점심을 못 먹은 배는 오후 두 시에서 세 시 사이가 제일 견디기 힘들었다. 철호는 펜을 장부 위에 놓았다. 저쪽 구석에 돌아앉은 사환애를 바라보았다. 보리차라도 한 잔 더 마시고 싶었다. 그러나 두 잔까지는 사환애를 시켜서 가져오랄 수 있었으나 세 번까지는 부르기가 좀 미안했다. 철호는 걸상을 뒤로 밀고 일어섰다. 책상 모서리에 놓인 찻종을 집어 들었다. 그리고 출입문으로 나갔다. 복도의 풍로 위에서 커다란 주전자가 끓고 있었다. 보리차를 찻종 하나 가득히 부었다. 구수한 냄새가 피어올랐다. 철호는 뜨거운 찻종을 손가락으로 꼬집어 들고 조심조심 자기 자리로 돌아와 앉았다. 그리고 찻종을 입으로 가져갔다. 후 불었다. 마악 한 모금 들이마시는 때였다.

"송 선생, 전홥니다."

사환애가 책상 앞에 와 알렸다. 철호는 얼른 찻종을 책상 위에 내려놓았다. 그리고 과장 책상 앞으로 갔다. 수화기를 들었다.

"네, 송철호올시다. 네? 경찰서요? ……전 송철호라는 사람인데요. 네? 송영호요? 네? 바로 제 동생입니다. 무슨? ……네? 네? 송영호가요? 제 동생이 말입니까? 곧 가겠습니다. 네, 네."

철호는 수화기를 걸었다. 그리고 걸어 놓은 수화기를 멍하니 내려다보고 서 있었다. 사무실 안 사람들의 시선이 모두 철호에게로 쏠렸다.

"무슨 일인가. 동생이 교통사고라도?"

서류를 뒤적이던 과장이 앞에 서 있는 철호를 쳐다보며 말했다.

"네? 네, 저 과장님, 잠깐 다녀오겠습니다."

철호는 마시던 보리차를 그대로 남겨 둔 채 사무실을 나섰다. 영문을 모르는 동료들이 서로 옆의 사람의 얼굴을 힐끗 쳐다보는 것이었다.

* * *

철호는 전에도 몇 번 경찰서의 호출을 받은 일이 있었다.

양공주 노릇을 하는 누이동생 명숙이가 걸려들면 그 신원 보증을 해야 하는 철호였다. 그때마다 철호는 치안관 앞에서 낯을 못 들고 앉았다가 순경이 앞세우고 나온 명숙을 데리고 아무 말도 없이 경찰서 뒷문을 나서곤 하였다. 그럴 때면 철호는 울었다. 하나밖에 없는 누이동생이 정말 밉고 원망스러웠다. 철호는 명숙을 한 번 돌아다보는 일도 없이 전찻길을 따라 사무실로 걸었고, 또 명숙은 명숙이대로 적당한 곳에서 마치 낯도 모르는 사람이나처럼 딴 길로 떨어져 가 버리곤 하는 것이었다.

그런데 이번에는 누이동생이 아니라 남동생 영호의 건이라고 했다. 며칠 전 밤에 취해서 지껄이던 영호의 말들이 머리를 스치고 지나갔다. 불안했다. 그런들 설마 하고 마음을 다시 먹으며 철호는 경찰서 문을 들어섰다.

권총 강도.

형사에게서 동생 영호의 사건 내용을 들은 철호는 앞에 앉은 형사의 얼굴을 바보 모양 멍청히 바라보고 있을 뿐이었다. 점점 핏기가 가셔 가는 철호의 얼굴은 표정을 잃은 채 굳어 가고 있었다.

어느 회사에서 월급을 줄 돈 천오백만 환을 찾아서 은행 앞에 대기시켰던 지프차에 싣고 마악 떠나려고 하는데 중절모를 깊숙이 눌러쓰고 색안경을 낀 괴한 두 명이 차 속으로 올라오며 권총을 내어들더라는 것이었다.

"겁내지 말라! 차를 우이동으로 돌리라."

운전수와 또 한 명 회사원은 차가운 권총 구멍을 등에 느끼며 우이동까지 갔다고 한다. 어느 으슥한 숲속에서 차를 세웠다고 한다. 그러고는 둘이 다 차 밖으로 나가라고 한 다음, 괴한들이 대신 운전대로 옮아앉더라고 한다. 운전수와 회사원은 거기 버려둔 채 차는 전속력으로 다시 시내로 달렸단다. 그러나 지프차는 미아리도 채 못 와서 경찰에 붙들리고 말았다는 것이었다. 그런데 차 안에는 괴한이 한 사람밖에 없었다고 한다.

형사가 동생을 면회하겠느냐고 물었을 때도 철호는 그저 얼이 빠져서, 두 무릎 위에 맥없이 손을 올려놓고 앉은 채 아무 대답도 못 했다.

이윽고 형사실 뒷문이 열리더니 거기 영호가 나타났다.

"이리로 와."

수갑이 채워진 두 손을 배 앞에다 모으고 천천히 형사의 책상 앞으로 걸어나오는 영호는 거기 걸상에 앉았다 일어서는 철호를 향하여 약간 머리를 끄덕여 보였다. 동생의 얼굴을 뚫어져라고 바라보고 서 있는 철호의 여윈 볼이 히물히물 움직였다. 괴로울 때의 버릇으로 어금니를 꽉 꽉 씹고 있는 것이었다.

형사는 앞에 와서 선 영호에게 눈으로 철호를 가리켰다. 영호는 철호에게로 돌아섰다.

"형님, 미안합니다. 인정선(人情線)에서 걸렸어요. 법률선까지는 무난히 뛰어넘었는데. 쏘아 버렸어야 하는 건데."

영호는 철호의 얼굴을 들여다보며 빙그레 웃었다. 그러고는 옆으로 비스듬히 얼굴을 떨구며 수갑을 채운 오른손 검지를 권총 방아쇠를 당기는 때처럼 까불어서 지그시 당겨 보는 것이었다.

철호는 눈도 깜빡하지 않고 그저 영호의 머리카락이 흐트러져 내린 이마를 바라보고 있었다.

"돌아가세요, 형님."

영호는, **등신**처럼 서 있는 형이 도리어 민망한 듯이 조용히 말했다.

"**수감**해."

형사가 문간에 지키고 서 있는 순경을 돌아보았다.

영호는 그에게로 오는 순경을 향해 마주 걸어갔다. 영호는 뒷문으로 끌려 나가다 말고 멈춰섰다. 그리고 뒤를 돌아보았다.

"형님. 어린것 화신 구경이나 한 번 시키세요. 제가 약속했었는데."

뒷문이 쾅 닫혔다. 철호는 여전히 영호가 사라진 뒷문을 바라보고 서 있었다. 눈이 뿌옇게 흐려졌다. 아무것도 보이지 않았다.

"쏠 의사는 처음부터 없었던 것 같은데."

조서를 한옆으로 밀어 놓으며 형사가 중얼거렸다. 철호는 거기 걸상에 가만히 걸터앉았다.

"혹시 그와 같이 한 청년을 모르시나요?"

철호의 귀에는 형사의 말소리가 아주 멀었다.

"끝내 혼자서 했다고 우기는데, 그러나 증인이 있으니까 이제 차츰 사실대로 자백하겠지만."

여전히 철호는 말이 없었다.

• 등신 : 나무, 돌, 흙, 쇠 따위로 만든 사람의 형상이라는 뜻으로, 몹시 어리석은 사람을 낮잡아 이르는 말
• 수감 : 사람을 구치소나 교도소에 가둠

경찰서를 나온 철호는 어디를 어떻게 걸었는지 알 수 없었다. 철호는 술 취한 사람 모양 허청거리는 다리로 자기 집이 있는 언덕길을 올라가고 있었다. 철호는 골목길 어귀에 들어섰다.

"가자!"

철호는 거기 멈춰 섰다. 고개를 뒤로 젖혔다. 그러나 그는 하늘을 쳐다보는 것이 아니었다. 하 하고 숨을 크게 내쉬는 철호는 울고 있었다. 눈물이 콧속으로 흘러서 찝찔하니 목구멍으로 넘어갔다.

"가자, 가자. 어딜 가잔 거야. 도대체 어딜 가잔 거야."

철호는 꽥 소리를 지르고 있었다. 거기 처마 밑에 모여 앉아서 소꿉질을 하던 어린애들이 부시시 일어서며 그를 쳐다보았다. 철호는 그 앞을 모른 체 지나쳐 버렸다.

"오빤 어딜 그렇게 돌아다뉴?"

철호가 아랫방에 들어서자 윗방 구석에서 고리짝을 열어 놓고 뒤지고 있던 명숙이가 역한 소리를 했다. 윗방에는 넝마 같은 옷가지들이 한 무더기 쌓여 있었다. 딸애는 고리짝 옆에 쪼그리고 앉아서 명숙이가 뒤져 내놓은 헌 옷들을 무슨 진귀한 것이나처럼 지켜보고 있었다. 철호는 아내가 어딜 갔느냐고 물어 보려다 말고 그대로 윗방 아랫목에 털썩 주저앉아 버렸다.

"어서 병원에 가 보세요."

명숙은 여전히 고리짝을 들추며 돌아앉은 채 말했다.

"병원엘?"

"그래요."

"병원에라니?"

"언니가 위독해요. 어린애가 걸렸어요."

"뭐가?"

철호는 눈앞이 아찔했다.

점심때부터 진통이 시작되었는데 영 **해산**을 못하고 애를 썼단다. 그런데 죽을 악을 쓰다 보니까 어린애의 머리가 아니라 팔부터 나왔다고 한다. 그래 병원으로 실어 갔는데, 철호네 회사에 전화를 걸었더니 나가고 없더라는 것이었다.

"지금쯤은 아마 애기를 낳았거나, 그렇지 않으면……."

명숙은 흰 헝겊들을 골라 개켜서 한옆으로 젖혀 놓으며 말했다. 아마 어린애의 기저귀를 고르고 있는 모양이었다. 그런데 이상했다. 좀 전에 아찔했던 정신이 사르르 풀리며 온몸의 맥이 쏙 빠져나갔다. 철호는 오래간만에 머릿속이 깨끗이 개이는 것을 느꼈다.

말라리아를 앓고 난 다음 날처럼 맥은 하나도 없으면서 머리는 비상히 깨끗했다. 뭐 놀랄 일이 있느냐 하는 심정이 되었다. 마치 회사에서 무슨 사무를 한 뭉텅이 맡았을 때와 같은 심사였다. 철호는 호주머니에서 담배를 꺼내어 물었다. 언제나 새로 사무를 맡아 시작하기 전에 하는 버릇이었다. 철호는 일어섰다. 그리고 문을 열었다.

"어딜 가슈?"

명숙이가 돌아보았다.

"병원에."

"무슨 병원인지도 모르면서."

철호는 참 그렇다고 생각했다.

"S병원이야요."

"……."

철호는 슬그머니 문밖으로 한 발을 내디디었다.

"돈을 가지고 가야지 뭐."

"……돈."

• 해산 : 아이를 낳음. 분만

철호는 다시 문 안으로 들어섰다. 우두커니 발부리를 내려다보고 서 있었다. 명숙이가 일어섰다. 그리고 아랫방으로 내려갔다. 벽에 걸어 놓았던 핸드백을 벗겼다.

"옛수."

백 환짜리 한 다발이 철호 앞 방바닥에 던져졌다. 명숙은 다시 돌아서서 백을 챙기고 있었다. 철호는 명숙의 뒷모습을 물끄러미 바라보고 있었다. 철호의 눈이 명숙의 발뒤축에 머물렀다. 나일론 양말이 계란만치 구멍이 뚫렸다. 철호는 명숙의 그 구멍 뚫린 양말 뒤축에서 어떤 깨끗함을 느끼고 있었다. ❶오래간만에 참으로 오래간만에 철호는 명숙에 대한 오빠로서의 애정을 느꼈다.

"가자."

어머니가 또 외마디 소리를 질렀다.

철호는 눈을 발밑에 돈다발로 떨구었다. 허리를 꾸부렸다. 연기가 든 때처럼 두 눈이 싸하니 쓰렸다.

"아버지 병원에 가? 엄마 애기 났어?"

"그래."

철호는 돈을 저고리 호주머니에 밀어 넣으며 문을 나섰다.

"가자."

골목을 빠져나가는 철호의 등 뒤에서 또 한 번 어머니의 소리가 들려왔다.

* * *

아내는 이미 죽어 있었다.

"네. 그래요."

❷철호는 간호원보다도 더 **심상한** 표정이었다. 병원의 긴 복도를 휘청휘청 걸어서 널따란 현관으로 나왔다. 시체가 어디 있느냐고 묻지도 않았다. 무엇인가 큰일이 한 가지 끝났다는 그런 기분이었다. 아니 또 어찌 생각하면 무언가 해야 할 일이 많이 생긴 것 같은 무거운 기분이기도 했다. 그러면서도 그 해야 할 일이 무엇인지는 좀처럼 생각이

나질 않았다. 그저 이제는 그리 서두를 필요도 없어졌다는 생각만으로 철호는 거기 병원 현관에 한참이나 우두커니 서 있었다.

• 심상한 : 대수롭지 않은

맥락 읽기!

❶의 변화는 어떤 거야?

➔ 철호의 마음속에서 일어난 변화다. '양공주=더럽다, 그러므로 명숙=더럽다'에서 '양공주=더럽다, 그러나 명숙=깨끗하다'로의 변화다.

❶과 같은 변화가 일어난 원인은 뭘까?

➔ 원인으로 작용한 사물은 명숙의 '구멍 뚫린 양말'이다. 이 양말은, 양공주 노릇으로 번 돈이 가족의 생계 문제 해결 용도로 쓰이고 있음을 의미한다. 출산 사고를 해결하려면 병원비가 필요한데, 철호는 이 비용을 감당할 능력이 없다. 명숙이 병원비를 건넨 것은 이때였으므로 '명숙의 돈=아내와 태아 구하기'가 된다. 여동생이 양공주가 된 이유는 가족 구하기였음을 인정하자 철호는 명숙에 대한 애정을 회복하고 있다.

아내가 죽었는데 철호 반응은 ❷이다. 왜 그럴까?

➔ 이유를 두 가지로 추리할 수 있다.
1) 아내의 죽음은 예상된 것이었다. '만삭일 때의 철호의 아내=죽음 이미지'였다.
2) 가족 부양 의무 중 '남편 구실'에 따른 부담이 사라졌다.
1)과 2)는 철호에게 가족 부양 의무가 얼마나 부담스러운 것이었는지를 알려준다.

이윽고 병원의 큰 문을 나선 철호는 전찻길을 따라서 천천히 걸었다. 자전거가 휙 그의 **팔꿉**을 스치고 지나갔다. 그는 멈춰 섰다. 자기도 모르게 그는 사무실 쪽으로 걸어가고 있었다. 여섯 시도 더 지났을 무렵이었다. 이제 사무실로 가야 할 아무 일도 없었다. 그는 전찻길을 건넜다. 또 한참 걸었다. 그는 또 멈춰 섰다. 이번엔 어느 사이에, 낮에 왔던 경찰서 앞에 와 있었다. 그는 또 돌아섰다. 또 걸었다. 그저 걸었다. 집으로 돌아가자는 생각도 아니면서 그의 발길은 자동기계처럼 남대문 쪽을 향해 걷고 있었다. 문방구점, 라디오방, 사진관, 제과점. 그는 길가에 늘어선 이런 가게의 진열장들을 하나하나 기웃거리며 걷고 있었다. 그러면서도 무엇이 있는지 하나도 보이지는 않았다. 그러던 철호는 또 우뚝 섰다. 그는 거기 눈앞에 걸린 간판을 쳐다보고 있었다. 장기판만 한 흰 판에 빨간 페인트로 치과라고 써 있었다. 철호는 갑자기 이가 쑤시는 것을 느꼈다. 아침부터, 아니 벌써 전부터 훌떡훌떡 쑤시는 충치가 갑자기 아파 왔다. 양쪽 어금니가 아래위 다 쑤셨다. 사실은 어느 것이 정말 쑤시는 것인지조차도 분간할 수가 없었다. 철호는 호주머니에 손을 넣어 보았다. 만환 다발이 만져졌다.

철호는 치과 간판이 걸린 층계 이층으로 올라갔다.

치과 걸상에 머리를 젖히고 입을 아 벌리고 앉았다. 의사는 달가닥달가닥 소리를 내며 이것저것 여러 가지 쇠꼬치를 그의 입에 넣었다 꺼냈다 하였다. 철호는 **매시근하니** 잠이 왔다. 아무런 생각도 하지 않고 입을 크게 벌린 채 눈을 감고 있었다.

"좀 아팠지요? 뿌리가 꾸부러져서."

의사가 집게에 뽑아 든 이를 철호의 눈앞에 가져다 보여 주었다. 속이 시꺼멓게 썩은 징그러운 이뿌리에 뻘건 살점이 묻어 나왔다. 철호는 솜을 입에 문 채 머리를 좌우로 흔들어 보였다. 사실 아프지도 아무렇지도 않았다.

"됐습니다. 한 삼십 분 후에 솜을 빼 버리슈. 피가 좀 나올 겁니다."

"이쪽을 마저 빼 주십시오."

철호는 옆의 **타구**에 침을 뱉고 나서 또 한쪽 볼을 눌러 보였다.

"어금니를 한 번에 두 대씩 빼면 출혈이 심해서 안 됩니다."

"괜찮습니다."

"아니, 내일 또 빼지요."

"❶다 빼주십시오. **한목**에 몽땅 다 빼 주십시오."

"안 됩니다. 치료를 해 가면서 한 대씩 빼야지요."

"치료요? 그럴 새가 없습니다. 마악 쑤시는걸요."

"그래도 안 됩니다. 빈혈증이 일어나면 큰일납니다."

하는 수 없었다. 철호는 치과를 나왔다. 또 걸었다. 잇몸이 멍하니 아픈 것 같기도 하고 또 어찌하면 시원한 것 같기도 했다. 그는 한손으로 볼을 쓸어 보았다.

- 팔꿉 : '팔꿈치'의 함경도 사투리
- 매시근하니 : 기운이 없고 나른하니
- 타구 : 가래나 침을 뱉는 그릇
- 한목 : 한꺼번에 몰아서 함

맥락 읽기!

왜 갑자기 아픈 이를 ❶처럼 다 뽑는 거야?

➔ 참고 견딤이라는 자신의 삶의 방식 포기를 뜻한다. 철호는 더 이상 예전의 철호가 아니다.

❶의 치통에 의미가 있는 거지?

➔ 철호는 치통을 견디며 살아왔다. 견딤은 돈이 없는 철호가 사는 방식이었다. 그러나 견딤이 치료는 아니므로 통증은 심해지고 '아픈 이'는 늘어나게 된다. 치통은, 가족 문제 해결 능력이 없는 철호를 나타낸다.

충치를 뽑는 행위는 뭘까?

➔ 고통을 겪으면서 어렵게 지켜왔던 양심·윤리의 포기 행위를 뜻한다.

그렇게 얼마를 걷던 철호는 거기에 또 치과 간판을 발견하였다. 역시 이층이었다.

"안 될 텐데요."

거기 의사도 꺼렸다. 철호는 괜찮다고 우겼다. 한쪽 어금니를 마저 빼었다. 이번에는 두 볼에다 다 밤알만큼씩 한 솜덩어리를 물고 나왔다. 입안이 찝찔했다. 간간이 길가에 나서서 피를 뱉었다. 그때마다 시뻘건 선지피가 간 덩어리처럼 엉겨서 나왔다.

남대문을 오른쪽에 끼고 돌아서 서울역이 보이는 데까지 왔을 때 으스스 몸이 한 번 떨렸다. 머리가 띵하니 비어 버린 것 같다고 생각했다. 바로 그때에 번쩍 거리에 전등이 들어왔다. 눈앞이 한 번 환해졌다. 그런데 다음 순간에는 어찌된 셈인지 좀 전에 전등이 켜지기 전보다 더 거리가 어두워졌다. 철호는 눈을 한 번 꾹 감았다 다시 떴다. 그래도 매한가지였다. 이건 뱃속이 비어서 이렇다고 철호는 생각했다. 그는 새삼스레, 점심도 저녁도 안 먹은 자기를 깨달았다. 뭐든가 좀 먹어야겠다고 생각했다. 구수한 설렁탕 생각이 났다. 입안에 군침이 하나 가득히 고였다. 그는 어느 **전주** 밑에 가서 쭈그리고 앉아서 침을 뱉었다. 그런데 그것은 침이 아니라 진한 피였다. 그는 다시 일어섰다. 또 한 번 **오한**이 전신을 간질이고 지나갔다. 다리가 약간 떨리는 것 같았다. 그는 속히 음식점을 찾아내어야겠다고 생각하며 서울역 쪽으로 허청허청 걸었다.

"설렁탕."

무슨 약 이름이기나 한 것처럼 한마디 일러 놓고는 그는 식탁 위에 엎드려 버렸다. 또 입안으로 하나 찝찔한 물이 고였다. 철호는 머리를 들었다. 음식점 안을 한 바퀴 휘 둘러보았다. 머리가 아찔했다. 그는 일어섰다. 그리고 문 밖으로 급히 걸어 나갔다. 음식점 옆 골목에 있는 시궁창에 가서 쭈그리고 앉았다. 울컥하고 입안의 것을 뱉었다. 그러나 이번에는 주위가 어두워서 그것이 핀지 또는 침인지 알 수 없었다. 철호는 저고리 소매로 입술을 닦으며 일어섰다. 이를 뺀 자리가 쿡 한 번 쑤셨다. 그러자 뒤이어 거기에 호응이나 하듯이 **관자놀이**가 또 쿡 쑤셨다. 철호는 아무래도 좀 이상하다고 생각했다. 이제 빨리 집으로 돌아가 누워야겠다고 생각했다. 그는 다시 큰길로 나왔다. 마침 **택시**가

한 대 왔다. 그는 손을 한 번 흔들었다.

철호는 던져지듯이 털썩 택시 안에 쓰러졌다.

"어디로 가시죠?"

택시는 벌써 구르고 있었다.

"해방촌."

자동차는 스르르 속력을 늦추었다. 해방촌으로 가자면 차를 돌려야 하는 까닭이었다. 운전수는 줄지어 달려오는 자동차의 사이가 생기기를 노리고 있었다. 저만치 자동차의 행렬이 좀 끊겼다. 운전수는 핸들을 잔뜩 비틀어 쥐었다. 운전수가 몸을 한편으로 기울이며 마악 핸들을 틀려는 때였다. 뒷자리에서 철호가 소리를 질렀다.

"아니야. S병원으로 가."

철호는 갑자기 아내의 죽음을 생각했던 것이었다. 운전수는 다시 휙 핸들을 이쪽으로 틀었다. 운전수 옆에 앉아 있는 조수 애가 한 번 철호를 돌아다보았다. 철호는 뒷자리 한 구석에 가서 몸을 틀어박은 채 고개를 뒤로 젖히고 눈을 감고 있었다. 차는 한국은행 앞 로터리를 돌고 있었다. 그때에 또 뒤에서 철호가 소리를 질렀다.

"아니야. ×경찰서로 가."

눈을 감고 있는 철호는 생각하는 것이었다. 아내는 이미 죽었는데 하고.

이번에는 다행히 차의 방향을 바꿀 필요가 없었다. 그냥 달렸다.

"×경찰서 앞입니다."

철호는 눈을 떴다. 상반신을 번쩍 일으켰다. 그러나 곧 또 털썩 뒤로 기대고 쓰러져 버렸다.

"아니야. 가."

"×경찰서입니다. 손님."

- 전주 : 전봇대
- 오한 : 몸이 오슬오슬 춥고 떨리는 증상
- 관자놀이 : 귀와 눈 사이의 맥박이 뛰는 곳
- 택시 : 1954년 서울의 택시는 927대였으나 1957년 시발택시의 등장으로 1,576대로 증가함. 시발택시는 최초의 국산 자동차로 군용 지프차와 유사한 형태

조수 애가 뒤로 몸을 틀어 돌리고 말했다.

"가자."

철호는 여전히 눈을 감고 있었다.

"어디로 갑니까?"

"글쎄, 가."

"하, 참 딱한 아저씨네."

"……."

"취했나?"

운전수가 힐끔 조수 애를 쳐다보았다.

"그런가 봐요."

"어쩌다 ❶오발탄(誤發彈)같은 손님이 걸렸어. 자기 갈 곳도 모르게."

운전수는 기어를 넣으며 중얼거렸다. 철호는 까무룩히 잠이 들어가는 것 같은 속에서 운전수가 중얼거리는 소리를 멀리 듣고 있었다. 그리고 마음속으로 혼자 생각하는 것이었다.

—아들 구실, 남편 구실, 애비 구실, 형 구실, 오빠 구실, 또 계리사 사무실 서기 구실, 해야 할 구실이 너무 많구나. 너무 많구나. 그래, 난 네 말대로 아마도 ❷**조물주**의 오발탄인지도 모른다. 정말 갈 곳을 알 수가 없다. 그런데 지금 나는 어디건 가긴 가야 한다.—

철호는 점점 더 졸려 왔다. 다리가 저린 것처럼 머리의 감각이 차츰 없어져 갔다.

"가자!"

철호는 또 한 번 귓가에 어머니의 소리를 들었다고 생각하며 푹 모로 쓰러지고 말았다.

차가 네거리에 다다랐다. 앞의 교통 신호등에 빨간불이 켜졌다. 차가 섰다. 또 한 번 조수 애가 뒤를 돌아보며 물었다.

"어디로 가시죠?"

그러나 머리를 푹 앞으로 수그린 철호는 아무 대답도 없었다.

따르르릉 벨이 울렸다. 긴 자동차의 행렬이 움직이기 시작했다. 철호가 탄 차도 목적지를 모르는 대로 행렬에 끼어서 움직이는 수밖에 없었다. ❸철호의 입에서 흘러내린 선지피가 흥건히 그의 와이셔츠 가슴을 적시고 있는 것은 아무도 모르는 채, 교통 신호등의 파란불 밑으로 차는 네거리를 지나갔다.

_〈현대문학〉 1959년 10월호 발표, 제2창작집 『오발탄』(1959년)에 수록

• 조물주 : 우주의 만물을 만들고 다스리는 신

맥락 읽기!

❶의 '오발탄'은 무슨 뜻이지?

➔ 문화사회적 맥락 : 피해자. 남한 사회의 무관심 때문에 피해 입은 월남 가족을 가리킨다.

❷의 '조물주의 오발탄'은 뭘까?

➔ 오발탄 발생 원인을 가리킨다.

1) 오발탄 : 남한 사회가 원인이다

2) 조물주의 오발탄 : 신이 원인이다

오발탄 발생 원인을 1)이라 하면 남한 사회 비판 소설이다. 2)라 하면 신 비판 소설이다. 그런데 이 소설은 신 비판이 아니라 남한 사회 비판인데 2)라 하고 있다. 이는 작가가 당대의 검열을 의식하여 최대한 완곡하게 표현한 것으로 보인다.

❸의 철호는 죽은 걸까?

➔ 「오발탄」의 마지막 문장이다. '철호의 입에서 흘러내린 선지피가 흥건히 그의 와이셔츠 가슴을 적시고 있는 것'인데, 아무도 모르고 있어 위기감이 더욱 고조된다. 아마도 철호는 이미 생명을 잃었거나 앞으로 잃을 정도로 위험에 처했음을 보여준다.

깊이 이해하기

「오발탄」에 나타난 시대의 모습은 무엇일까?

「오발탄」에 나타난 시대의 모습은 세 가지다.

1) 1950년대 해방촌의 모습

철호 가족은 용산구에 마련된 난민 수용소인 '해방촌'에 살고 있다. 해방촌은 달동네며, 여기에 있는 집들은 모두 판잣집이다. 전기·상수도·하수도 시설 등이 없다.

2) 신원 조회와 신원 보증

월남민들이 겪어야 하는 것은 단지 가난만이 아니다. 이들은 불안하고 위태롭다. '피난민·이북 출신'이라는 낙인은 심할 경우 '빨갱이'로 처리될 수도 있기 때문이다. '월급=한 달치 전차삯에도 미치지 못하는 돈'을 받으면서도 철호가 계리사 사무실에서 근무하는 까닭은 가족 보호 때문이다. 명숙이 단속 대상이 되었을 때 철호는 사무실 전화를 통해 연락 받은 후 경찰서로 가서 명숙의 신원 보증을 한다. 영호가 체포되었을 때도 철호는 사무실 전화를 통해 연락 받은 후 경찰서로 가서 영호의 신원 보증을 한다. 철호의 직장명·전화번호 등이 없었다면 명숙과 영호에게 불이익이 추가되었을 것이다.

3) 월남민 가족의 모습

'대표적인 월남민=철호 가족'은 다음과 같이 표현되었다.

· 철호 어머니=미라·시체·정신 이상자

· 철호 아내=몽유병자·꼽추·괴물·죽은 시체·산월 임박한 임신 상태

· 영호=상이군인

· 명숙=양공주

· 철호 딸=노랗게 뜬 얼굴

· 철호=송장처럼 거멓고 윤기없는 얼굴

◆ 관련 자료 살펴보기

▲ 영화 「오발탄」(1961년 작, 감독 유현목)은 당시 한국사회를 지나치게 부정적으로 묘사했다는 이유로 5·16 이후 한때 상영금지가 되기도 했다. 이 사진은 퇴근하여 해방촌 집으로 가는 철호의 뒷모습이다.

▲ 비닐 천막 등으로 지붕을 가리고 빼곡이 밀집한 판자촌. 지금의 용산구 동자동과 후암동에 걸쳐 있던 마을 (출처: e영상역사관)

◀ 1950년대 을지로 거리

▶ 1950년대 서울 시내 전차와 남대문로 한국은행 본점 앞 로터리(출처: e영상역사관)

▲ 해방 직후의 화신백화점
금·은·귀금속품을 전문으로 거래하는 상회로 신태화가 운영한 '화신상회'를 1931년 박흥식이 인수하여 백화점으로 새롭게 설립되었다. 1935년 1월 27일 화재로 전관이 소실되었으나 1937년 11월 11일 지하 1층, 지상 6층으로 엘리베이터·에스컬레이터 시설을 갖춘 당시 한국인에 의하여 건립된 최대의 건물로 주목을 받았다.(출처: e영상역사관)

▲ 군용 지프차를 본떠 만든 시발택시로, 현재 우리나라에 남아 있는 차량은 단 1대도 없다(출처 : http://www.jsvid.co.kr/znew/xe/9229/cae/trackback)

▲ 1950년대 노면전차와 시내버스(출처: e영상역사관)

OX

사실 확인하기

1 「오발탄」의 공간적 배경은 해방촌이고, 철호네 가족이 사는 곳이다.

2 1950년대 해방촌에는 상수도·하수도·전기 시설이 없었다.

3 철호의 집은 방이 두 개인데 6명이 산다.

4 철호의 아내는 졸업 음악회에서 노래를 불렀다.

5 철호의 어머니가 정신 이상자가 된 시기는 용산 일대가 폭격되던 때다.

6 철호는 계리사 사무실 직원인데, 사무실 위치는 종로다.

7 철호네 가족은 월남 이전에는 부유하게 살았으나, 월남 이후 가난하게 살고 있다.

8 영호가 은행 강도 행위 때 휴대하여 사용한 권총은 장난감총이다.

9 철호 동생 영호는 대학 중퇴자이며 상이군인이다.

10 이 소설의 시간적 배경인 1950년대에는 을지로를 오고가는 노면 전차가 있었다.

답> ○○○○○○○×○○

06 서울, 1964년 겨울

김승옥

김승옥은 어떤 작가인가?

김승옥(1941~)은 일본 오사카에서 출생했다. 1962년 〈한국일보〉 신춘문예에 「생명연습」이 당선되어 등단했다. 1980년의 신군부의 검열에 대한 항의로 절필을 선언했다. 단편 15편, 중편 3편, 장편 4편을 발표했다. 작품 수는 많지 않지만 김승옥이라는 이름 앞에는 항상 1960년대 대표 작가라는 평가가 따라붙는다. 20대 초반에 쓴 소설만으로도 현대문학사에서 가장 중요한 작가로 손꼽힌다. 김승옥은 특히 문체로도 유명한데 '감수성의 혁명'의 작가라는 극찬을 받았다. 그의 주요 작품인 「무진기행」, 「역사」, 「서울, 1964년 겨울」, 「생명연습」, 「차나 한 잔」, 「누이를 이해하기 위하여」 등이 교과서에 실리기도 했다.

06

서울, 1964년 겨울

1964년 겨울을 서울에서 지냈던 사람이라면 누구나 알고 있겠지만, 밤이 되면 거리에 나타나는 선술집 —오뎅과 군참새와 세 가지 종류의 술 등을 팔고 있고, 얼어붙은 거리를 휩쓸며 부는 차가운 바람이 펄럭거리게 하는 포장을 들치고 안으로 들어서게 되어 있고, 그 안에 들어서면 **카바이드 불**의 길쭉한 불꽃이 바람에 흔들리고 있고, 염색한 군용(軍用) 잠바를 입고 있는 중년 사내가 술을 따르고 안주를 구워 주고 있는 그러한 ❶**선술집**에서 그날 밤, 우리 세 사람은 우연히 만났다. 우리 세 사람이란 나와 도수 높은 안경을 쓴 안(安)이라는 대학원 학생과 정체는 알 수 없지만 요컨대 가난뱅이라는 것만은 분명하여 그의 정체를 꼭 알고 싶다는 생각은 조금도 나지 않는 서른대여섯 살짜리 사내를 말한다.

먼저 말을 주고받게 된 것은 나와 대학원생이었는데, 뭐 그렇고 그런 자기 소개가 끝났을 때는 나는 그가 안씨라는 성을 가진 스물다섯 살짜리 대한민국 청년, ❷대학 구경을 해 보지 못한 나로서는 상상이 되지 않는 전공(專攻)을 가진 대학원생, 부잣집 장남이라는 걸 알았고, 그는 내가 스물다섯 살짜리 시골 출신, 고등학교는 나오고 육군사관학교를 지원했다가 실패하고 나서 군대에 갔다가 **임질**에 한 번 걸려 본 적이 있고, 지금은 구청(區廳) **병사계(兵事系)**에서 일하고 있다는 것을 아마 알았을 것이다.

자기 소개들은 끝났지만 그러고 나서는 서로 할 얘기가 없었다. 잠시 동안은 조용히 술만 마셨는데, 나는 새카맣게 구워진 참새를 집을 때 할 말이 생겼기 때문에 마음속으로 군참새에게 감사하고 나서 얘기를 시작했다.

- 카바이드 : '탄화칼슘'을 달리 이르는 말. '카바이드 불'은 카바이드를 이용한 등불로, 주로 포장마차에서 사용했음
- 선술집 : 술을 따라 놓는 널빤지로 만든 긴 탁자(술청) 앞에 선 채로 간단하게 술을 마실 수 있는 술집. 목로주점
- 임질 : 임균이 일으키는 성병
- 병사계 : 병역 사무를 맡아보는 한 부서

맥락 읽기!

❶에 인물·사건·배경이 있을까?

➔ 인물과 배경이 있다.

1) 인물 : 우리 세 사람(나, 안, 사내)
2) 시간적 배경 : 그날 밤(1964년 겨울밤)
3) 공간적 배경 : 선술집(서울)

그밖에 소개된 것은 서술자 '나'이며, 1인칭 시점이다. '그날 밤'은 과거 사건의 회고임을 알려주는 표지다.

❶의 '우연히'는 누구의 생각이야?

➔ '나'의 생각이다. 세 사람은 약속을 하고 만난 것이 아니므로 우연히 만난 것이 맞다. 그러나 엄격하게 말하면 우연이 아닐 수도 있다. '안'의 생각에 따르면, "서로 다른 길을 걸어서 같은 지점에 온 것"일 수 있기 때문이다.

❷에서 읽어야 하는 것은 뭘까?

➔ 서술자의 한계다. '대학원생 안'에 대한 '나'의 이해력에 다소 문제가 있을 수 있음을 독자는 짐작할 수 있다.

“안 형, 파리를 사랑하십니까?”

“아니오, 아직까진…….” 그가 말했다. “❶김 형은 파리를 사랑하세요?”

“예.”라고 나는 대답했다. “날 수 있으니까요. 아닙니다. ❷날 수 있는 것으로서 동시에 내 손에 붙잡힐 수 있는 것이니까요. 날 수 있는 것으로서 손안에 잡아 본 적이 있으세요?”

“가만 계셔 보세요.” 그는 안경 속에서 나를 멀거니 바라보며 잠시 동안 표정을 꼼지락거리고 있었다. 그리고 말했다. “없어요, 나도 파리밖에는…….”

낮엔 이상스럽게도 날씨가 따뜻했기 때문에 길은 얼음이 녹아서 흙물로 가득했었는데 밤이 되면서부터 다시 기온이 내려가고 흙물은 우리의 발밑에서 다시 얼어붙기 시작했다. 소가죽으로 지어진 내 검정 구두는 얼고 있는 땅바닥에서 올라오고 있는 찬 기운을 충분히 막아내지 못하고 있었다. 사실 이런 술집이란, 집으로 돌아가는 길에 잠깐 한 잔하고 싶은 생각이 든 사람이나 들어올 데지, 마시면서 곁에 선 사람과 무슨 얘기를 주고받을 만한 데는 되지 못하는 곳이다. 그런 생각이 문득 들었지만 그 안경잡이가 때마침 나에게 기특한 질문을 했기 때문에 나는 ‘이 놈 그럴듯하다’고 생각되어 추위 때문에 저려드는 내 발바닥에게 조금만 참으라고 부탁했다.

“❸김 형, 꿈틀거리는 것을 사랑하십니까?” 하고 그가 내게 물었던 것이다.

“사랑하구 말구요.” 나는 갑자기 의기양양해져서 대답했다. 추억이란 그것이 슬픈 것이든지 기쁜 것이든지 그것을 생각하는 사람을 의기양양하게 한다. 슬픈 추억일 때는 고즈넉이 의기양양해지고 기쁜 추억일 때는 소란스럽게 의기양양해진다.

맥락 읽기!

❶이 이상하네? "파리를 사랑하세요?"라니.

➔ 중의법이다.

1) 곤충 파리를 가리킨다. '날다'의 의미가 부각된다.

2) 프랑스의 수도 파리를 가리킨다. '자유'의 의미가 부각된다.

1)로 생각하는 것은 "날 수 있는 것으로서 동시에 내 손에 붙잡힐 수 있는 것"이라는 구절 때문이다. 그런데 이때 이상한 의견 일치가 나온다. "날 수 있는 것으로서 동시에 내 손에 붙잡힐 수 있는 것"으로 파리가 유일했다고 두 인물은 고백하는데, 이 고백은 독자로 하여금 두 인물의 상식을 의심하게 만든다. 잠자리, 모기, 나비 등을 비롯하여 "날 수 있는 것으로서 동시에 내 손에 붙잡힐 수 있는 것"은 상당히 많은데, 두 인물은 오직 파리만이 그러하다고 말하기 때문이다. 2)로 생각할 수 있는 가능성은 이 때문에 나온다.

❷를 어떻게 이해해야 해?

➔ '자유의 크기=파리'만큼이다. '1964년=자유의 크기가 가장 작은 사회'를 우회적으로 표현한 것이다.

❸도 이상하다. "꿈틀거리는 것을 사랑하십니까?"라니.

➔ 이 질문은 '나'의 질문에 대한 답례의 성격을 갖고 있다.

"사관 학교 시험에서 미역국을 먹고 나서도 얼마 동안, 나는 나처럼 대학 입학 시험에 실패한 친구 하나와 미아리에서 하숙하고 있었습니다. 서울엔 그때가 처음이었죠. 장교가 된다는 꿈이 깨어져서 나는 퍽 실의(失意)에 빠져 있었습니다. 그때 영영 실의해 버린 느낌입니다. 아시겠지만 꿈이 크면 클수록 실패가 주는 절망감도 대단한 힘을 발휘하더군요. 그 무렵 재미를 붙인 게 아침의 만원 된 버스칸이었습니다. 함께 있는 친구와 나는 하숙집의 아침 밥상을 밀어 놓기가 바쁘게 미아리 고개 위에 있는 버스 정류장으로 달려갑니다. 개처럼 숨을 헐떡거리면서 말입니다. 시골에서 처음으로 서울에 올라온 청년들의 눈에 가장 부럽고 신기하게 비치는 게 무언지 아십니까? 부러운 건, 뭐니 뭐니 해도, 밤이 되면 빌딩들의 창에 켜지는 불빛, 아니 그 불빛 속에서 이리저리 움직이고 있는 사람들이고, 신기한 건 버스칸 속에서 일 센티미터도 안 되는 간격을 두고 자기 곁에 이쁜 아가씨가 서 있다는 사실입니다. 때로는 아가씨들과 팔목의 살을 대고 있기도 하고 허벅다리를 비비고 서 있을 수도 있어서 그것 때문에 나는 하루 종일을 시내 버스를 이것저것 갈아타면서 보낸 적도 있습니다. 물론 그날 밤엔 너무 피로해서 토했습니다만……."

"잠깐, 무슨 얘기를 하시자는 겁니까?"

"꿈틀거리는 것을 사랑한다는 얘기를 하려던 참이었습니다. 들어 보세요. 그 친구와 나는 출근 시간의 만원 버스 속을 스리꾼들처럼 안으로 비집고 들어갑니다. 그리고 자리를 잡고 앉아 있는 젊은 여자 앞에 섭니다. 나는 한 손으로 손잡이를 잡고 나서, 달려오느라고 좀 멍해진 머리를 올리고 있는 손에 기댑니다. 그리고 내 앞에 앉아 있는 여자의 아랫배 쪽으로 천천히 시선을 보냅니다. 그러면 처음엔 얼른 눈에 뜨이지 않지만 시간이 조금 가고 내 시선이 투명해지면서부터는 나는 그 여자의 아랫배가 조용히 오르내리는 것을 볼 수 있습니다……."

"오르내린다는 건…… 호흡 때문에 그러는 것이겠죠?"

"물론입니다. 시체의 아랫배는 꿈쩍도 하지 않으니까요. 하여튼…… 나는 그 아침의 만원 버스칸 속에서 보는 젊은 여자 아랫배의 조용한 움직임을 보고 있으면 왜 그렇게 마음이 편안해지고 맑아지는지 모르겠습니다. 나는 그 움직임을 지독하게 사랑합니다."

"퍽 음탕한 얘기군요."라고 안은 기묘한 음성으로 말했다. 나는 화가 났다. 그 얘기는, 내가 만일 라디오의 박사 게임 같은 데에 나가게 돼서 '세상에서 가장 신선한 것은?' 이라는 질문을 받게 되었을 때, 남들은 상추니 오월의 새벽이니 천사의 이마니 하고 대답하겠지만 나는 그 움직임이 가장 신선한 것이라고 대답하려니 하고 일부러 기억해 두었던 것이었다.

"아니, 음탕한 얘기가 아닙니다."

나는 강경한 태도로 말했다. "그 얘기는 정말입니다."

"❶ 음탕하지 않다는 것과 정말이라는 것 사이엔 어떤 관계가 있죠?"

"모르겠습니다. 관계 같은 것은 난 모릅니다. 요컨대……."

"그렇지만 그 동작은 '오르내린다'는 것이지 꿈틀거린다는 것은 아니군요. 김 형은 아직 꿈틀거리는 것을 사랑하지 않으시구먼."

맥락 읽기!

❶의 대화에 나타난 인물의 말하기 특징은 뭐지?

➔ '음탕하지 않다'는 주관적인 판단이다. 반면에 '정말이다'는 객관적인 사실이다. 그러므로 '음탕하지 않다', 그러니까 '정말이다'라고 말하는 일은 비논리적이다. '안'은 '나'의 말에서 비논리를 지적하고 있으므로 논리적이다.

우리는 다시 침묵 속으로 떨어져서 술잔만 만지작거리고 있었다. 개새끼, 그게 꿈틀거리는 게 아니라고 해도 괜찮다, 하고 나는 생각하고 있었다. 그런데 잠시 후에 그가 말했다.

"난 방금 생각해 봤는데, 김 형의 그 오르내림도 역시 꿈틀거림의 일종이라는 결론을 얻었습니다."

"그렇죠?" 나는 즐거워졌다. "그것은 틀림없는 꿈틀거림입니다. 난 여자의 아랫배를 가장 사랑합니다. 안 형은 어떤 꿈틀거림을 사랑합니까?"

❶"어떤 꿈틀거림이 아닙니다. 그냥 꿈틀거리는 거죠. 그냥 말입니다. 예를 들면 …… 데모도 ……."

❷"데모가? 데모를? 그러니까 데모……."

"서울은 모든 욕망의 집결지입니다. 아시겠습니까?"

"모르겠습니다."라고 나는 할 수 있는 한 깨끗한 음성을 지어서 대답했다.

맥락 읽기!

❶의 대화 속 문장은 미완결 상태가 많은데, 왜 이럴지?

➔ 두 가지 맥락에서 이유를 찾을 수 있다.

1) 내재적 맥락 : '나'와 '안'이 초면이기 때문이다. 이들은 이날 밤 처음 만났다.

2) 문화사회적 맥락 : 정치적 금기 때문이다. 1964년은 대학생들의 데모로 비상계엄령이 내려졌던 해다. '데모'는 편한 마음으로 사용하기 어려운 금기어다.

❷의 대화 속 문장을 한번 완결해 볼까?

➔ 데모가 그냥 꿈틀거리는 것입니까? 데모를 그냥 꿈틀거리는 것으로 볼 수 있습니까? 그러니까 데모 역시 그냥 꿈틀거리는 것에 속할 수 있겠군요.

'꿈틀거림'을 '나'와 '안'은 어떻게 이해하고 있나?

➔ 나는 '성적 이미지'로 이해하고 안은 '정치적 이미지'로 이해한다.

'꿈틀거림'을 왜 '나'와 '안'은 다르게 파악할까?

➔ 정체성의 차이 때문이다. '나는 고졸에 병사계 공무원'이고, '안은 대학원 재학생이다. 6.3항쟁 참가자'일 가능성도 높다.

두 인물은, 순응이냐 위반이냐의 차이가 있지?

➔ '나=순응=소시민'이고, '안=위반=시민'이다.

그때 우리의 대화는 또 끊어졌다. 이번엔 침묵이 오래 계속되었다. 나는 술잔을 입으로 가져갔다. 내가 잔을 비우고 났을 때 그도 잔을 입에 대고 눈을 감고 마시고 있는 게 보였다. 나는 이젠 자리를 떠나야 할 때가 되었다고 다소 서글픈 기분으로 생각했다. 결국 그렇고 그렇다. 또 한 번 확인된 것에 지나지 않다고 생각하면서, '자 그럼 다음에 또……'라고 말할까 '재미있었습니다'라고 말할까, 궁리하고 있는데 술잔을 비운 안이 갑자기 한 손으로 내 한쪽 손을 살그머니 잡으면서 말했다.

"우리가 거짓말을 하고 있었다고 생각하지 않으십니까?"

"아니요." 나는 좀 귀찮은 생각이 들었다. "안 형은 거짓말을 했는지 모르지만 내가 한 얘기는 정말이었습니다."

"난 우리가 거짓말을 하고 있었던 것 같은 느낌이 듭니다." 그는 붉어진 눈두덩을 안경 속에서 두어 번 꿈벅거리고 나서 말했다. "❶난 우리 또래의 친구를 새로 알게 되면 꼭 꿈틀거림에 대한 얘기를 하고 싶어집니다. 그래서 얘기를 합니다. ❷그렇지만 얘기는 오 분도 안 돼서 끝나 버립니다."

❸나는 그가 무슨 얘기를 하고 있는지 알듯 하기도 했고 모를 것 같기도 했다.

맥락 읽기!

❶의 이유가 뭘까?

➔ '안'의 최고 관심사가 '꿈틀거림=데모'라는 것을 알 수 있다.

❷의 '꿈틀거림'은 구체적으로 뭐지?

➔ 두 가지로 읽을 수 있다.

1) 내재적 읽기로는 알 수 없다
2) 문화사회적 맥락 : '꿈틀거림=데모'이므로, '안'이 우리 또래의 친구와 이야기하고 싶어 했던 꿈틀거림이란 함께 경험했던 1960년의 4·19혁명과 1964년의 6·3항쟁(한·일협정 반대운동)이다.

❷의 이유는 뭐지?

➔ 두 가지로 읽을 수 있다.

1) 내재적 맥락 읽기로는 알 수 없다.
2) 문화사회적 맥락 : 1964년은 대학생·시민들의 데모를 독재 권력이 비상계엄령을 선포하여 관련자들을 체포·고문 등의 가혹한 처리로 사망자가 속출했다. '데모'와 데모가 연상되는 어휘로 대화를 나누는 것 자체가 큰 부담이었다.

❸에서 읽어야 하는 것은 뭘까?

➔ 두 가지다.

1) '나'의 이해력 부족이 진짜일 때 : '안'에 대한 '나'의 서술에 한계가 있음을 알려주는 표지다.
2) '나'의 이해력 부족이 거짓일 때 : 정치적으로 민감한 화제에 대한 부담감이다. '나'는 공무원이다. 당시 공무원은 정치적 중립과 같은 처신이 강요되었으므로 1964년 한·일협정 반대데모와 1964년 6월 3일 비상계엄령 등과 관련된 화제는, 비록 우회적인 방식일지라도 직업상의 위태로움을 감수해야 하므로 매우 부담스러운 것이었다.

"우리 다른 얘기합시다." 하고 그가 다시 말했다.

나는 심각한 얘기를 좋아하는 이 친구를 골려 주기 위해서, 그리고 한편으로는 자기의 음성을 자기가 들을 수 있는 취한 사람의 특권을 맛보고 싶어서 얘기를 시작했다.

"평화 시장 앞에 줄지어 선 가로등들 중에서 동쪽으로부터 여덟 번째 등은 불이 켜 있지 않습니다." 나는 그가 좀 어리둥절해하는 것을 보자 더욱 신이 나서 얘기를 계속했다.

"……그리고 화신 백화점 육 층의 창들 중에서는 그중 세 개에서만 불빛이 나오고 있었습니다……."

그러자 이번엔 내가 어리둥절해질 사태가 벌어졌다. 안의 얼굴에 놀라운 기쁨이 빛나기 시작했기 때문이다.

그가 빠른 말씨로 얘기하기 시작했다.

"서대문 버스 정류장에는 사람이 서른두 명 있는데 그중 여자가 열일곱 명이었고 어린애는 다섯 명, 젊은이는 스물한 명, 노인이 여섯 명입니다."

"그건 언제 일이지요?"

"오늘 저녁 일곱 시 십오 분 현재입니다."

"아." 하고 나는 잠깐 절망적인 기분이었다가 그 반작용인 듯 굉장히 기분이 좋아져서 털어놓기 시작했다.

"단성사 옆골목의 첫 번째 쓰레기통에는 초콜릿 포장지가 두 장 있습니다."

"그건 언제?"

"지난 십사 일 저녁 아홉 시 현재입니다."

"적십자 병원 정문 앞에 있는 호두나무의 가지 하나는 부러져 있습니다."

"을지로 삼가에 있는 간판 없는 한 술집에는 미자라는 이름을 가진 색시가 다섯 명 있는데, 그 집에 들어온 순서대로 큰미자, 둘째미자, 셋째미자, 넷째미자, 막내미자라고들 합니다."

"그렇지만 그건 다른 사람들도 알고 있겠군요. 그 술집에 들어가 본 사람은 꼭 김 형

하나뿐이 아닐 테니까요."

"아 참, 그렇군요. 난 미처 그걸 생각하지 못했는데. 난 그중에서 큰미자와 하루 저녁 같이 잤는데 그 여자는 다음 날 아침, 일수(日收)로 물건을 파는 여자가 왔을 때 내게 빤쓰 하나를 사 주었습니다. 그런데 그 여자가 저금통으로 사용하고 있는 한 되들이 빈 술병에는 돈이 백십 원 들어 있었습니다."

"그건 얘기가 됩니다. 그 사실은 완전히 김 형의 소유입니다."

❶우리의 말투는 점점 서로를 존중해 가고 있었다. "나는 ……" 하고 우리는 동시에 말을 시작하기도 했다. 그럴 때는 번갈아서 서로 양보했다.

맥락 읽기!

❶의 '존중'이 뭐야?

➔ '말투'의 정중함 또는 공손함에서 비롯된 청자 존중 효과를 가리킨다.

❶에서 어떤 '존중'을 한 거지?

➔ 실천된 대화의 공손성을 격률로 나타낼 수 있다. 1)에서 동의, 2)에서 칭찬, 3)에서 겸양과 같은 존중이 청자에게 전달되었다.

1) 동의의 격률 : 그건 얘기가 됩니다.
2) 찬동의 격률 : 아 참, 그렇군요.
3) 겸양의 격률 : 난 미처 그걸 생각하지 못했는데.

❶에서 실천된 그 밖의 대화 원리도 있을까?

➔ 협력의 원리와 순서 교대의 원리가 실천되었다.

1) 협력의 원리 : 대화의 화제를 임의로 바꾸지 않는 '관련성의 격률'이 실천되었다.
2) 순서 교대의 원리 : 혼자 길게 말하지 않고 교대로 말을 주고받고 있다.

“나는 ……” 이번에는 그가 말할 차례였다. “서대문 근처에서 서울역 쪽으로 가는 전차의 **도로리**가 내 시야 속에서 꼭 다섯 번 파란 불꽃을 튀기는 것을 보았습니다. 그건 오늘 밤 일곱 시 이십오 분에 거길 지나가는 전차였습니다.”

“안 형은 오늘 저녁엔 서대문 근처에서 살고 있었군요.”

“예, 서대문 근처에서만…….”

“난, 종로 2가 쪽입니다. 영보 빌딩 안에 있는 변소문의 손잡이 조금 밑에는 약 2센티미터 가량의 손톱 자국이 있습니다.”

하하하하 하고 그는 소리 내어 웃었다.

“그건 김 형이 만들어 놓은 자국이겠지요?”

나는 무안했지만 고개를 끄덕이지 않을 수 없었다. 그건 사실이었다.

“어떻게 아세요?” 하고 나는 그에게 물었다.

“나도 그런 경험이 있으니까요.” 그가 대답했다. “그렇지만 별로 기분 좋은 기억이 못 되더군요. 역시 우리는 그냥 바라보고 발견하고 비밀히 간직해 두는 편이 좋겠어요. 그런 짓을 하고 나서는 뒷맛이 좋지 않더군요.”

“난 그런 짓을 많이 했습니다만 오히려 기분이 좋았…….” 좋았다고 말하려고 했는데, 갑자기 내가 했던 모든 그것에 대한 혐오감이 치밀어서 나는 말을 그치고 그의 의견에 동의하는 고갯짓을 해 버렸다.

그러나 그때 나는 이상스럽다는 생각이 들었다. 내가 약 삼십 분 전에 들은 말이 틀림없다면 지금 내 옆에서 안경을 번쩍이고 앉아 있는 친구는 틀림없는 부잣집 아들이고, 높은 공부를 한 청년이다. ❶그런데 왜 그가 이래야만 되는가?

“안 형이 부잣집 아들이라는 것은 사실이겠지요? 그리고 대학원생이라는 것도…….” 내가 물었다.

“부동산만 해도 대략 삼천만 원쯤 되면 부자가 아닐까요? 물론 내 아버지의 재산이지만 말입니다. 그리고 대학원생이라는 건 여기 학생증이 있으니까…….”

그러면서 그는 호주머니를 뒤적거려서 지갑을 꺼냈다.

"학생증까진 필요 없습니다. 실은 좀 의심스러운 게 있어서요. 안 형 같은 사람이 추운 밤에 싸구려 선술집에 앉아서 나 같은 친구나 간직할 만한 일에 대해서 얘기하고 있다는 것이 이상스럽다는 생각이 방금 들었습니다."

"그건…… 그건……." 그는 좀 열띤 음성으로 말했다. "그건……. 그렇지만 먼저 물어보고 싶은 게 있는데요. 김 형이 추운 밤에 밤거리를 쏘다니는 이유는 무엇입니까?"

"습관은 아닙니다. 나 같은 가난뱅이는 호주머니에 돈이 좀 생겨야 밤거리에 나올 수 있으니까요."

"글쎄, 밤거리에 나오는 이유는 뭡니까?"

"하숙방에 들어앉아서 벽이나 쳐다보고 있는 것보다는 나으니까요."

• 도로리 : 공중에 설치한 전선에서 전기를 공급받는 전차의 폴(pole)에 달린 작은 소바퀴. 트롤리(tolley)

맥락 읽기!

❶을 어떻게 이해해야 할까?

➔ 두 가지로 이해할 수 있다.

1) '나'의 부정적 평가다. '나'는 '안과 나눈 대화=가치 없다'라 생각하여, '안'의 시간 낭비를 안타까워한다.

2) '나'의 이해의 한계다. '나'는 '안과 나눈 대화=가치 있다'라 생각하지 못하고 있다. 그러나 '안'은 다르다. '나와 나눈 대화=가치 있다'라 생각한다. 어떤 가치인지는 구체적으로 서술되지 않았다.

"밤거리에 나오면 ❶뭔가 좀 풍부해지는 느낌이 안 듭니까?"

"뭐가요?"

"그 뭔가가. 그러니까 생(生)이라고 해도 좋겠지요. 난 김 형이 왜 그런 질문을 하는지 그 이유를 조끔은 알 거 같습니다. 내 대답은 이렇습니다. 밤이 됩니다. 난 집에서 거리로 나옵니다. 난 모든 곳에서 해방된 것을 느낍니다. 아니, 실제로는 그렇지 않을는지 모르지만 그렇게 느낀다는 말입니다. 김 형은 그렇게 안 느낍니까?"

"글쎄요."

"나는 사물의 틈에 끼어서가 아니라 사물을 멀리 두고 바라보게 됩니다. 안 그렇습니까?"

"글쎄요. 좀……."

"아니, 어렵다고 말하지 마세요. 이를테면 낮엔 그저 스쳐 지나가던 모든 것이 밤이 되면 내 시선 앞에서 자기들의 벌거벗은 몸을 송두리째 드러내 놓고 쩔쩔맨단 말입니다. 그런데 그게 의미가 없는 일일까요? 그런 사물을 바라보며 즐거워한다는 일이 말입니다."

"의미요? 그게 무슨 의미가 있습니까? 난 무슨 의미가 있기 때문에 종로 이가에 있는 빌딩들의 벽돌 수를 헤아리는 일을 하는 게 아닙니다. 그냥……."

"그렇죠? 무의미한 겁니다. 아니 사실은 의미가 있는지도 모르지만 난 아직 그걸 모릅니다. 김 형도 아직 모르는 모양인데 우리 한번 함께 그거나 찾아볼까요. 일부러 만들어 붙이지는 말고요."

"좀 어리둥절하군요. 그게 안 형의 대답입니까? 난 좀 어리둥절한데요. 갑자기 의미라는 말이 나오니까."

"아, 참. 미안합니다. 내 대답은 아마 이렇게 될 것 같군요. 그냥 뭔가 뿌듯해지는 느낌이 들기 때문에 밤거리로 나온다고." ❷그는 이번엔 목소리를 낮추어서 말했다.

❸“김 형과 나는 서로 다른 길을 걸어서 같은 지점에 온 것 같습니다. 만일 이 지점이 잘못된 지점이라고 해도 우리 탓은 아닐 거예요.” ❷′ 그는 이번엔 쾌활한 음성으로 말했다.

맥락 읽기!

❶의 ‘느낌’은 어떤 걸까?

➔ 문화사회적 맥락 : 이 소설의 시대적 배경인 1964년에는 야간 통행금지 제도가 있었다. 따라서 ‘밤거리에 나오면’이라는 행위는 시간 흐름에 따라 느낌이 달라진다. ‘통행금지 위반자=즉결 처분 대상’이었으므로, 통행금지 시간이 가까워지면 ‘소시민=간이 콩알만 해지는 사람’도 있었다 한다. 그러나 ‘안의 느낌=소시민 아닌 시민으로서의 느낌’이므로 해방감이다. 이 해방감에는 야간통행금지 제도에 대한 통찰이 포함되어 있다. 이 해방감은 ‘1964년=자유 없음’을 나타내는 우회적 표현이다.

❷와 ❷′에서 왜 목소리를 바꾸는 거지?

➔ 어조, 음색, 속도, 고조, 장단 등으로 전달되는 의미를 반언어적 표현이라고 한다.
1) 목소리를 낮추어서 : 정치적 메시지가 있음을 가리키는 표지
2) 쾌활한 음성으로 : 정치적 메시지가 없음을 가리키는 표지

‘목소리를 낮추어서’ 한 말의 정치적 메시지는 뭐야?

➔ 자유를 탄압하는 박정희 군사 정권에 대한 비판이다.

❷는 의미심장하다. 대체 무엇을 뜻할까?

➔ ‘나’의 다음 질문에 대한 답변이다.
1) 김 형이 추운 밤에 밤거리를 쏘다니는 이유는 무엇입니까?
2) 왜 그가 이래야만 되는가?

❸의 ‘서로 다른 길을 걸어서 같은 지점’이 뭐야?

➔ 문화사회적 맥락 : ‘나의 길=소시민의 길’이고, ‘안의 길=시민의 길’이다. ‘소시민의 길=독재 권력의 금지 행정에 순응함’과 ‘시민의 길=독재 권력의 금지 행정을 위반함’은 다른 길이지만, ‘자유를 누리지 못함=잘못된 지점’이라는 같은 지점에 있다.

"자, 여기서 이럴 게 아니라 어디 따뜻한 데 가서 정식으로 한잔씩 하고 헤어집시다. 난 한 바퀴 돌고 여관으로 갑니다. 가끔 이렇게 밤거리를 쏘다니는 밤엔 꼭 여관에서 자고 갑니다. ❶여관엘 찾아든다는 프로가 내게는 최고죠."

우리는 각기 계산하기 위해서 호주머니에 손을 넣었다. 그때 한 사내가 우리에게 말을 걸어 왔다. 우리 곁에서 술잔을 받아 놓고 연탄불에 손을 쬐고 있던 사내였는데, 술을 마시기 위해서 거기에 들어온 것이 아니라 불을 쬐고 싶어서 잠깐 들렀다는 꼴을 하고 있었다. 제법 깨끗한 코트를 입고 있었고 머리엔 기름도 얌전하게 발라서 카바이드 등의 불꽃이 너풀댈 때마다 머리 위의 하이라이트가 이리저리 움직이고 있었다. 그러나 어디 선지는 분명하지는 않았지만 가난뱅이 냄새가 나는 서른대여섯 살짜리 사내였다. 아마 빈약하게 생긴 턱 때문이었을까, 아니면 유난히 새빨간 **눈시울** 때문이었을까. 그 사내가 나나 안(安) 중의 어느 누구에게라고 할 것 없이 그냥 우리 쪽을 향하여 말을 걸어 온 것이었다.

"미안하지만 제가 함께 가도 괜찮을까요? 제게 돈은 얼마든지 있습니다만……"이라고 그 사내는 힘없는 음성으로 말했다.

그 힘없는 음성으로 봐서는 꼭 끼어 달라는 건 아니라는 것 같았지만 한편으로는 우리와 함께 가고 싶은 생각이 간절하다는 것 같기도 했다. 나와 안은 잠깐 얼굴을 마주 보고 나서,

"아저씨 술값만 있다면……"이라고 내가 말했다.

"함께 가시죠."라고 안도 내 말을 이었다.

"고맙습니다." 하고 그 사내는 여전히 힘없는 음성으로 말하면서 우리를 따라왔다.

• 눈시울 : 눈언저리의 속눈썹이 난 곳

맥락 읽기!

❶에서 뭐가 '최고'라는 거지?

➔ 두 가지로 읽을 수 있다.

1) 내재적 맥락 읽기로는 알 수 없다.

2) 문화사회적 맥락 : 1964년 6월 3일 20시에 발령된 비상계엄령과 관련하여 해석할 수 있다. 계엄사령부의 검거 명령이 있었을 때 데모 가담자인 서울대 외 17개 대학교 학생 15,000명에 해당하는 '우리 또래의 친구들'은 체포되지 않기 위해 은신해야 했는데, '여관'이 가장 활용되었던 피신 장소였다. 당시 경찰은 숙박 시설을 일제히 검문하는 '임검'을 통해 수배자들을 검거했다. '안'의 밤거리 산보하기는 1964년에 있었던 데모를 반추하는 행위이며, ❶은 '임검' 체험을 반추하는 행위다.

* 임검 : 담당 공무원이 사무소·영업소·공장·창고 등 현장에 가서 장부·서류·설비·기타 물건을 검사하는 일

안은 일이 좀 이상하게 되었다는 얼굴을 하고 있었고, 나 역시 유쾌한 예감이 들지는 않았다. 술좌석에서 알게 된 사람끼리는 의외로 재미있게 놀게 되는 것을 몇 번의 경험으로 알고 있었지만, 대개의 경우, 이렇게 힘없는 목소리로 끼어드는 양반은 없었다. 즐거움이 넘치고 넘친다는 얼굴로 요란스럽게 끼어들어야만 일이 되는 것이었다. 우리는 갑자기 목적지를 잊은 사람들처럼 사방을 두리번거리면서 느릿느릿 걸어갔다. ❷전봇대에 붙은 ❷약 광고판 속에서는 이쁜 여자가 '춥지만 할 수 있느냐'는 듯한 쓸쓸한 미소를 띠우고 우리를 내려다보고 있었고, ❶어떤 빌딩의 옥상에서는 ❷소주 광고의 네온사인이 열심히 명멸하고 있었고, 소주 광고 곁에서는 약 광고의 네온사인이 하마터면 잊어버릴 뻔했다는 듯이 황급히 꺼졌다간 다시 켜져서 오랫동안 빛나고 있었고, 이젠 완전히 ❶얼어붙은 길 위에는 ❷거지가 돌덩이처럼 여기저기 엎드려 있었고, 그 돌덩이 앞을 ❷사람들은 힘껏 웅크리고 빠르게 지나가고 있었다. ❷종이 한 장이 바람에 휙 날리어 ❶거리의 저쪽에서 이쪽으로 날아오고 있었다. 그 종잇조각은 내 발밑에 떨어졌다. 나는 그 종잇조각을 집어 들었는데 그것은 '**미희**(美姬) 서비스, 특별 **염가**(特別廉價)'라는 것을 강조한 ❷어느 비어 홀의 광고지였다.

• 미희 : 아름다운 여자
• 염가 : 매우 싼 값

맥락 읽기!

전경과 배경은 어떻게 구별하지?

➔ '루빈의 컵'으로 이해하면 쉽다. 경계선을 접하는 두 영역이 있는 한 장면에서 '지각 대상=전경'이고, '나머지=배경'이다.

1) 흑을 배경으로 볼 때 :
   술잔이 돋보인다. 술잔=전경
2) 백을 배경으로 볼 때 :
   얼굴이 돋보인다. 얼굴=전경

❶과 ❷를 '전경'과 '배경'으로 나눈다면?

➔ ❷는 전경이고, ❶은 배경이다.

❶과 ❷는 무엇을 나타내고 있지?

➔ 서울의 1964년 겨울 풍경이다. '겨울'은 계절이지만 '상징=독재 현실'이다. 묘사를 통해 소외 현실을 강조하고 있다.

"지금 몇 시쯤 되었습니까?" 하고 힘없는 아저씨가 안에게 물었다.

"아홉 시 십 분 전입니다."라고 잠시 후에 안이 대답했다.

"저녁들은 하셨습니까? 난 아직 저녁을 안 했는데, 제가 살 테니까 같이 가시겠어요?" 힘없는 아저씨가 이번엔 나와 안을 번갈아 보며 말했다.

"먹었습니다." 하고 나와 안은 동시에 대답했다.

"혼자서 하시죠."라고 내가 말했다.

"그만두겠습니다." 힘없는 아저씨가 대답했다.

"하세요. 따라가 드릴 테니까요." 안이 말했다.

"감사합니다. 그럼……."

우리는 근처의 중국 요릿집으로 들어갔다. 방으로 들어가서 앉았을 때 아저씨는 또 한 번 간곡하게 우리가 뭘 좀 들 것을 권했다. 우리는 또 한 번 사양했다. 그는 또 권했다.

"아주 비싼 걸 시켜도 괜찮겠습니까?"라고 나는 그의 권유를 철회시키기 위해서 말했다.

"네, 사양 마시고." 그가 처음으로 힘있는 목소리로 말했다. "돈을 써 버리기로 결심했으니까요."

나는 그 사내에게 어떤 꿍꿍이속이 있는 것만 같은 느낌이 들어서 좀 불안했지만, 통닭과 술을 시켜 달라고 했다. 그는 자기가 주문한 것 외에 내가 말한 것도 사환에게 청했다. 안은 어처구니없는 얼굴로 나를 보았다. 나는 그때 마침 옆방에서 들려오고 있는 여자의 불그레한 신음 소리를 듣고만 있었다.

"이 형도 뭘 좀 드시죠?"라고 아저씨가 안에게 말했다.

"아니 전……." 안은 술이 다 깬다는 듯이 펄쩍 뛰고 사양했다.

우리는 조용히 옆방의 다급해져 가는 신음 소리에 귀를 기울이고 있었다. 전차의 끽끽거리는 소리와 홍수 난 강물 소리 같은 자동차들의 달리는 소리도 희미하게 들려오고 있었고, 가까운 곳에서는 이따금 **부저** 울리는 소리도 들렸다. 우리의 방은 어색한 침묵에 싸여 있었다.

"말씀드리고 싶은 게 있는데요." 마음씨 좋은 아저씨가 말하기 시작했다. "들어 주셨으면 고맙겠습니다……. 오늘 낮에 제 아내가 죽었습니다. 세브란스 병원에 입원하고 있었는데……." 그는 이젠 슬프지도 않다는 얼굴로 우리를 빤히 쳐다보며 말하고 있었다.

"네에에." "그거 안되셨군요."라고 안과 나는 각각 **조의**를 표했다.

"아내와 나는 참 재미있게 살았습니다. 아내가 어린애를 낳지 못하기 때문에 시간은 몽땅 우리 두 사람의 것이었습니다. 돈은 넉넉하진 못했습니다만 그래도 돈이 생기면 우리는 어디든지 같이 다니면서 재미있게 지냈습니다. 딸기철엔 수원에도 가고, 포도철에 안양에도 가고, 여름이면 대천에도 가고, 가을엔 경주에도 가 보고, 밤엔 함께 영화 구경, 쇼 구경 하러 열심히 극장에 쫓아다니기도 했습니다……."

"무슨 병환이셨던가요?" 하고 안이 조심스럽게 물었다.

"급성 뇌막염이라고 의사가 그랬습니다. 아내는 옛날에 급성 맹장염 수술을 받은 적도 있고, 급성 폐렴을 앓은 적도 있었습니다만 모두 괜찮았었는데 이번의 급성엔 결국 죽고 말았습니다…… 죽고 말았습니다."

사내는 고개를 떨구고 한참 동안 무언지 입을 우물거리고 있었다. 안이 손가락으로 내 무릎을 찌르며 우리는 꺼지는 게 어떻겠느냐는 눈짓을 보냈다. 나 역시 동감이었지만 그때 사내가 다시 고개를 들고 말을 계속했기 때문에 우리는 눌러앉아 있을 수밖에 없었다.

"아내와는 재작년에 결혼했습니다. 우연히 알게 됐습니다. 친정이 대구 근처에 있다는 얘기만 했지 한번도 친정과는 내왕이 없었습니다. 난 처갓집이 어딘지도 모릅니다. 그래서 할 수 없었어요." 그는 다시 고개를 떨구고 입을 우물거렸다.

"뭘 할 수 없었다는 말입니까?" 내가 물었다.

• 부저 : 버저buzzer. 소리 신호 알림 장치
• 조의 : 다른 이의 죽음을 슬퍼하는 뜻

그는 내 말을 못 들은 것 같았다. 그러나 한참 후에 다시 고개를 들고 마치 애원하는 듯한 눈빛으로 말을 이었다.

❶"아내의 시체를 병원에 팔았습니다. 할 수 없었습니다. 난 서적 월부 판매 **외교원**에 지나지 않습니다. 할 수 없었습니다. 돈 사천 원을 주더군요. 난 두 분을 만나기 얼마 전까지도 세브란스 병원 울타리 곁에 서 있었습니다. 아내가 누워 있을 시체실이 있는 건물을 알아보려고 했습니다만 어딘지 알 수 없었습니다. 그냥 울타리 곁에 앉아서 병원의 큰 굴뚝에서 나오는 희끄무레한 연기만 바라보고 있었습니다. 아내는 어떻게 될까요? ❷학생들이 해부 실습하느라고 톱으로 머리를 가르고 칼로 배를 찢고 한다는데 정말 그러겠지요?"

❸우리는 입을 다물고 있을 수밖에 없었다. 사환이 다꾸앙과 파가 담긴 접시를 갖다 놓고 나갔다.

"기분 나쁜 얘길 해서 미안합니다. 다만 누구에게라도 얘기하지 않고서는 견딜 수 없었습니다. 한 가지만 의논해 보고 싶은데, 이 돈을 어떻게 하면 좋을까요? 저는 오늘 저녁에 다 써 버리고 싶은데요."

"쓰십시오." 안이 얼른 대답했다.

"이 돈이 다 없어질 때까지 함께 있어 주시겠어요?" 사내가 말했다. 우리는 얼른 대답하지 못했다. "함께 있어 주십시오." 사내가 말했다. 우리는 승낙했다.

"멋있게 한번 써 봅시다."라고 사내는 우리와 만나 후 처음으로 웃으면서, 그러나 여전히 힘없는 음성으로 말했다.

중국집에서 거리로 나왔을 때는 우리는 모두 취해 있었고, 돈은 천 원이 없어졌고, 사내는 한쪽 눈으로는 울고 다른 쪽 눈으로는 웃고 있었고, 안은 도망갈 궁리를 하기에도 지쳐 버렸다고 내게 말하고 있었고, 나는 "악센트 찍는 문제를 모두 틀려 버렸단 말야, 악센트 말야"라고 중얼거리고 있었고, 거리는 영화에서 본 ❹식민지의 거리처럼 춥고 한산했고, 그러나 여전히 소주 광고는 부지런히, 약 광고는 게으름을 피우며 반짝이고 있었고, 전봇대의 아가씨는 '그저 그래요'라고 웃고 있었다.

• 외교원 : 은행이나 회사에서 교섭이나 권유, 선전, 판매를 위하여 고객을 방문하는 일이 주된 업무인 사원

맥락 읽기!

❶에서 무엇을 읽어야 하나?

➔ 행위와 그 행위에 대한 자책이다.

시체를 병원에 판다는 게 뭐야?

➔ 1962년 「시체해부보존법」이 통과된다. 이 법에 따라 '무연고 시신=보호자 없는 시신 또는 보호자가 인수하기를 거부한 시신'을 병원에서 해부 실습용으로 사용할 수 있게 되었다. 사내는 '인수하기를 거부'한 경우는 아니지만 병원비 지불을 하지 못해 법적으로는 '보호자가 인수하기를 거부'한 경우가 된 것이다.

지금도 시체를 병원에 팔 수 있어?

➔ 2015년 이후 '해부용으로 기증한 시신'만 의료 목적으로 사용할 수 있을 뿐 그 외의 사용은 불법 행위다.

❷에서 무엇을 읽어야 하지?

➔ 사내의 자책이다. '아내 시신=해부 실습용 시신'이라는 사실을 받아들이지 못하고 있다.

❸의 이유가 뭐지?

➔ 사내가 1)~3)에 해당하는 대화의 원리를 지키지 않고 말하기 때문이다.
1) 공손성의 원리 중 '요령의 격률' 위반 : 청자가 부담감을 느끼는 화제다.
2) 순서 교대의 원리 위반 : 혼자 말하고 있다.
3) 협력의 원리 중 '양의 격률' 위반 : 너무 많은 자세한 정보까지 말하고 있다.

❹를 어떻게 읽어야 하지?

➔ 문화사회적 맥락 : 통행금지 시간인 밤 12시가 다가오자 길에 사람들이 없는 것을 '식민지의 거리=자유가 억압된 시대의 거리'라고 '비유적 표현=우회적 표현'으로 나타낸 것이다.

"이제 어디로 갈까?" 하고 아저씨가 말했다.

"어디로 갈까?" 안이 말하고,

"어디로 갈까?"라고 나도 그들의 말을 흉내냈다.

아무 데도 갈 데가 없었다. 방금 우리가 나온 중국집 곁에 양품점의 쇼윈도가 있었다. 사내가 그 쪽을 가리키며 우리를 끌어당겼다. 우리는 양품점 안으로 들어갔다.

"넥타이를 골라 가져. 내 아내가 사 주는 거야." 사내가 호통을 쳤다.

우리는 알록달록한 넥타이를 하나씩 들었고, 돈은 육백 원이 없어져 버렸다. 우리는 양품점에서 나왔다.

"어디로 갈까?"라고 사내가 말했다.

갈 데는 계속해서 없었다. 양품점의 앞에는 귤장수가 있었다.

"아내는 귤을 좋아했다."고 외치며 사내는 귤을 벌여 놓은 수레 앞으로 돌진했다. 삼백 원이 없어졌다. 우리는 이빨로 귤껍질을 벗기면서 그 부근에서 서성거렸다.

"택시!" 사내가 고함쳤다.

택시가 우리 앞에 멎었다. 우리가 차에 오르자 마자 사내는,

"세브란스로!"라고 말했다.

"안 됩니다. 소용없습니다." 안이 재빠르게 외쳤다.

"안 될까?" 사내는 중얼거렸다. "그럼 어디로?" 아무도 대답하지 않았다.

"어디로 가시는 겁니까?"라고 운전수가 짜증난 음성으로 말했다. "갈 데가 없으면 빨리 내리쇼."

우리는 차에서 내렸다. 결국 우리는 중국집에서 스무 발자국도 더 벗어나지 못하고 있었다.

거리의 저쪽 끝에서 요란한 사이렌 소리가 나타나서 점점 가깝게 달려들었다. 소방차 두 대가 우리 앞을 빠르고 시끄럽게 지나쳐 갔다.

"택시!" 사내가 고함쳤다.

택시가 우리 앞에 멎었다. 우리가 차에 오르자 마자 사내는,

"저 소방차 뒤를 따라갑시다."라고 말했다.

나는 귤껍질을 세 개째 벗기고 있었다.

"지금 불구경하러 가고 있는 겁니까?"라고 안이 아저씨에게 말했다. "안 됩니다. 시간이 없습니다. 벌써 열 시 반인데요. 좀 더 재미있게 지내야죠. 돈은 이제 얼마 남았습니까?"

아저씨는 호주머니를 뒤져서 돈을 모두 털어냈다. 그리고 그것을 안에게 건네줬다. 안과 나는 헤아려 봤다. 천구백 원하고 동전이 몇 개, 십 원짜리가 몇 장이 있었다.

"됐습니다." 안은 돈을 다시 돌려주면서 말했다. "세상엔 다행히 여자의 특징만 중점적으로 내보이는 여자들이 있습니다."

"내 아내 얘깁니까?"라고 사내가 슬픈 음성으로 물었다. "내 아내의 특징은 너무 잘 웃는다는 것이었습니다."

"아닙니다. ❶ 종삼(鐘三)으로 가자는 얘기였습니다." 안이 말했다.

사내는 안을 경멸하는 듯한 웃음을 띠우며 고개를 돌려 버렸다. 그러는 사이에 우리는 화재가 난 곳에 도착했다. 삼십 원이 없어졌다. 화재가 난 곳은 아래층인 페인트 상점이었는데 지금은 미용 학원인 이층에서 불길이 창으로부터 뿜어 나오고 있었다. 경찰들의 호각 소리, 소방차들의 사이렌 소리, 불길 속에서 나는 탁탁 소리, 물줄기가 건물의 벽에 부딪혀서 나는 소리. 그러나 사람들의 소리는 아무것도 나지 않았다. 사람들은 불빛에 비쳐 무안당한 사람처럼 붉은 얼굴로, 정물처럼 서 있었다.

맥락 읽기!

❶의 '종삼'이 뭐야?

➔ 종로 3가를 줄여 말한 것이다. 당시 가난을 피해 지방에서 무작정 상경한 여성들이 종묘 앞 사창가로 빠져들었다. 장소 이름으로 그 장소가 어떤 곳인지를 가리키고 있으므로 대유법이다.

우리는 발밑에 굴러 있는 페인트 든 통을 하나씩 궁둥이 밑에 깔고 웅크리고 앉아서 불구경을 했다. 나는 불이 좀 더 오래 타기를 바랐다. 미용 학원이라는 간판에 불이 붙고 있었다. '원' 자에 불이 붙기 시작했다.

"김 형, 우린 우리 얘기나 합시다." 하고 안이 말했다. "화재 같은 건 아무것도 아닙니다. 내일 아침 신문에서 볼 것을 오늘 밤에 미리 봤다는 차이밖에 없습니다. 저 화재는 김 형의 것도 아니고 내 것도 아니고 이 아저씨 것도 아닙니다. 우리 모두의 것이 돼 버립니다. 그러나 화재는 항상 계속해서 나고 있는 건 아닙니다. 그러기 때문에 난 화재엔 흥미가 없습니다. 김 형은 어떻게 생각하십니까?"

"동감입니다." 나는 아무렇게나 대답하며 이젠 '학' 자에 불이 붙고 있는 것을 보았다.

"아니 난 방금 말을 잘못했습니다. 화재는 우리 모두의 것이 아니라 화재는 오로지 화재 자신의 것입니다. 화재에 대해서 우리는 아무것도 아닙니다. 그러기 때문에 난 화재에 흥미가 없습니다. 김 형은 어떻게 생각하십니까?"

"동감입니다."

물줄기 하나가 불타고 있는 '학'으로 달려들고 있었다. 물이 닿은 곳에서는 회색 연기가 피어올랐다. 힘없는 아저씨가 갑자기 힘차게 깡통으로부터 일어섰다.

"내 아냅니다." 하고 사내는 환한 불길 속을 손가락질하며 눈을 크게 뜨고 소리쳤다. "내 아내가 머리를 막 흔들고 있습니다. 골치가 깨질 듯이 아프다고 머리를 막 흔들고 있습니다. 여보……."

"골치가 깨질 듯이 아픈 게 뇌막염의 증세입니다. 그렇지만 저건 바람에 휘날리는 불길입니다. 앉으세요. 불 속에 아주머님이 있을 리가 있습니까?"라고 안이 아저씨를 끌어 앉히며 말했다. 그러고 나서 안은 나에게 나지막하게 속삭였다. "이 양반, 우릴 웃기는데요."

나는 꺼졌다고 생각하고 있던 '학'에 다시 불이 붙고 있는 것을 보았다. 물줄기가 다시 그곳으로 뻗어 가고 있었다. 그러나 물줄기는 겨냥을 잘 잡지 못하고 이리저리 흔들리고 있었다. 불은 날쌔게 '용'을 핥고 있었다. 나는 '미'까지 어서 불붙기를 바라고 있었고 그리고 그 간판에 불이 붙는 과정을 그 많은 불 구경꾼들 중에서 나 혼자만 알고 있기를 바랐다. 그러나 그때 문득 나는 불이 생명을 가진 것처럼 생각되어서, 내가 조금 전에 바라고 있던 것을 취소해 버렸다.

무언가 하얀 것이 우리가 웅크리고 앉아 있는 곳에서 불타고 있는 건물 쪽으로 날아가는 것을 보았다. 그 비둘기는 불 속으로 떨어졌다.

"무엇이 불 속으로 날아 들어갔지요?" 내가 안을 돌아다보며 물었다.

"예, 뭐가 날아갔습니다." 안은 나에게 대답하고 나서 이번엔 아저씨를 돌아다보며, "보셨어요?" 하고 그에게 물었다.

아저씨는 잠자코 서 있었다. 그때 순경 한 사람이 우리 쪽으로 달려왔다.

"당신이다."라고 순경은 아저씨를 한 손으로 붙잡으면서 말했다. "방금 무얼 불 속에 던졌소?"

"아무것도 안 던졌습니다."

"뭐라구요?" 순경은 때릴 듯한 시늉을 하며 아저씨에게 소리쳤다. "내가 던지는 걸 봤단 말요. 무얼 불 속에 던졌소?"

"돈입니다."

"돈?"

"돈과 돌을 수건에 싸서 던졌습니다."

"정말이오?" 순경은 우리에게 물었다.

"예, 돈이었습니다. 이 아저씨는 불난 곳에 돈을 던지면 장사가 잘된다는 이상한 믿음을 가졌답니다. 말하자면 좀 돌았다고 할 수 있는 사람이지만 나쁜 짓은 결코 하지 않는 장사꾼입니다." 안이 대답했다.

"돈은 얼마였소?"

"일 원짜리 동전 한 개였습니다."

안이 다시 대답했다.

순경이 가고 났을 때 안이 사내에게 물었다.

"정말 돈을 던졌습니까?"

"예."

"모두?"

"예."

우리는 꽤 오랫동안 불꽃이 튀는 탁탁 소리에 귀를 기울이고 있었다. 한참 후에 안이 사내에게 말했다.

"결국 그 돈은 다 쓴 셈이군요……. 자, 이젠 그럼 약속이 끝났으니 우린 가겠습니다."

"안녕히 계십시오."라고 나도 아저씨에게 작별 인사를 했다.

안과 나는 돌아서서 걷기 시작했다. 사내가 우리를 쫓아와서 안과 나의 팔을 한 쪽씩 붙잡았다.

"나 혼자 있기가 무섭습니다." 그는 벌벌 떨며 말했다.

"곧 통행금지 시간이 됩니다. 난 여관으로 가서 잘 작정입니다." 안이 말했다.

"난 집으로 갈 겁니다." 내가 말했다.

"함께 갈 수 없겠습니까? 오늘 밤만 같이 지내 주십시오. 부탁합니다. 잠깐만 저를 따라와 주십시오." 사내는 말하고 나서 나를 붙잡고 있는 자기의 팔을 부채질하듯이 흔들었다. 아마 안의 팔에 대해서도 그렇게 했으리라.

"어디로 가자는 겁니까?" 나는 아저씨에게 물었다.

"여관비를 구하러 잠깐 이 근처에 들렀다가 모두 함께 여관으로 갔으면 하는데요."

"여관에요?" 나는 내 호주머니 속에 든 돈을 손가락으로 계산해 보며 말했다.

"여관비라면 내가 모두 내겠으니 그럼 함께 가시지요."

안이 나와 사내에게 말했다.

"아닙니다. 폐를 끼쳐 드리고 싶지 않습니다. 잠깐만 절 따라와 주십시오."

"돈을 빌리러 가는 겁니까?"

"아닙니다. 받아야 할 돈이 있습니다."

"이 근처에요?"

"예, 여기가 남영동이라면."

"아마 틀림없는 남영동인 것 같군요." 내가 말했다.

사내가 앞장을 서고 안과 내가 그 뒤를 쫓아서 우리는 화재로부터 멀어져 갔다.

"빚 받으러 가기에는 시간이 너무 늦었습니다." 안이 사내에게 말했다.

"그렇지만 저는 받아야만 합니다."

우리는 어느 어두운 골목길로 들어섰다. 골목의 모퉁이를 몇 개인가 돌고 난 뒤에 사내는 대문 앞에 전등이 켜져 있는 집 앞에서 멈췄다. 나와 안은 사내로부터 열 발자국쯤 떨어진 곳에서 멈췄다. 사내가 벨을 눌렀다. 잠시 후에 대문이 열리고, 사내가 대문 안에 선 사람과 말하는 소리가 들렸다.

"주인 아저씨를 뵙고 싶은데요."

"주무시는데요."

"그럼 주인 아주머니는……."

"주무시는데요."

"꼭 뵈어야겠는데요."

"기다려 보세요."

대문이 다시 닫혔다. 안이 달려가서 사내의 팔을 잡아끌었다.

"그냥 가시죠?"

"괜찮습니다. 받아야 할 돈이니까요."

안이 다시 먼저 서 있던 곳으로 걸어왔다. 대문이 열렸다.

"밤늦게 죄송합니다." 사내가 대문을 향해서 고개를 숙이며 말했다.

"누구시죠?" 대문은 잠에 취한 여자의 음성을 냈다.

"죄송합니다. 이렇게 너무 늦게 찾아와서. 실은……."

"누구시죠? 술 취하신 것 같은데……."

"월부 책값 받으러 온 사람입니다."

하고, 사내는 비명 같은 높은 소리로 외쳤다. "월부 책값 받으러 온 사람입니다." 이번엔 사내는 문기둥에 두 손을 짚고 앞으로 뻗은 자기 팔 위에 얼굴을 파묻으며 울음을 터뜨렸다. "월부 책값 받으러 온 사람입니다. 월부 책값……." 사내는 계속해서 흐느꼈다.

"내일 낮에 오세요." 대문이 탕 닫혔다.

사내는 계속해서 울고 있었다. 사내는 가끔 '여보'라고 중얼거리며 오랫동안 울고 있었다. 우리는 여전히 열 발자국쯤 떨어진 곳에서 그가 울음을 그치기를 기다리고 있었다. 한참 후에 그가 우리 앞으로 비틀비틀 걸어왔다.

우리는 모두 고개를 숙이고 어두운 골목길을 걸어서 거리로 나왔다. 적막한 거리에는 찬바람만 세차게 불고 있었다.

"몹시 춥군요."라고 사내는 우리를 염려한다는 음성으로 말했다.

"추운데요. 빨리 여관으로 갑시다." 안이 말했다.

"방을 한 사람씩 따로 잡을까요?" 여관에 들어갔을 때 안이 우리에게 말했다. "그게 좋겠지요?"

"모두 한방에 드는 게 좋겠지요."라고 나는 아저씨를 생각해서 말했다.

아저씨는 그저 우리 처분만 바란다는 듯한 태도로 또는 지금 자기가 서 있는 곳이 어딘지도 모른다는 태도로 멍하니 서 있었다. 여관에 들어서자 우리는 모든 프로가 끝나버린 극장에서 나오는 때처럼 어찌할 바를 모르고 거북스럽기만 했다. ❶ 여관에 비한다면 거리가 우리에게는 더 좁았던 셈이었다. 벽으로 나누어진 방들, 그것이 우리가 들어가야 할 곳이었다.

"모두 같은 방에 들기로 하는 것이 어떻겠어요?" 내가 다시 말했다.

"난 지금 아주 피곤합니다." 안이 말했다. "방은 각각 하나씩 차지하고 자기로 하지요."

"혼자 있기가 싫습니다."라고 아저씨가 중얼거렸다.

"혼자 주무시는 게 편하실 거예요."

안이 말했다.

우리는 복도에서 헤어져서 사환이 지적해 준, 나란히 붙은 방 세 개에 각각 한 사람씩 들어갔다.

"**화투**라도 사다가 놉시다." 헤어지기 전에 내가 말했지만,

"난 아주 피곤합니다. 하시고 싶으면 두 분이나 하세요."라고 안은 말하고 나서 자기의 방으로 들어가 버렸다.

"나도 피곤해 죽겠습니다. 안녕히 주무세요"라고 나는 아저씨에게 말하고 나서 내 방으로 들어갔다. ❷숙박계엔 거짓 이름, 거짓 주소, 거짓 나이, 거짓 직업을 쓰고 나서 사환이 가져다 놓은 **자리끼**를 마시고 나는 이불을 뒤집어썼다. 나는 꿈도 안 꾸고 잘 잤다.

- 화투 : 열두 가지의 그림이 각각 네 장씩 48장으로 된 놀이용 딱지
- 자리끼 : 밤에 자다가 마시기 위하여 잠자리의 머리맡에 준비하여 두는 물

맥락 읽기!

❶은 무슨 뜻이야?

➔ '여관=방으로 나누어진 방들'이므로, 거리보다 여관이 더 소외 공간이라는 뜻이다.

왜 ❷처럼 하는 거지?

➔ 문화사회적 맥락 : 1960년대 여관 투숙 관행이다. 당시 여관에는 '숙박계'라는 장부가 있었는데 투숙객은 모두 이 장부에다 개인 정보를 직접 적어야 했다. 이 숙박계는 '임검=경찰의 숙박업소 검문'할 때 사용되었다. 투숙객들은 이러한 관행을 다 알고 있었으므로 그처럼 적는 일이 많았다. 숙박계와 임검이 폐지된 것은 1998년 11월 1일이다.

다음 날 아침 일찍이 안이 나를 깨웠다.

"그 양반, 역시 죽어 버렸습니다." 안이 내 귀에 입을 대고 그렇게 속삭였다.

"예?" 나는 잠이 깨끗이 깨어 버렸다.

"방금 그 방에 들어가 보았는데 역시 죽어 버렸습니다."

"역시 ……." 나는 말했다. "사람들이 알고 있습니까?"

"아직까진 아무도 모르는 것 같습니다. 우린 빨리 도망해 버리는 게 시끄럽지 않을 것 같습니다."

"자살이지요?"

"물론 그것이겠죠."

나는 급하게 옷을 주워 입었다. 개미 한 마리가 방바닥을 내 발이 있는 쪽으로 기어오고 있었다. ❶그 개미가 내 발을 붙잡으려고 하는 것 같은 느낌이 들어서 나는 얼른 자리를 옮겨 디디었다.

밖의 이른 아침에는 싸락눈이 내리고 있었다. 우리는 할 수 있는 한 빠른 걸음으로 여관에서 떨어져 갔다.

"난 그 사람이 죽으리라는 걸 알고 있었습니다." 안이 말했다.

"난 짐작도 못 했습니다."라고 나는 사실대로 얘기했다.

"난 짐작하고 있었습니다." 그는 코트의 깃을 세우며 말했다. "그렇지만 어떻게 합니까?"

"그렇지요. 할 수 없지요. 난 짐작도 못 했는데……." 내가 말했다.

"짐작했다고 하면 어떻게 하겠어요?" 그가 내게 물었다.

"씨팔것, 어떻게 합니까? 그 양반 우리더러 어떡하라는 건지……."

"그러게 말입니다. 혼자 놓아두면 죽지 않을 줄 알았습니다. 그게 내가 생각해 본 최선의 그리고 유일한 방법이었습니다."

"난 그 양반이 죽으리라고는 짐작도 못 했다니까요. 씨팔것, 약을 호주머니에 넣고 다녔던 모양이군요."

안은 눈을 맞고 있는 어느 앙상한 가로수 밑에서 멈췄다. 나도 그를 따라서 멈췄다. 그가 이상하다는 얼굴로 나에게 물었다.

맥락 읽기!

❶에서 읽어야 하는 게 뭐야?

➔ '나'의 윤리적 부담감이다. 사내의 시신을 방치한 채 도망가는 행위에 대한 부끄러움이다.

"김 형, 우리는 분명히 스물다섯 살짜리죠?"

"난 분명히 그렇습니다."

"나두 그건 분명합니다." 그는 고개를 한번 기웃했다. "두려워집니다."

"뭐가요?" 내가 물었다.

"그 뭔가가, 그러니까……." 그가 한숨 같은 음성으로 말했다. "❶우리가 너무 늙어버린 것 같지 않습니까?"

"❷우린 이제 겨우 스물다섯 살입니다." 나는 말했다.

"하여튼……" 하고 그가 내게 손을 내밀며 말했다. "자, 여기서 헤어집시다. 재미 많이 보세요." 하고 나도 그의 손을 잡으며 말했다.

우리는 헤어졌다. 나는 마침 버스가 막 도착한 길 건너편의 버스 정류장으로 달려갔다. 버스에 올라서 창으로 내다보니 안은 앙상한 나뭇가지 사이로 내리는 눈을 맞으며 ❸무언지 곰곰이 생각하고 서 있었다.

_<사상계>, 1965년 6월호 발표

맥락 읽기!

❶은 무슨 뜻이야?

➔ '안'의 반성이다. 젊음으로 상징되는 정신적인 것들의 상실 또는 약화를 의미한다.

왜 ❶처럼 생각하는 거지?

➔ '안'이 반성하는 다음 세 가지를 보면 알 수 있다.

1) 데모가 일어났던 곳을 관광지 방문하듯 유람하는 행위
2) 말 걸어 온, 위로가 필요한 사내의 고통을 방관한 행위
3) 사내가 자살한 현장에서 아무런 조치 없이 달아난 행위

❷는 어떻게 읽어야 하지?

➔ 두 가지로 읽을 수 있다.

1) 내재적 맥락 : '나'는 '안'의 말을 이해하지 못하고 있다.
2) 문화사회적 맥락 : '나'는 대화 부담감 때문에 관련성의 격률을 위반하고 있다.

❶과 ❷의 대화가 갖는 의미는 뭘까?

➔ 두 가지로 읽을 수 있다.

1) 내재적 맥락 : 형식은 대화이지만 독백에 더 가깝다. 소통이 아니라 불통이다.
2) 문화사회적 맥락 : 표현의 자유를 억압하는 독재 정권 상황에서 진지한 대화가 불가능한 현실을 보여준다.

❸을 어떻게 읽어야 하지?

➔ 서술자의 한계다. 1인칭 시점이기 때문에 '안'의 내면심리 서술이 가능하지 않다.

깊이 이해하기

「서울, 1964년 겨울」에 나타난 시대의 모습은 무엇일까?

「서울, 1964년 겨울」에 나타난 시대의 모습은 세 가지다.

1) 6·3항쟁과 계엄령

6·3항쟁은 1964년 3월에 있었던 한·일회담을 '대일굴욕외교'로 판단하고, 이를 저지하기 위해 야당과 대학생들이 벌인 투쟁이다. 3월 24일 서울대생들은 '한·일회담의 즉각 중지'를 요구하는 데모를 했다. 5월 20일 서울대학교 문리대 학생들이 서울 시내의 대학생들과 함께 군사정권이 내세운 '민족적 민주주의 장례식'을 거행하고, '5·16 군사쿠데타=4·19 혁명에 대한 도전'이라 선언했다. 이 투쟁으로 대학생 1백여 명이 부상하고 2백여 명이 연행되었다. 6월 3일에는 1만여 명의 시위대가 광화문까지 진출했다. 박정희 정권은 이날 밤 8시에 비상계엄을 선포했다.

2) 야간 통행금지제도

밤 시간에 통행을 금지하는 제도다. 조선 시대·일제강점기 때도 있었다. 광복 후의 야간 통행금지제도는 1945년 9월 8일부터 시작되었다. 이 제도가 법적으로 완전히 사라진 것은 1982년 1월 5일이다. 통행금지 시간은 고정된 것은 아니어서 계엄령이 선포되면 연장되지만, 대개 밤 12시부터 새벽 4시까지였다. 야간 통행금지제도의 명분은 사회 질서 확립이었지만 실제로는 정통성 없는 독재 정권이 권력을 유지하는 수단으로 사용했다.

3) 「시체해부보존법」

1962년 2월 9일 국가재건최고회의는 법률 제1021호 「시체해부보존법」을 제정했다. 이 법에 따라 무연고 시신에 대한 병원 해부 실습용 사용이 가능하게 되었다. 이후 1995년 1월 5일 법률 제4915호로 전부 개정되면서, 그 명칭이 「시체 해부 및 보존에 관한 법률」로 변경되었다. 하지만 "모든 국민은 인간으로서의 존엄과 가치를 가지며, 행복을 추구할 권리를 가진다"라는 개인의 인격권과 행복 추구권을 보장하는 헌법 10조와 개인의 인격권, 행복 추구권에서 개인의 자기결정권이 파생된다는 헌법재판소의 결정에 따라 2015년 11월 위헌 판결이 내려졌다.

◆ 관련 자료 살펴보기

▲ 1964년 3월 24일 서울대학교 문리대 학생들이 한·일회담을 반대하는 시위를 벌이고 있다.
(사진 제공: 경향신문사)

▲ 1964년 6월 3일 한·일 국교 정상화 반대 데모 현장이다. 이날 오후 8시에 계엄령이 선포되었다.(출처: e영상역사관)

京鄕新聞 The Kyunghyang Shinmoon 西紀1964年6月4日 (木曜日)

서울에 非常戒嚴 宣布

3日下午 8時期해 司令官엔 閔機植大將

安寧秩序維持

屋外集會示威

別途指示 있기까지 各級學校

言論檢閱·通禁

閔 戒嚴司令官

朴正熙大統領은 3日下午10時 大統領公告 第11號로

◀ 「서울에 비상계엄 선포」에 관한 기사(<경향신문>, 1964. 6. 4), '사령관엔 민기식 대장'이라 되어 있다.

▲▶ 1962년 2월 당시 시내버스(왼쪽)와 미니합승 버스(오른쪽)
(출처:서울역사아카이브, ©서울특별시)

OX

사실 확인하기

1 「서울, 1964년 겨울」에서 제목에 사용된 '겨울'은 중의법이다.

2 1964년 서울에서 '데모'에 대해 말하는 것은 자유롭지 못했다.

3 이 소설의 주요 인물인 '나·안·사내'의 공통점은 익명성이다.

4 이 소설의 주요 인물인 '나·안·사내'의 나이는 모두 25세로 동갑이다.

5 '나'는 서술자이면서 등장인물인데, '안'에 대한 이해력에 한계가 있다.

6 '나'는 고졸 학력으로 구청 공무원이며, 병사계 업무를 맡고 있다.

7 '나·안'은 미혼이다.

8 '사내'는 기회를 보아 자살하기 위해 독약을 소지하고 있었다.

9 '사내'는 병원에서 권유한 대로 아내의 시신을 신촌 세브란스 병원에 팔았고,
그 대가로 받은 돈은 4000원이다.

10 '안'은 '사내'의 자살 가능성을 예상했다.

답> ○○○×○○○○○○

현대소설 맥락 읽기

초판1쇄 발행일 2018년 8월 20일

지은이 채명식
펴낸이 이원중

펴낸곳 지성사 출판등록일 1993년 12월 9일 등록번호 제10-916호
주소 (03458) 서울시 은평구 진흥로68(녹번동) 정안빌딩 2층(북측)
전화 (02) 335-5494 팩스 (02) 335-5496
홈페이지 지성사.한국 | www.jisungsa.co.kr 이메일 jisungsa@hanmail.net

ISBN 978-89-7889-399-2 (43810)

잘못된 책은 바꾸어 드립니다. 책값은 뒤표지에 있습니다.

이 도서의 국립중앙도서관 출판예정도서목록(CIP)은 서지정보유통지원시스템 홈페이지
(http://seoji.nl.go.kr)와 국가자료공동목록시스템(http://www.nl.go.kr/kolisnet)에서
이용하실 수 있습니다. (CIP제어번호: CIP2018024337)